LE GOÛT AMER
DE L'ABÎME

L'édition originale de ce livre a été publiée pour la première fois en 2015
par HarperTeen, une division de HarperCollins Publishers,
sous le titre *Challenger Deep*.

25, avenue Pierre-de-Coubertin, 75013 Paris, France
Loi n° 49-956 du 16 juillet 1949 sur les publications
destinées à la jeunesse, modifiée par la loi n° 2011-525 du 17 mai 2011

ISBN : 978-2-09-257675-5

LE GOÛT AMER DE L'ABÎME

Neal Shusterman

Traduction de Lilas Nord

Illustrations de Brendan Shusterman

Nathan

Au Dr Robert Woods

1 Fee, Fi, Fo, Fum

Deux choses sont sûres. Un : tu y étais. Deux : tu ne pouvais pas y être.

Tenir ensemble ces deux vérités incompatibles demande un véritable talent de jongleur. Bien sûr, pour jongler et rester bien dans le rythme, il faut une troisième balle. Cette troisième balle, c'est le temps – dont les rebonds sont bien plus sauvages qu'on ne pourrait le croire.

Il est cinq heures du matin. Tu le sais, parce qu'il y a une pendule à piles sur le mur de ta chambre au tic-tac si puissant que tu as parfois envie de l'étouffer sous un coussin. Pourtant, alors qu'il est cinq heures du matin ici, il est aussi cinq heures du soir quelque part en Chine – ce qui prouve que des vérités incompatibles sont tout à fait logiques quand on les considère selon une perspective d'ensemble. Mais tu as appris qu'envoyer tes pensées jusqu'en Chine n'est pas toujours une bonne idée.

Ta sœur dort dans la pièce d'à côté, et dans celle d'après, il y a tes parents. Ton père ronfle. Bientôt, à petits coups de coude, ta mère le fera rouler sur le côté et les ronflements cesseront, jusqu'à l'aube, peut-être. Tout cela est normal, ce qui est très rassurant.

De l'autre côté de la rue, l'arrosage automatique d'un voisin se déclenche, sifflant si fort qu'il noie le tic-tac de la pendule. Tu sens la brume de l'arrosage à travers la fenêtre ouverte – légèrement chlorée, lourdement fluorée. C'est pas génial de savoir que les pelouses du voisinage n'auront pas de caries ?

Le sifflement de l'arrosage n'est pas celui de serpents.

Et les dauphins peints sur le mur de la chambre de ta sœur ne peuvent pas comploter de fatales manigances.

Et les yeux d'un épouvantail ne voient pas.

N'empêche qu'il y a des nuits où tu n'arrives pas à dormir, parce que ce avec quoi tu jongles absorbe toute ton attention. Tu as peur de rater une balle, et là… tu n'oses pas te projeter au-delà de cet instant. Parce que le capitaine attend dans cet instant. Il est patient. Et il attend. Toujours.

Avant même qu'il n'y ait un navire, il y avait le capitaine.

Ce voyage a commencé avec lui, tu te doutes qu'il s'achèvera avec lui, et tout ce qui se trouve au milieu n'est que le repas poudreux de moulins à vent, qui pourraient être des géants broyant des os pour préparer leur pain.

Marche sur la pointe des pieds, ou tu risques de les réveiller.

2 Descente sans fin

– Impossible de savoir jusqu'où ça descend, déclare le capitaine.

Le côté gauche de sa moustache se tortille comme la queue d'un rat.

Il poursuit :

– Tombe dans cet abysse insondable et tu pourras compter les jours avant de toucher le fond.

J'ose indiquer :

– Mais la faille a été mesurée. Certains y sont déjà descendus. Je sais même qu'elle fait 10 900 mètres de profondeur.

– Tu le sais ? se moque-t-il. Et comment un chiot mal nourri et tout tremblant comme toi pourrait connaître quoi que ce soit à part l'humidité de sa propre truffe ?

Puis il rit du portrait qu'il vient de tirer de moi. Le capitaine est plein de rides creusées par une vie passée en mer – même si sa barbe sombre et hirsute en dissimule une bonne partie. Quand il rit, ses rides se tendent et on distingue les muscles et les tendons de son cou.

– Il est vrai que ceux qui se sont aventurés dans les eaux de la faille disent avoir vu le fond, mais ce sont des menteurs. Ils mentent comme des tapis, et seront battus deux fois plus souvent – juste pour leur foutre une trouille à leur décoller la poussière.

J'ai arrêté d'essayer de décoder les propos du capitaine,

mais ils me pèsent toujours. Comme si je passais à côté de quelque chose. Quelque chose d'important et de si évident que je ne risquerais de le comprendre qu'une fois qu'il serait trop tard pour faire la différence.

– C'est une descente sans fin, déclare le capitaine. Ne laisse quiconque prétendre le contraire.

3 Tu seras mieux après

Je fais souvent ce rêve. Je suis étendu sur la table d'une cuisine suréclairée, où tous les appareils ménagers sont d'un blanc étincelant. Ils sont moins neufs qu'on voudrait le faire croire. Du plastique avec une touche de chrome, mais surtout du plastique.

Je ne peux pas bouger. Ou je ne veux pas bouger. Ou j'ai peur de bouger. Chaque fois que je fais ce rêve, il est un peu différent. Il y a des gens autour de moi, sauf que ce ne sont pas des gens, ce sont des monstres déguisés. Ils sont entrés dans mon esprit et y ont arraché des images pour les transformer en masques qui ressemblent à des personnes que j'aime – mais je sais que ce n'est qu'un mensonge.

Ils rient et parlent de choses auxquelles je ne comprends rien et je reste figé au milieu de ces faux visages, au centre de leur attention. Ils m'admirent, mais seulement comme on admire une chose dont on sait qu'elle est sur le point de disparaître.

– Je crois que tu l'as sorti trop tôt, dit un monstre qui porte la figure de ma mère. Il n'est pas resté assez longtemps à l'intérieur.

– Il n'y a qu'un moyen de le vérifier, déclare le monstre avec un masque de mon père.

Je sens des rires tout autour de moi – ça ne vient pas de leurs bouches, parce que les bouches de leurs masques ne bougent pas. Le rire est dans leurs pensées, qu'ils me projettent comme des fléchettes aux pointes imbibées de poison, décochées de leurs yeux découpés.

– Tu seras mieux après, lance l'un des monstres.

Puis leurs estomacs grondent aussi fort qu'une montagne qui s'effondre quand ils se penchent vers moi pour déchiqueter à coups de griffes leur plat principal.

4 Comment ils finissent par t'avoir

Je n'arrive pas à me rappeler quand ce voyage a commencé. C'est comme si j'avais toujours été là, sauf que ce n'est pas possible, parce qu'il y a eu un avant, la semaine dernière encore, ou le mois dernier, l'année dernière. En tout cas, je suis quasiment sûr que j'ai toujours quinze ans. Même si ça fait des années que je suis à bord de cette relique de navire en bois, j'ai toujours quinze ans. Le temps est différent ici. Il n'avance pas ; il se déplace sur le côté, en quelque sorte, comme un crabe.

Je ne connais pas trop les autres membres de l'équipage. Ou peut-être que je ne m'en souviens pas d'une fois sur l'autre, parce qu'ils sont foncièrement anonymes. Il y a les plus âgés, qui semblent avoir passé leur vie en mer. Ce sont les officiers du navire, si on peut les appeler ainsi. Comme le capitaine, ce sont des pirates d'Halloween, avec des dents noircies exprès, en quête d'un bonbon ou d'un sort au seuil de l'enfer. Je me moquerais bien d'eux, si je n'étais pas intimement persuadé qu'ils m'arracheraient aussitôt les yeux avec leurs crochets en plastique.

Et puis il y a les plus jeunes, comme moi : des gamins que leurs crimes ont jetés hors de foyers chaleureux, ou de foyers sans chaleur, ou de pas de foyer du tout, suite à une conspiration parentale qui voit tout à travers des yeux toujours ouverts, à la Big Brother.

Mes compagnons d'équipage, filles et garçons, s'affairent et ne m'adressent pas la parole, sauf pour lâcher des trucs comme :

– Pousse-toi, tu me gênes.

Ou :

– Touche pas à mes affaires.

Comme si on possédait quoi que ce soit qui vaille la peine d'être protégé. Parfois, j'essaie de les aider dans leur tâche, quelle qu'elle soit, mais ils se détournent ou me repoussent, m'en voulant même de leur avoir proposé un coup de main.

Je crois sans cesse voir ma petite sœur à bord, même si je sais qu'elle n'y est pas. Je ne devrais pas être en train de l'aider à faire ses maths ? Dans ma tête, je la vois qui m'attend et m'attend encore, mais je ne sais pas où elle se trouve. Tout ce que je sais, c'est que je ne la rejoins jamais. Comment je peux lui faire ça ?

À bord, personne n'échappe à la surveillance constante du capitaine que j'ai l'impression de connaître, sans le connaître. Il semble tout savoir sur moi, alors que je ne sais rien de lui.

– Ma préoccupation est de garder les doigts serrés autour du cœur de tes propres préoccupations, m'a-t-il expliqué.

Le capitaine a un cache-œil et un perroquet. Le perroquet a un cache-œil et un badge de sécurité autour du cou.

Je plaide auprès du capitaine :

– Je ne devrais pas être ici.

Mais je me demande si je ne lui ai pas déjà dit ça. Je poursuis quand même :

– J'ai des tests à passer, des devoirs à rendre et du linge sale à ramasser par terre dans ma chambre, et j'ai des amis, plein d'amis.

Le capitaine ne desserre pas la mâchoire et ne me gratifie pas d'une réponse, mais le perroquet réplique :

– Tu as des amis, plein d'amis, ici aussi, ici aussi !

C'est là qu'un des autres membres de l'équipage me chuchote à l'oreille :

– Ne dis rien au perroquet. C'est comme ça qu'ils finissent par t'avoir.

5 Je suis la boussole

Impossible d'exprimer ce que je ressens avec des mots, ou alors ces mots n'appartiennent à aucun langage compréhensible. Mes émotions parlent en langues. En un tourbillon, la joie se change en colère se change en peur puis en ironie amusée ; c'est comme sauter d'un avion les bras bien écartés, en sachant pertinemment qu'on sait voler, pour découvrir que ce n'est pas le cas et que, non seulement on n'a pas de parachute, mais qu'on ne porte pas non plus de vêtements et que les gens en dessous ont tous des jumelles et rigolent en nous regardant dégringoler vers une mort extrêmement embarrassante.

Le navigateur me dit de ne pas m'inquiéter pour ça. Il désigne le bloc de parchemin sur lequel je dessine souvent pour passer le temps.

– Fixe tes émotions par des lignes et des couleurs, me conseille-t-il. Couleur, collier, hurler, dollar – les véritables richesses résident dans l'art dont tes dessins me saisissent, hurlent après moi, me forcent à voir. Mes cartes nous montrent le chemin, mais tes visions nous montrent la *voie*. Tu es la boussole, Caden Bosch. Tu es la boussole !

– On fait mieux, comme boussole, dis-je. Je ne saurais même pas indiquer le nord.

– Bien sûr que si. C'est juste que, dans ces eaux, le nord court sans cesse après sa queue.

Je songe alors à un ami à moi qui pensait toujours être face au nord. Maintenant, je me dis qu'il avait peut-être raison.

Le navigateur a demandé à partager ma cabine quand mon ancien camarade de chambre, dont je me souviens à peine, a disparu sans explication. Pour une personne, la cabine est déjà trop petite, alors pour deux…

– Tu es le plus décent parmi tous les indécents ici, déclare le navigateur. Ton cœur n'a pas encore pris la froideur de la mer. Et tu as du talent. Talent, toujours, un jour, jaloux – un jour ton talent rendra le vaisseau vert de jalousie –, crois-moi !

Ce type a déjà fait de nombreux périples. Et il voit loin. C'est-à-dire que, lorsqu'il te regarde, il ne te voit pas, mais distingue à la place quelque chose dans une dimension bien au-delà de la nôtre. Mais la plupart du temps, il ne regarde personne. Il est trop occupé à créer des cartes de navigation. Enfin, c'est comme ça qu'il les appelle. Elles sont couvertes de nombres et de mots et de flèches et de lignes qui relient les points des étoiles, formant des constellations que je n'ai encore jamais vues.

– Les cieux sont différents par ici, explique-t-il. Il faut voir de nouveaux dessins dans les étoiles. Dessins, symboles, Saturne, samedi, sablier. Tout tourne autour de la mesure du temps qui passe. Tu comprends ?

– Non.

– Rive, rêve, fièvre, chèvre. Voilà la réponse, je te dis. La chèvre. Elle mange tout, digère le monde et l'assimile à son ADN, puis le recrache, affirmant son territoire. Territoire, hérédité, prémédité, médite ça. Le signe de la chèvre détient la réponse à notre destination. Tout a une raison. Guette la chèvre.

Le navigateur est brillant. Si brillant que j'ai mal à la tête rien que d'être en sa présence.

Je lui demande :

– Qu'est-ce que je fais ici ? Si tout a une raison d'être, quelle est la mienne sur ce navire ?

Le navigateur retourne à ses cartes, écrit quelques mots et ajoute de nouvelles flèches par-dessus ce qui est déjà inscrit, déposant ses pensées en couches si épaisses que lui seul peut les déchiffrer.

– Raison d'être, finalité, fenêtre, porte, ouverte. Tu es la porte ouverte au salut de l'univers.

– Moi ? Tu en es certain ?

– Aussi certain que nous sommes à bord de ce train.

6 Tellement perturbant

Salut de l'univers, saut de mammifères, dauphins qui dansent sur le mur de la chambre de ma sœur alors que je l'observe à travers la porte ouverte. Il y a sept dauphins. Je le sais, parce que c'est moi qui les ai peints pour elle. Chacun représente un des sept samouraïs de Kurosawa, parce que je voulais qu'elle les apprécie encore quand elle serait plus grande.

Ce soir, les dauphins me jettent des regards assassins, et même s'ils sont dépourvus de pouce préhensile, ce qui les empêche a priori de manier le sabre, je les trouve bien plus inquiétants que d'habitude.

Mon père borde Mackenzie dans son lit. Il est tard pour elle, mais pas pour moi. Je viens d'avoir quinze ans, elle va en avoir onze. Je ne vais pas dormir avant plusieurs heures. Si je dors. Peut-être pas. Pas ce soir.

Ma mère est au téléphone avec ma grand-mère. Je l'entends parler du temps et des termites. Notre maison se fait grignoter du sol au plafond.

– Mais bâcher entièrement la maison, c'est tellement perturbant, confie ma mère. Il doit y avoir une meilleure solution.

Papa embrasse Mackenzie et lui souhaite une bonne nuit, puis il se retourne et me voit, là, ni vraiment à l'intérieur, ni vraiment à l'extérieur de la pièce.

– Qu'est-ce qu'il y a, Caden ?

– Rien, c'est juste que… Laisse tomber.

Mon père se relève et ma sœur se tourne vers son mur de dauphins : elle est prête pour le pays des rêves.

– Tu peux me parler si quelque chose ne va pas, me dit mon père. Tu le sais, hein ?

Je réponds doucement pour que Mackenzie ne m'entende pas.

– Eh bien, c'est juste que… Il y a un mec, au lycée.

– Oui ?

– Évidemment, je n'ai pas de preuves, mais…

– Vas-y, je t'écoute.

– Eh bien… je crois qu'il veut me tuer.

7 Charitable abysse

Au centre commercial, il y a cette grosse boîte. Un grand entonnoir jaune pour une œuvre de charité qui met vraiment mal à l'aise. « Enfants mutilés de guerre », ou un truc dans le genre. On est censé insérer une pièce dans une fente et la lâcher. Elle tourne et tourne dans le grand entonnoir jaune pendant presque une minute avec un ronronnement régulier, de plus en plus resserré, plus intense et plus désespéré alors qu'elle arrive au bout de sa spirale. Elle tourne de plus en plus vite – toute cette énergie cinétique précipitée de force dans le cou de l'entonnoir jusqu'à ce qu'elle hurle comme une alarme – avant de se taire en tombant dans l'abysse noir de l'entonnoir.

Cette pièce qui dégringole, c'est moi, hurlant dans le col de l'entonnoir, et seules ma propre énergie cinétique et la force centrifuge m'empêchent de sombrer dans les ténèbres.

8 Retour à la réalité

– Comment ça, il veut te tuer ?

Mon père sort dans le couloir et referme derrière lui la porte de la chambre de ma sœur. La salle de bains diffuse une faible lumière à un angle prudent.

– Caden, c'est important. Si on te menace au lycée, tu dois m'expliquer ce qui se passe.

Mon père reste là, à attendre. J'aurais mieux fait de ne rien dire.

En bas, ma mère est toujours au téléphone avec ma grand-mère, et je commence à me demander si elle discute vraiment avec elle, ou si elle fait semblant alors qu'elle parle à quelqu'un d'autre, de moi, peut-être, et sans doute par messages codés. Mais pourquoi est-ce qu'elle ferait une chose pareille ? C'est délirant. Non, elle discute avec ma grand-mère, c'est tout. À propos des termites.

– Tu as parlé de ce type à tes profs ?

– Non.

– Qu'est-ce qu'il a fait ? Il t'a menacé ?

– Non.

Mon père inspire un grand coup.

– OK, donc s'il ne l'a pas fait ouvertement, peut-être que ce n'est pas aussi grave que tu le crains. Est-ce qu'il apporte des armes au lycée ?

– Non. Enfin, peut-être. Oui – oui, peut-être bien qu'il a un couteau.

– Tu l'as vu ?

– Non, je le sais, c'est tout. C'est le genre de mec à se trimballer avec un couteau. Tu vois, quoi ?

Mon père inspire encore un grand coup et gratte son crâne dégarni.

– Répète-moi exactement ce qu'il t'a dit. Essaie de bien tout te rappeler.

Je cherche au fond de moi, m'efforçant de trouver les bons mots pour me faire comprendre, mais je n'y arrive pas.

– Ce n'est pas ce qu'il m'a dit, c'est plutôt ce qu'il ne m'a *pas* dit…

Mon père est comptable, très cerveau gauche, très linéaire. Sa réponse ne me surprend pas :

– Je ne te suis pas, là.

Je me détourne et je tripote une photo de famille sur le mur. Je la penche un peu. Ça m'embête, alors je me dépêche de la remettre comme il faut.

– T'inquiète pas, papa. Ce n'est pas important.

Je tente de m'enfuir dans la cage d'escalier, parce que j'ai vraiment envie d'écouter ce que raconte ma mère, mais mon père m'attrape gentiment par le bras. Ça suffit à m'empêcher de partir.

– Attends, reprend mon père. Je récapitule : ce type, là, qui t'angoisse… il est en cours avec toi et quelque chose dans son comportement t'inquiète vraiment.

– En fait, je n'ai pas cours avec lui.

– Alors d'où tu le connais ?

– Je ne le connais pas. Je le croise, des fois, dans les couloirs.

Mon père baisse les yeux, calcule un peu dans sa tête, avant de me fixer à nouveau.

– Caden… si tu ne le connais pas et qu'il ne t'a jamais menacé et que tout ce qu'il a fait, c'est de te croiser dans le couloir, qu'est-ce qui te fait penser qu'il te veut du mal ? Il ne sait sans doute même pas qui tu es.

– Ouais, tu as raison. Je suis trop stressé.

– Tu réagis de manière excessive.

– C'est ça, excessive.

Maintenant que je l'ai formulé à voix haute, je me rends compte à quel point j'ai dû paraître ridicule. C'est vrai : ce type ne sait même pas que j'existe. Et moi, je ne sais même pas comment il s'appelle.

– Le lycée, ça peut être déstabilisant par moments, dit mon père. Il y a des tas de choses qui peuvent t'angoisser.

Je suis désolé que tu aies gardé ça pour toi. Ça doit être terrible de s'imaginer un truc pareil. Mais des fois, tout le monde a besoin d'un petit retour à la réalité, pas vrai ?

– Oui.

– Alors, ça va mieux, maintenant ?

– Oui, ça va mieux. Merci.

Mais mon père continue à me surveiller pendant que je m'éloigne, comme s'il savait que je mentais. Mes parents ont remarqué à quel point je suis inquiet ces derniers temps. Mon père trouve que je devrais me mettre au sport pour relâcher cette tension nerveuse. Ma mère pense que je devrais faire du yoga.

9 Tu n'es pas le premier et tu ne seras pas le dernier

La mer s'étire dans toutes les directions. Devant nous, derrière nous, à bâbord, à tribord et en dessous, en dessous, en dessous. Notre navire est un galion qui porte la trace de millions de voyages remontant à des âges encore plus sombres que celui-ci.

– C'est le plus beau vaisseau de son espèce, m'a un jour déclaré le capitaine. Si tu crois en lui, il te conduira toujours à bon port.

Ce n'est pas plus mal, vu qu'il n'y a jamais personne à la barre.

– Est-ce qu'il porte un nom ? ai-je demandé au capitaine.

– Le baptiser, c'est le couler, m'a-t-il répondu. Ce qu'on nomme pèse davantage que la mer qu'il déplace. Tu n'as qu'à demander aux épaves.

Au-dessus de l'arche de l'écoutille principale, une phrase a été brûlée dans le bois : *Tu n'es pas le premier et tu ne seras pas le dernier*. C'est fascinant comme ça me donne le sentiment d'être à la fois insignifiant et à part.

Perché au-dessus de l'écoutille, le perroquet qui me surveille, me surveille toujours, me demande :

– Ça te parle ?

– Pas vraiment.

– Eh bien, si jamais ça te parle, note bien tout ce que ça te dit, m'ordonne le perroquet.

10 Dans la cuisine de l'angoisse

Je me rends presque toutes les nuits à la Cuisine Blanc Plastique. Les circonstances changent chaque fois, juste assez pour que je sois incapable de prédire la fin du rêve. Si je faisais toujours le même rêve, au moins, je saurais à quoi m'attendre – et si je le savais, je pourrais me préparer à en affronter les pires moments.

Cette nuit-là, je me cache. La cuisine offre très peu de cachettes. Je suis tassé dans un réfrigérateur dernier cri. Je frissonne et je pense au capitaine. À sa façon de me traiter de chiot tout tremblant. Quelqu'un ouvre la porte ; un masque dont je ne me souviens pas. Elle secoue la tête.

– Pauvre petit, tu dois avoir froid.

La femme prend une carafe pleine de café et en verse une tasse, mais plutôt que de me la proposer, elle passe la main directement à travers mon nombril pour attraper le lait, quelque part derrière moi.

11 Tout ce qui est horrible comporte un versant magnifique

Sous le pont supérieur se trouvent les quartiers de l'équipage. Le pont inférieur est bien plus vaste que le navire ne le laisse imaginer de l'extérieur. Incroyablement vaste. La coursive est si longue qu'elle semble se poursuivre à l'infini.

Entre les planches de bois qui composent la coque et les ponts du navire, un goudron noir à l'odeur nauséabonde empêche l'eau de s'infiltrer. C'est en bas que cette odeur est la plus prononcée. Elle est prenante et organique, comme si les formes de vie distillées par le temps dans le goudron n'avaient pas encore tout à fait fini de se décomposer. Ça sent la sueur concentrée et les odeurs corporelles, et la substance qui s'incruste sous les ongles des doigts de pieds.

– Le parfum de la vie, a fièrement déclaré le capitaine quand je l'ai interrogé sur cette puanteur. La vie en transformation, peut-être, mais la vie tout de même. C'est comme la saumâtre pestilence d'une cuvette de marée, mon garçon – âcre et putride mais rafraîchissante à la fois. Une vague va frapper le rivage, t'envoyer de l'écume plein les narines, mais est-ce que tu la maudiras ? Non ! Parce que ça te rappelle à quel point tu aimes la mer. Ce parfum estival de plage qui te conduit à l'endroit le plus serein de ton âme n'est rien de plus qu'un doux relent de putréfaction marine.

Satisfait, il a alors inspiré à pleins poumons, comme pour appuyer ses propos.

– Eh oui, tout ce qui est horrible comporte un versant magnifique.

12 Fièvre

Quand j'étais plus jeune et qu'on s'ennuyait comme des rats morts avec mes amis au centre commercial, on jouait à un jeu spécial. On l'avait baptisé : « La fièvre acheteuse des psychopathes ». On choisissait quelqu'un dans la foule, ou un couple, des fois toute une famille – même si, dans l'intérêt du jeu, c'était toujours mieux de sélectionner une personne faisant ses courses seule. Ensuite, on inventait une histoire sur ses motivations secrètes. En général, ce projet inavoué impliquait une hache et / ou une tronçonneuse et une cave et / ou un grenier. Une fois, on s'est mis d'accord sur une petite vieille dame qui clopinait, affichant une telle détermination sur son visage que nous avons décidé qu'elle ferait la parfaite serial killeuse du jour. Nous avons imaginé qu'elle achetait des tonnes de choses au centre commercial – bien plus qu'elle ne pouvait porter – et qu'elle se ferait tout livrer. Puis elle capturerait le livreur et le tuerait justement avec ce qu'il lui apportait. Elle avait toute une collection d'armes du crime flambant neuves et de livreurs UPS morts dans sa cave et/ou son grenier.

On l'a suivie pendant une vingtaine de minutes. On trouvait ça hilarant… jusqu'à ce qu'elle entre dans une coutellerie pour y acheter un beau couteau de boucher tout neuf. On a trouvé ça encore plus hilarant.

Mais quand elle est sortie du magasin, j'ai croisé son regard – défi que je m'étais lancé. Je sais que ce n'était que dans mon imagination, mais j'ai saisi dans ce regard une lueur de cruauté et de malveillance que je n'oublierai jamais.

Ce regard, je le retrouve partout ces temps-ci.

13 Le bas n'existe pas

Je suis debout au milieu du salon et j'enfonce mes orteils dans notre moquette moelleuse, bien que beige et sans âme.

Mackenzie rentre de l'école et jette son sac à dos sur le canapé.

– Qu'est-ce que tu fais ? Pourquoi tu restes planté là ? me demande-t-elle.

– J'écoute.

– Quoi ?

– J'écoute les termites.

– On entend les termites ? s'exclame ma sœur, horrifiée par cette idée.

– Ça se pourrait.

Elle tripote nerveusement les gros boutons bleus de sa polaire jaune, comme si elle pouvait se protéger des termites aussi bien que du froid. Elle hésite, puis colle son oreille contre le mur. Elle doit penser qu'elle a plus de chances de les entendre comme ça, plutôt qu'en se tenant au milieu d'une pièce silencieuse. Elle écoute un instant avant de m'annoncer, un peu mal à l'aise :

– Je n'entends rien du tout.

– Ne t'affole pas, dis-je en essayant de me faire le plus rassurant possible. Les termites ne sont jamais que des termites.

Et même si on ne peut pas faire plus neutre comme affirmation, ça suffit à désamorcer les inquiétudes insectieuses que j'ai pu faire naître chez ma sœur. Contente de ma réponse, elle part goûter dans la cuisine.

Je ne bouge pas. Je n'entends pas les termites, mais je les sens. Plus je pense à ces bestioles, plus je les sens, et c'est perturbant. Je suis très perturbé aujourd'hui. Pas par les choses que je vois, mais par celles que je ne vois pas. Ce qu'il y a dans les murs et tout ce qui se trouve sous mes pieds, ce qui m'a toujours étrangement fasciné. Cette fascination m'infeste aujourd'hui, comme les insectes mangeurs de bois qui dévastent lentement notre maison.

Mais pour moi, ça provoque une bonne perturbation qui empêche mes pensées de partir en spirale vers toutes les horreurs qui pourraient ou non se produire au lycée. Comme cette distraction me fait du bien, je m'y adonne pendant un moment.

Je ferme les yeux, me concentre sur ce que je ressens et expulse mes pensées à travers la plante de mes pieds.

Mes pieds reposent sur un sol stable et ferme, mais ce n'est qu'une illusion. Notre maison est à nous, n'est-ce pas ? Pas vraiment, en fait, puisque la banque nous fait crédit. Donc qu'est-ce qu'on possède ? Le terrain ? Non plus, parce que même si on a un acte de propriété du terrain sur lequel se trouve notre maison, nous ne possédons pas les droits d'extraction. D'extraction de quoi ? De minerais, c'est-à-dire tout ce qui se trouve dans le sous-sol. En gros, si ça a de la valeur ou que c'est susceptible d'en avoir un jour, ça ne nous appartient pas. Ça ne nous revient que si ça n'a aucune valeur.

Donc, qu'y a-t-il réellement sous mes pieds, en dehors du mensonge qui voudrait que ce qui s'y trouve nous appartient ? En me concentrant, je sens ce qu'il y a, là-dessous. Sous la moquette, il y a une dalle de béton posée sur la terre, compactée par de gros engins de chantier il y a vingt ans. Encore en dessous, il y a des vies disparues que personne ne retrouvera jamais. Il y a peut-être même des vestiges de civilisations détruites par des guerres ou par des bêtes ou par des systèmes immunitaires qui ont raté une interro surprise de bactériologie. Je sens les os et les coquilles de créatures préhistoriques. Puis j'enfonce encore plus profondément mes pensées dans le lit de la roche mère où des poches de gaz bouillonnent et fermentent dans la détresse intestinale de la Terre, alors qu'elle essaie de digérer la longue et souvent triste histoire de son existence. L'endroit où toutes les créatures divines finissent distillées à travers la roche en un cloaque noir que nous aspirons du sol pour le brûler dans nos voitures, transformant ces créatures autrefois vivantes en gaz à effet de serre, ce qui est peut-être mieux que de passer l'éternité sous forme de boue.

Plus profond encore, je sens la chaleur remplacer le froid de la terre jusqu'aux cavernes de magma rouge puis blanc incandescent, tourbillonnant sous une pression inconcevable. Le noyau externe, puis le noyau interne, jusqu'au centre même de la gravité, et la gravité s'inverse. La chaleur et la pression commencent à s'atténuer. La roche fondue redevient solide. Je pousse à travers le granit, la boue, les os, la poussière, les vers et les termites jusqu'à ce que je ressorte brusquement par une rizière en Chine, ce qui prouve que le bas n'existe pas, puisqu'en fin de compte, en bas, c'est en haut.

J'ouvre les yeux, presque surpris de me retrouver dans mon salon, et je me rends compte que ma maison est sur le droit fil d'un endroit en Chine. Mais est-ce que ce n'est pas dangereux de pousser mes pensées le long de cette ligne comme je viens de le faire ? Est-ce qu'elles pourraient être amplifiées par la chaleur et la pression de la planète et ressortir de l'autre côté sous forme de tremblement de terre ?

Je sais que ce n'est qu'une pensée vagabonde un peu tordue, mais le lendemain matin, et le matin d'après, et tous les matins à partir de ce moment-là, je suis les infos, secrètement terrorisé à l'idée qu'un tremblement de terre ait pu se produire en Chine.

14 Impossible d'arriver là-bas en partant d'ici

Même si plusieurs membres apeurés de l'équipage m'ont déconseillé de m'aventurer dans les recoins inconnus du navire, je ne peux m'en empêcher. Une force me pousse à partir à la recherche de choses qu'il vaudrait mieux laisser tranquilles. Mais comment rester sur un immense galion pareil sans l'explorer ?

Un matin, plutôt que de me diriger vers le pont pour l'appel, je me lève assez tôt pour me lancer à la découverte des lieux. Je commence à arpenter la longue coursive faiblement éclairée du pont inférieur. J'ai emporté mon bloc de parchemin et je croque quelques éléments au passage.

Tapi dans l'ombre de sa cabine, j'aperçois un membre

de l'équipage que je n'ai encore jamais vu. C'est une jeune fille aux grands yeux cernés de mascara qui coule, et qui porte un collier ras-de-cou orné d'une perle. Il a l'air de l'étrangler.

Je lui demande :

– Excuse-moi, où va cette coursive ?

Elle me regarde, méfiante.

– Elle ne va nulle part, elle reste là.

Sur ces mots, elle se baisse pour rentrer dans sa cabine et claque la porte derrière elle. Je garde son image à l'esprit et, sur mon bloc, j'esquisse l'expression de son visage au moment où elle s'est retirée dans l'obscurité.

Je me remets à marcher, évaluant la distance parcourue le long de la coursive sans fin en comptant les échelles. Une, deux, trois. J'arrive à la dixième, mais la coursive se poursuit toujours devant moi. Je finis par renoncer et je monte l'échelle numéro dix. Je ressors par l'écoutille centrale sur le pont et je comprends que chacune des échelles du pont inférieur, peu importe son emplacement, donne sur cette même écoutille. J'ai parcouru la coursive pendant vingt minutes, sans arriver nulle part.

Le perroquet est perché sur le garde-corps, comme s'il m'avait attendu là exprès pour se moquer de moi.

– Impossible d'arriver là-bas en partant d'ici, dit-il. Tu ne le savais pas ? Tu ne le savais pas ?

15 Ni plus près ni plus loin

Sur le navire, je suis « stabilisateur ». Je ne me souviens plus du moment où on m'a assigné cette mission, mais je me rappelle que le capitaine me l'a expliquée :

– Dès que tu sentiras le navire tanguer sur l'océan, tu iras te placer du côté opposé d'où il penche, bâbord à tribord, tribord à bâbord.

En d'autres mots, comme pour une grande partie de l'équipage, mon poste consiste à courir d'un bord à l'autre du bateau pour contrebalancer le roulis de la mer. C'est totalement absurde.

– Comment voulez-vous que notre poids change quoi que ce soit sur un navire de cette taille ? ai-je une fois demandé au capitaine.

Il m'a foudroyé de son œil injecté de sang.

– Tu préfères servir de ballast ?

Ça a suffi à me faire taire. J'ai déjà vu le « ballast ». Des marins serrés comme des sardines dans la cale du navire, afin d'abaisser son centre de gravité. S'il n'y a pas de poste pour toi sur ce bateau, tu joues le rôle de ballast. J'aurais mieux fait de ne pas me plaindre.

– Quand nous approcherons de notre destination, je sélectionnerai une équipe spéciale pour une grande mission, m'a un jour confié le capitaine. Accomplis ta tâche sans économiser ta sueur, et ta carcasse qui ne vaut pas un sou te fera peut-être gagner une place au sein de cette équipe.

Même si je ne suis pas sûr d'en avoir envie, ça pourrait être mieux que de tourner en rond sur le pont. Une fois, j'ai demandé au capitaine si on était encore loin de la fosse des Mariannes, parce que la mer ne change jamais. Nous n'avons l'air ni plus près ni plus loin de quoi que ce soit.

– Ne pas sentir l'espace défiler tient à la nature des horizons liquides, m'a répondu le capitaine. Mais nous le saurons en approchant de la fosse, car nous croiserons des signes et de sombres présages.

Je n'ai pas osé l'interroger sur ces sombres présages.

16 Mousse

Quand la mer est calme et que je ne suis pas obligé de courir d'un bord à l'autre du bateau, je reste parfois sur le pont à traîner avec Carlyle. Carlyle est le mousse du navire – un type aux cheveux roux vif coupés court, qui lui font un duvet de pêche, et au sourire plus amical que celui de n'importe qui d'autre à bord. Ce n'est pas un adolescent, il est plus âgé, comme les officiers du navire, mais sans en faire partie. Il semble suivre ses propres règles et son propre emploi du temps, le capitaine intervenant très peu, et c'est le seul être sensé sur ce navire.

– C'est moi qui ai choisi d'être mousse, m'a-t-il confié. Je le fais parce qu'il faut bien que quelqu'un le fasse. Et parce que vous êtes tous de vrais porcs.

Un jour que je discute avec lui, je surprends des rats fuyant l'eau de son balai à franges pour disparaître dans les sombres recoins du pont.

– Saletés ! lâche Carlyle en trempant son balai dans un seau d'eau trouble pour laver le pont. On n'arrivera jamais à s'en débarrasser.

– Il y a toujours des rats sur les vieux navires, dis-je.

Il lève un sourcil.

– Des rats ? Tu crois sincèrement que ce sont des rats ?

Mais il ne me propose pas d'alternative. En fait, ça détale si vite et ça s'enfonce si profondément dans l'obscurité que je ne sais pas exactement ce que c'est. Comme ça me rend nerveux, je change de sujet.

– Raconte-moi des choses que j'ignore sur le capitaine.

– C'est ton capitaine. Tout ce qu'il y a à savoir sur lui, tu dois déjà le savoir.

Mais rien qu'à sa façon de le dire, je sens que Carlyle fait partie des rares initiés. Si je veux des réponses, il faut que je pose des questions plus précises.

– Dis-moi comment il a perdu son œil.

Carlyle soupire, regarde autour de lui pour être sûr que personne ne nous observe et commence à chuchoter.

– D'après ce que j'ai compris, le perroquet a perdu son œil avant le capitaine. J'ai entendu dire que le perroquet a vendu le sien à une sorcière afin qu'elle lui prépare une potion magique permettant de le changer en aigle. Mais la sorcière l'a dupé : elle a bu la potion et s'est envolée. Le perroquet, qui ne voulait pas être le seul à se retrouver avec un cache-œil, en a arraché un au capitaine.

– Ce n'est pas vrai, dis-je en souriant.

Carlyle garde son sérieux alors qu'il jette de l'eau savonneuse sur le pont.

– C'est aussi vrai que ça doit l'être.

Le goudron entre les planches semble battre en retraite sous son déluge.

17 Je donnerais cher pour voir ça

Le navigateur m'a dit que la vue en haut du nid-de-pie m'apporterait « consolation, clarté, charité, chasteté ».

Si c'était un QCM, je choisirais à la fois « A » et « B », même si, vu l'équipage, je noircirais peut-être aussi la case « D » avec mon crayon 2B.

Le nid-de-pie est une espèce de cuvette circulaire qui fait le tour du grand mât, tout en haut. Elle est juste assez grande pour un, voire deux membres d'équipage faisant le guet. C'est donc sans doute un bon endroit pour me retrouver seul avec mes pensées, même si je devrais déjà savoir que mes pensées ne sont jamais seules.

Ce soir-là, il est encore tôt quand je grimpe les échelles de cordes élimées qui enserrent le navire comme un linceul. Le dernier soupçon de crépuscule s'estompe lentement à l'horizon et, en l'absence du soleil, les étranges étoiles se laissent amadouer et se mettent à briller.

Le treillis de cordes rétrécit au fur et à mesure que j'approche du nid-de-pie, rendant mon ascension de plus en plus traître. Enfin, je parviens à me hisser à l'intérieur de la petite cuvette en bois lovée autour du mât, et là, je découvre qu'elle n'est pas petite du tout. Comme le gaillard d'arrière de l'équipage, elle semble étroite de l'extérieur, mais une fois à l'intérieur, on a l'impression que cet espace circulaire fait au moins trente mètres de diamètre. Des membres de l'équipage, enfoncés dans des fauteuils en velours, y sirotent des martinis fluo le regard perdu en écoutant un groupe de jazz tranquille.

– Une personne ? me demande une hôtesse. Suivez-moi.

Et elle me conduit à mon fauteuil en velours avec vue sur clair de lune miroitant sur l'eau.

Assis à côté de moi, un homme pâle boit quelque chose de bleu et probablement radioactif.

– Tu es un sauteur ? Ou tu es juste là pour le spectacle ?

– Je suis là pour me remettre les idées en place.

– Prends donc un verre de ça, me conseille-t-il en désignant sa boisson radioactive. En attendant d'élaborer ton propre cocktail, tu peux partager le mien. Ici, on doit tous trouver son propre cocktail, sinon on est copieusement fouetté et envoyé au lit. C'est comme ça que se terminent toutes les comptines, ici. Même celles qui ne comptent pas.

Je regarde la dizaine de personnes qui s'éclatent dans une espèce de stupeur psychédélique.

– Je ne comprends pas comment tout ça tient dans le nid-de-pie.

– L'élasticité est le principe fondamental de la perception, m'explique mon compagnon. Mais de la même manière qu'un élastique rompt quand il reste trop longtemps au soleil, je soupçonne que le nid-de-pie finira, au bout d'un moment, par se rendre compte que nous avons abusé de sa nature élastique et qu'il rompra lui aussi, avant de reprendre sa taille d'origine. À ce moment-là, tous ceux qui seront pris à l'intérieur seront écrabouillés ; leur sang, leurs os et leurs divers organes internes seront pressés à travers les nœuds du bois comme de la pâte à modeler.

Il lève son verre avant d'ajouter :

– Je donnerais cher pour voir ça !

Quelques mètres plus loin, un membre d'équipage en combinaison bleue grimpe sur la lèvre du nid-de-pie, écarte grand les bras et saute vers une mort certaine. Je me lève pour regarder par-dessus bord, mais il a disparu. Tous ceux qui sont rassemblés là applaudissent poliment et le groupe se met à jouer *Orange Colored Sky*, même si le ciel du crépuscule est plutôt violet hématome.

Je crie :

– Mais pourquoi vous restez tous assis là sans rien faire ? Vous n'avez pas vu ce qui s'est passé ?

Mon compagnon au cocktail hausse les épaules.

– Les sauteurs font ce qui est dans leur nature : ils sautent. Nous, nous sommes là pour applaudir leur audace et leur rendre hommage.

Il jette un coup d'œil distrait par-dessus la rambarde.

– Mais c'est si bas qu'on ne les voit jamais s'écraser, ajoute-t-il avant de vider son verre. Je donnerais cher pour voir ça !

18 Cendrier mystère

Personne ne me veut du mal au lycée.

C'est ce que je me dis chaque matin après avoir vérifié aux infos qu'il n'y a pas eu de tremblement de terre en Chine. Je me le redis quand je me dépêche de changer de salle de classe. Je me le répète les fois où je croise celui qui veut me tuer, même s'il n'a pas l'air de savoir que j'existe.

– Tu réagis de manière excessive, m'a dit mon père.

C'est peut-être vrai, mais ça implique qu'il y a de quoi réagir. Quand je vais mieux, j'ai envie de me foutre des baffes, tellement c'est stupide de penser que ce type m'en veut à mort. Qu'est-ce que ça dit de moi, hein, si quand j'ai envie de me mettre des claques, c'est signe que ça va mieux ?

– Tu dois te recentrer, me répète ma mère.

Elle est à fond dans la méditation et la nourriture vegan crue. J'imagine que c'est sa manière de réagir face au dégoût qu'elle ressent à déloger les morceaux de viande coincés entre les dents des gens pour gagner sa vie.

Mais recentrer, c'est plus facile à dire qu'à faire. J'ai appris ça dans un cours de céramique. La prof donnait l'impression qu'il n'y a rien de plus simple que de réaliser un vase, sauf qu'en réalité, ça demande beaucoup de précision et de savoir-faire. On balance la boule de terre exactement au centre du tour de potier, puis on enfonce fermement ses pouces au milieu pour l'élargir, millimètre par millimètre. Mais chaque fois que j'essayais, j'avais à peine commencé que mon vase se déformait et se déséquilibrait. Chaque tentative pour le remettre d'aplomb ne faisait qu'empirer les choses, jusqu'à ce que la lèvre parte en lambeaux, que les flancs s'affaissent et que je me retrouve avec ce que la prof appelait un « cendrier mystère », rejeté sans façon dans le grand seau de terre.

Alors que se passe-t-il quand ton univers commence à se déséquilibrer et que tu n'as pas la moindre expérience pour le recentrer ? Tout ce que tu peux faire, c'est te lancer dans une bataille perdue d'avance en attendant que ces murs s'effondrent et que ta vie devienne un immense cendrier mystère.

19 Xargon dans tous ses états

Des fois, le vendredi, avec mes amis Max et Shelby, on se retrouve après les cours. On est censés mettre au point un jeu RPG, sauf que ça fait deux ans qu'on est dessus et qu'on n'est pas près d'avoir fini. Il faut dire que, plus on progresse, plus on s'améliore et on s'affine chacun dans son domaine d'expertise, plus on trouve qu'il faut jeter tout ce qu'on a inventé avant et recommencer du début, parce que ça fait amateur et gamin.

Max est notre moteur. C'est lui qui dépasse, et de loin, les limites de la patience de mes parents quand il s'éternise chez moi, parce que, même s'il est le génie de l'informatique de notre trio, son ordinateur à lui est une poubelle qui plante dès qu'on murmure le mot « graphisme » à moins d'un mètre de lui.

Shelby est notre reine de la conception.

Cette après-midi-là, comme presque chaque fois qu'on travaille sur notre projet, elle déclare :

– Je crois que j'ai trouvé ce qui ne va pas avec l'histoire.

Puis elle ajoute :

– Je pense qu'il faut que je limite l'arsenal bio-intégré

des personnages. Sinon, chaque bataille se termine en bain de sang et c'est gonflant.

– Qui a dit que c'était gonflant, les bains de sang ? demande Max. J'aime ça, moi.

Shelby me fixe, attendant que je la soutienne, mais pas la peine de compter sur moi.

– Moi aussi, j'aime ça, lui dis-je. Ça doit être un truc de mec.

Elle me fusille du regard et me jette quelques pages de description des nouveaux personnages.

– Contente-toi de dessiner les persos et de leur donner assez d'armure pour qu'ils ne meurent pas du premier coup. Surtout Xargon. J'ai de grands projets pour lui.

J'ouvre mon carnet de croquis.

– On ne s'était pas juré d'arrêter le jour où on parlerait comme des nerds ? Je crois qu'on peut marquer ce jour d'une pierre blanche.

– Oh, ça va ! On a déjà passé ce cap l'année dernière, me reprend Shelby. Si tu es immature au point d'avoir peur que des crétins te collent une étiquette, alors salut : on se trouvera un autre artiste.

J'aime la façon dont Shelby balance toujours exactement ce qu'elle pense. Même s'il n'y a jamais eu et qu'il n'y aura jamais rien entre nous – cette histoire est morte dans l'œuf. On s'apprécie beaucoup trop pour sortir ensemble ; ce serait bizarre. Et puis notre triangle amical a ses avantages. Comme le fait que Shelby nous file des infos sur les filles qui nous intéressent, Max et moi, et que nous, on lui raconte ce qu'elle a envie de savoir sur les mecs qui lui plaisent. Ça marche beaucoup trop bien pour qu'on vienne mettre le bazar là-dedans.

– Vous savez, reprend Shelby, c'est pas comme si on ne vivait que pour ça : ce n'est qu'un passe-temps. On se fait plaisir deux, trois fois par mois. Moi, en tout cas, je n'ai pas l'impression que ça mette un frein à ma vie sociale.

– Ouais, réplique Max. C'est parce que le frein, tu préfères te le mettre ailleurs.

Elle le frappe assez fort pour que Max laisse échapper la souris sans fil, qui voltige à travers la pièce.

Je crie :

– Ho ! Si vous la cassez, c'est moi qui devrai en racheter une. Mes parents passent leur temps à me faire la morale pour que je me montre responsable.

Shelby me regarde froidement, presque fâchée.

– Tu n'as pas de dessins à faire, toi ?

– Peut-être que j'attends l'inspiration…

Inspiré ou pas, je respire un grand coup et je lis ses descriptions de personnages. Puis je contemple la page blanche de mon carnet de croquis.

C'est un problème avec le vide qui m'a poussé vers l'expression artistique. Quand je vois un carré vide, il faut que je le remplisse. Une page blanche, je ne peux pas la laisser comme ça. Les pages blanches me crient de les emplir avec le foutoir de mon cerveau.

Ça a commencé avec des gribouillis. Puis les gribouillis se sont changés en esquisses, les esquisses en dessins et les dessins sont maintenant des « travaux ». Ou des « œuvres », si on se la joue prétentieux, comme certains élèves de mon cours d'arts plastiques qui portent des bérets – à croire qu'ils ont un cerveau si créatif qu'il a besoin d'un couvre-chef le distinguant des autres. Mes « œuvres » à moi sont surtout des BD. Des mangas, etc., mais pas toujours. Depuis quelque temps, ce que je fais est de plus en plus abstrait, comme si les lignes que je trace dirigeaient ma main plutôt que l'inverse. Maintenant, chaque fois que je commence, je suis pris d'une espèce d'angoisse. Un besoin irrépressible de voir où ces lignes m'entraînent.

Je m'applique du mieux que je peux sur les esquisses des personnages de Shelby, mais je n'ai aucune patience. Dès que j'ai un crayon de couleur à la main, je n'ai qu'une envie : le laisser tomber pour en prendre un autre. Je vois les lignes que je dessine dans le détail, mais pas dans leur ensemble. J'adore dessiner des personnages, mais ce jour-là, c'est comme si ce plaisir avait pris une bonne avance sur mes pensées et que je n'arrivais pas à le rattraper.

Je montre à Shelby mon dessin de Xargon, nouvelle version améliorée de son capitaine à l'épreuve des bains de sang.

– C'est bâclé, lâche-t-elle. Si tu ne prends pas ça au sérieux…

– Je ne ferai pas mieux, aujourd'hui, OK ? Des fois,

je le sens, des fois pas. Et puis, peut-être que ce sont tes descriptions superficielles des persos qui rendent mon travail superficiel.

– Applique-toi un peu. Avant, tu étais si… réaliste.

Je hausse les épaules.

– Et alors ? Tout le monde évolue. Regarde Picasso.

– D'accord. Tiens-moi au courant quand Picasso travaillera sur un jeu vidéo…

Et même si on se vanne toujours pendant nos sessions, ce qui fait partie du jeu, aujourd'hui, c'est différent, parce que, au fond de moi, je sais que Shelby a raison. Mon dessin n'est pas en pleine évolution mais en pleine déconstruction. Et je ne sais pas pourquoi.

20 Les perroquets sourient toujours

Le capitaine me convoque, même si j'ai essayé de ne pas me faire remarquer.

– Tu n'es pas sorti de l'auberge, me lance le navigateur quand je quitte notre cabine. Auberge, héberge, goberge, gober – il paraît qu'il a déjà gobé d'un coup des membres de l'équipage.

Ça me rappelle mon rêve de la Cuisine Blanc Plastique – sauf que le capitaine ne fait pas partie de ce rêve.

Le bureau du capitaine est vers la poupe, tout à l'arrière du navire. Il dit que c'est pour mieux réfléchir à son parcours. En ce moment, en tout cas, il ne réfléchit pas. Il n'est même pas dans sa cabine. Il n'y a que le perroquet, posé sur un perchoir entre le bureau en désordre du capitaine et un globe où toutes les masses terrestres sont fausses.

– Tu as bien fait de venir, tu as bien fait de venir ! dit le perroquet. Assieds-toi, assieds-toi.

Je m'assois et j'attends. Le perroquet sautille sans arrêt d'un bout à l'autre de son perchoir. Je lui demande :

– Pourquoi est-ce que je suis là ?

– Exactement, réplique le perroquet. POURQUOI es-tu là ? Ou peut-être qu'il vaudrait mieux te demander : « Pourquoi es-TU là ? » Ou : « Pourquoi es-tu LÀ ? »

Je commence à perdre patience.

– Est-ce que le capitaine arrive ? Parce que sinon…

– Ce n'est pas le capitaine qui t'a fait appeler, me coupe l'oiseau. C'est moi, c'est moi.

D'un mouvement de tête, il m'indique un papier sur le bureau.

– Merci de remplir le questionnaire.

– Avec quoi ? Il n'y a pas de stylo.

Le perroquet saute sur le bureau et déblaie de ses pattes une partie du bazar. Comme il ne trouve pas de quoi écrire, il arrache une des plumes bleu-vert de son dos. Elle tombe sur le bureau : on dirait le genre de plume dont on se servait autrefois.

– Et pour l'encre, je fais comment ?

– Glisse-la dans le goudron entre les planches, m'indique le perroquet.

Je m'approche de la cloison la plus proche et je plonge la pointe de la plume dans l'obscurité logée entre deux planches de bois. Quelque chose de plus sombre que de l'encre est aspiré dans le creux de la plume. Je frissonne rien qu'à le voir. Je remplis le questionnaire en veillant à ce que ce truc n'entre pas en contact avec ma peau.

Je demande au perroquet :

– Tout le monde doit le faire ?

– Tout le monde.

– Je dois répondre à toutes les questions ?

– Toutes les questions.

– En quoi c'est important ?

– C'est important.

Quand j'ai fini, on reste là, à se regarder. D'un coup, je me rends compte que les perroquets semblent toujours avoir un sourire sympathique, un peu comme les dauphins, ce qui fait qu'on ne sait jamais vraiment ce qu'ils pensent. Un dauphin peut être sur le point de vous arracher le cœur ou de vous trucider à grands coups de nez, comme il le fait parfois avec les requins, mais comme il garde toujours le sourire, on croit que c'est un ami. Ça me fait penser aux dauphins que j'ai peints sur le mur de la chambre de ma sœur. Est-ce qu'elle sait qu'ils ont peut-être envie de la tuer ? Est-ce qu'ils sont déjà passés à l'acte ?

– Tu t'entends bien avec les membres de l'équipage, membres de l'équipage ? m'interroge le perroquet.

Je hausse les épaules.

– Je crois.

– Confie-moi quelque chose que je pourrais retourner contre eux.

– Pourquoi je ferais un truc pareil ?

Le perroquet soupire en sifflant.

– Oh là, là, pas très coopératif, aujourd'hui.

Quand il comprend qu'il n'obtiendra rien de moi, il saute de nouveau sur son perchoir.

– C'est bon pour aujourd'hui, aujourd'hui, conclut-il. File dîner. Couscous et mahi mahi.

21 Questionnaire pour membres de l'équipage

Merci de noter les propositions qui suivent en utilisant l'échelle ci-dessous :

① Absolument d'accord. ② Tout à fait d'accord.

③ D'accord par compassion. ④ En accord total.

⑤ Comment le saviez-vous ?

– Des fois, j'ai peur que le bateau coule. ① ② ③ ④ ⑤

– Les autres membres de l'équipage
dissimulent des armes biologiques. ① ② ③ ④ ⑤

– Les boissons énergisantes
me permettent de voler. ① ② ③ ④ ⑤

– Je suis Dieu et Dieu ne remplit pas
de questionnaires. ① ② ③ ④ ⑤

– J'apprécie la compagnie des oiseaux
aux couleurs vives. ① ② ③ ④ ⑤

– La mort a tendance à m'ouvrir l'appétit. ① ② ③ ④ ⑤

– Mes chaussures sont trop serrées
et mon cœur est deux pointures
trop petit. ① ② ③ ④ ⑤

– Je pense que toutes les réponses
se trouvent au fond de l'océan. ① ② ③ ④ ⑤

– Je me retrouve souvent entouré
de zombies sans âme. ① ② ③ ④ ⑤

– Des fois, j'entends des voix
en regardant le téléachat. ① ② ③ ④ ⑤

– Je peux respirer sous l'eau. ① ② ③ ④ ⑤

– J'ai des visions d'univers parallèles
et/ou perpendiculaires. ① ② ③ ④ ⑤

– Il me faut plus de caféine. Tout de suite. ① ② ③ ④ ⑤

– Je sens des morts. ① ② ③ ④ ⑤

22 Le matelas ne l'a pas sauvé

Pendant qu'on bâche notre maison pour la traiter contre les termites, nous partons en famille à Las Vegas. Je dessine dans mon carnet de croquis tout le long du trajet. Ça me donne mal au cœur. Je suis à deux doigts de vomir. Ce qui, à mon avis, me met dans le même état que tous ceux qui sont à Vegas.

Notre hôtel est une pyramide de trente étages avec des ascenseurs qui se déplacent en diagonale. Les Las Vegans sont très fiers de leurs ascenseurs. Qu'ils soient en verre, couverts de miroirs, ou ornés de lustres qui s'agitent et tintent comme si chaque montée ou descente était un véritable tremblement de terre. Les hôtels rivalisent tous pour conduire leurs hôtes le plus rapidement possible de leurs chambres au casino. Il y a même un hôtel qui a installé des machines à sous dans l'ascenseur pour ceux qui sont trop pressés.

Je suis nerveux, sans savoir pourquoi.

– Il faut que tu manges, me dit ma mère.

Je mange, mais mon angoisse ne passe pas.

– Tu as besoin de faire la sieste, me dit mon père, comme si je n'étais encore qu'un gamin.

Mais ce n'est pas ça non plus, et mes parents le savent tous les deux.

– Il faut que tu surmontes cette phobie sociale, Caden, me répètent-ils une fois de plus.

Le truc, c'est que je n'ai encore jamais souffert de phobie sociale – j'ai toujours été assez sûr de moi et sociable. Mes parents ignorent – même moi, je ne le sais pas encore – que c'est le début de quelque chose de plus important. Que ce n'est que la sombre pointe d'une pyramide beaucoup plus vaste, beaucoup plus profonde, beaucoup plus obscure.

Mes parents passent une demi-journée à jouer, jusqu'à ce qu'ils estiment avoir perdu assez d'argent. Après, ils se disputent et s'accusent l'un l'autre.

– Tu ne sais même pas jouer au blackjack !

– Je t'avais dit que je préférais la roulette !

Tout le monde a besoin de pouvoir rejeter la faute sur quelqu'un d'autre. Dans un couple marié, chacun accuse l'autre. C'est plus simple comme ça. Toute cette histoire monte en mayonnaise parce que ma mère a cassé le talon gauche de ses chaussures rouges préférées et qu'elle a dû rentrer à l'hôtel en boitant, parce que se balader pieds nus dans les rues de Las Vegas, même pas la peine d'y penser. Marcher sur des charbons ardents serait moins douloureux.

Pendant que nos parents se consolent au spa, je sors avec ma sœur. On se balade sur le Strip et on regarde le spectacle de jets d'eau du Bellagio. Ça m'ennuie un peu d'être avec Mackenzie à ce moment-là, parce qu'elle a une de ces sucettes qu'elle adore dans la bouche : une Ring Pop bleue – une bague sertie d'un gros bonbon. Ça lui donne l'air beaucoup plus jeune que ses presque onze ans, et du coup j'ai l'impression de passer pour son baby-sitter. Et puis c'est gênant d'être avec quelqu'un qui a la bouche toute bleue.

Pendant qu'on se promène, je récupère des cartes de visite d'agences d'escort girls que distribuent des types glauques à tous ceux qui veulent bien les prendre. Pas parce que j'ai l'intention d'appeler les numéros inscrits sur les cartes, juste parce que ça fait un truc à collectionner. Comme les cartes de baseball. Sauf que sur celles-ci, il y a des photos de femmes en petite tenue. Et ça, ça vaut toute une équipe de major league.

Parmi les bâtiments du Strip, il y avait le MGM Grand, ravagé par un incendie mortel. Niveau karma, c'était tellement mauvais que la société l'a vendu à une autre chaîne d'hôtels pour en construire un nouveau – un gigantesque temple du jeu vert qui rappelle la cité d'Émeraude dans *Le Magicien d'Oz*. L'ancien hôtel est aujourd'hui camouflé sous un autre nom. Beaucoup de gens ont péri dans cet incendie. Pour échapper aux flammes, un type coincé dans les étages a sauté d'une fenêtre avec un matelas. Le matelas ne l'a pas sauvé.

Je me mets à songer à notre hôtel et à ce que ça donnerait s'il prenait feu. Comment s'échapper d'une pyramide de verre en flammes dont les fenêtres ne s'ouvrent pas ? Mes pensées partent en vrille. Qu'est-ce qui se passerait si un de ces pauvres types décidait qu'il en avait marre de distribuer des cartes de visite cochonnes et se disait qu'il jouerait bien la carte de l'incendie criminel ? En regardant l'un d'entre eux – en le regardant vraiment –, je le lis sur son visage et je sais que c'est lui. J'ai un puissant pressentiment, un peu comme une voix m'avertissant de ne pas rentrer à l'hôtel. Parce qu'il me surveille. Parce qu'il se pourrait bien qu'ils me surveillent tous. Peut-être que tous ces sordides distributeurs de cartes sont de mèche. Et je ne peux pas retourner à l'hôtel, parce que sinon, ce sera vrai. Donc j'arrive à convaincre Mackenzie, qui chouine parce qu'elle a mal aux pieds, de continuer à marcher sans lui expliquer pourquoi. J'ai brusquement l'impression d'être le seul à pouvoir la protéger de ces sales types. Alors je dis à ma sœur :

– Et si on allait au Caesar's Palace ? Il paraît que c'est génial !

En entrant dans le faux palais romain, je me sens un peu plus en sécurité. D'immenses centurions de pierre, portant lances et armures, en gardent l'entrée. Je sais qu'ils ne sont là que pour le décor, mais j'ai l'impression qu'ils me protègent des machinations de tous les pyromanes pourris.

À l'intérieur, au milieu des boutiques qui poussent à acheter parfums, diamants, cuirs et visons, se trouve une alcôve avec une autre sculpture. C'est une reproduction parfaite du *David* de Michel-Ange. À Las Vegas, tout n'est que parfaite reproduction. La tour Eiffel, la statue de la

Liberté, la moitié de Venise. Le monde réel version artificielle, rien que pour vous distraire.

– Beurk, qu'est-ce qu'il fait tout nu, lui ? s'exclame Mackenzie.

– Ne sois pas idiote, c'est David.

– Oh.

Heureusement, elle n'ajoute pas : « David comment ? » À la place, elle me demande :

– Qu'est-ce qu'il a dans la main ?

– Un lance-pierre.

– Ça ne ressemble pas à un lance-pierre.

– C'est une fronde biblique. Celle dont il s'est servi pour vaincre Goliath.

– Ah d'accord, répond Mackenzie. On peut y aller, maintenant ?

– Une minute.

Frappé par le regard de pierre de David, je reste cloué sur place. Son corps semble détendu, comme si le royaume était déjà le sien, mais l'expression de son visage… Elle est pleine de souci et d'inquiétude qu'il cherche à dissimuler. Je commence à me demander si David était comme moi. S'il voyait des monstres partout et s'il se rendait compte que toutes les frondes du monde ne suffiraient pas à s'en débarrasser.

23 Huit secondes et demie

Le premier soir de notre virée à Las Vegas, mes parents sont un peu soûls. Ils ont arrêté de se disputer pour savoir qui était responsable de ce qu'ils ont perdu au jeu ce jour-là. Ils décident de s'élever au-dessus de tout cela. Littéralement.

Il faut dire que tous les hôtels de Las Vegas ont leur attraction, et la plus grande de toutes, c'est la Stratosphere Tower, qui se vante d'avoir 113 étages, même si je pense qu'ils calculent les étages en centimètres de Las Vegas, qui s'allongent et se rétractent pour s'adapter au moindre mensonge qu'on essaie de vous vendre. N'empêche que c'est assez impressionnant, cette couronne de verre circulaire posée sur une élégante flèche de béton. L'employé dans l'ascenseur prétend que l'hôtel possède les ascenseurs les plus rapides de la civilisation occidentale. Ah, les Las Vegans et leurs ascenseurs…

La couronne en verre de quatre étages abrite un restaurant qui tourne et un bar avec des concerts. Les gens sont assis dans des fauteuils de velours rouge et sirotent des cocktails fluo qui ont l'air radioactifs. La tour propose aussi des attractions de fête foraine. Par exemple, vous pouvez faire un saut de 108 étages presque en chute libre, attaché à un câble, sans même un matelas pour vous tenir compagnie. C'est une caméra qui accompagne votre chute, enregistrant votre simulacre de mort pour que vous puissiez le rapporter à la maison et revivre ces 8,5 secondes dans le confort de votre salon.

– Ça vous tente ? demande mon père. Il n'y a pas la queue.

D'abord, je pense qu'il plaisante, mais quand j'aperçois une petite lueur dans ses yeux, je comprends que ce n'est pas le cas. Il est rare que mon père boive trop, mais quand ça lui arrive, il incarne l'exemple type de tout ce qu'il ne faut pas faire.

Je réponds :

– Non merci.

Puis j'essaie de m'éloigner, mais il me retient et me dit que c'est un truc à faire en famille. Il a des coupons de réduction. Deux pour le prix d'un. Quatre pour deux. Une super affaire.

– Détends-toi, Caden, me dit-il. Abandonne-toi à l'Univers.

Mon père n'a pas connu les années soixante, mais l'alcool peut métamorphoser ce républicain affirmé en hippie errant à Woodstock.

– Qu'est-ce qui te fait peur ? Tu ne risques rien.

Devant nous, une personne entièrement saucissonnée dans un harnais et une combinaison de saut bleue se jette dans le vide le long de la tour et disparaît à tout jamais. Les gens applaudissent et je commence à ne plus sentir mes doigts.

Cocktail fluo à la main, un pâle abruti va demander aux gens qui s'occupent de l'attraction :

– Y en a qui s'écrasent en bas ?

Puis il se marre avec ses amis tout aussi abrutis.

– Je donnerais cher pour voir ça !

– Soit on y va en famille, soit on n'y va pas du tout, déclare alors mon père.

Du coup, ma sœur commence à m'asticoter en se plaignant que je lui gâche toujours la vie. Ma mère, elle, se contente de rire bêtement, parce que, elle, les margaritas la métamorphosent en gamine de douze ans dans un corps de quarante.

– Allez, Caden, insiste mon père. Vis dans l'instant, mon gars. Tu t'en souviendras toute ta vie.

C'est ça. L'intégralité des 8,5 secondes qu'il me reste.

J'arrête de protester, parce qu'ils sont à trois contre un. Mais en regardant mon père dans les yeux, je la vois. La même chose que j'ai lue sur le visage du mec flippant qui distribuait des cartes et qui veut incendier notre hôtel, je le sais. Qui est mon père, en réalité ? Et s'il était membre d'une espèce de société secrète ? Et si toute ma vie n'avait été qu'une vaste supercherie, comme Venise-sur-Strip, et qu'en réalité il s'agissait juste de m'amener jusqu'ici, de m'appâter pour me pousser à faire ce saut de la mort ? Qui sont tous ces gens ? Et même si une partie de moi sait à quel point mes pensées paraissent ridicules, une autre partie de moi laisse prise à mon infernal « Et si… ? ».

La même partie de moi qui jette discrètement un coup d'œil sous mon lit et dans les placards après avoir regardé un film d'horreur.

Avant même de comprendre ce qui m'arrive, je me retrouve dans la même tenue bleue que ma famille et, pour la première fois, je saisis pourquoi on appelle ça des combinaisons de saut ; on est dehors sur un portique comme une équipe d'astronautes, et ma sœur se lance en premier parce qu'elle veut prouver qu'elle est la fille la plus courageuse de la planète Terre, puis ma mère est attachée au câble et elle saute, son rire se changeant en cri plongeant, et mon père attend derrière moi, s'assurant que je passe avant lui, parce qu'il sait que, si jamais j'ai le choix, je redescendrai par l'ascenseur.

– Tu vas voir, tu vas t'éclater.

Mais il n'y a pas de quoi s'éclater, parce que le nuage qui vit dans le coin de ma tête qui a besoin de regarder sous le lit s'est désormais transformé en brouillard tenace qui s'étend sur tout mon cerveau, comme l'ange de la mort sur les premiers nés d'Égypte.

Les gens m'observent d'un œil distrait à travers la paroi en verre de la couronne de la Stratosphere – des gens bien habillés qui mangent des escargots et boivent de la radiation pendant que leur restaurant tourne lentement – et je me rends compte que je fais partie du spectacle de la soirée. Comme au cirque, tout le monde a secrètement envie de voir quelqu'un s'écraser.

Ma terreur ne se limite pas à de simples frissons. Ni à l'adrénaline qu'on ressent au sommet des montagnes russes, juste avant la première descente. Je suis sûr et certain, je SAIS, qu'on fait juste semblant d'attacher mon câble. Que ma vie va prendre fin dans une explosion de douleur à haute vélocité. La vérité se lit dans tous leurs regards. La douleur de le savoir me tue plus que me tuer me tuerait, alors je saute, juste pour que ça s'arrête.

Je crie, je crie et je crie le long d'une tour, tombant dans un puits noir sans fond si réel que je croirai toujours, toujours, que c'est vrai – et pourtant, 8,5 secondes plus tard, je ralentis et je suis rattrapé par une équipe au pied de la tour. Je suis tellement surpris d'être toujours en vie que je n'arrive pas à m'arrêter de trembler, et ma seule victoire dans cette soirée atroce, c'est que mon père, qui saute après moi, vomit en descendant – mais même ça, ça ne suffit pas à faire disparaître l'infernale sensation de trou noir que je suis encore juste au bord de quelque chose d'inconcevable.

24 Ne crois pas que ça t'appartienne

Le navire tangue violemment et je suis tiré d'un cauchemar que je n'arrive pas à me rappeler. La lanterne suspendue au plafond bas de notre cabine se balance frénétiquement, projetant des ombres qui oscillent, dans un flux et reflux aussi désagréable que celui des vagues.

Le navire entier lance une douloureuse complainte de craquements et les planches suintantes de la coque se dilatent et se contractent, tirant sur le malheureux goudron noir qui en assure la cohésion. Le goudron lui-même semble grogner sous l'effort.

Le navigateur me regarde du haut de sa couchette, au-dessus de la mienne ; il n'a pas l'air de se soucier que le navire soit sur le point d'être réduit à du bois flotté par la mer enragée.

– Mauvais rêve ? me demande-t-il.

– Ouais, dis-je en couinant.

– Tu étais dans la cuisine ?

Sa question me désarçonne. Je ne lui en ai jamais parlé.

– Tu connais cet endroit ?

– Nous allons tous dans la Cuisine Blanc Plastique de temps à autre, me dit le navigateur. Ne crois pas que ça t'appartienne, parce que ce n'est pas le cas.

Je me traîne jusqu'aux toilettes, un peu plus bas dans le couloir. J'ai l'impression que mes pieds sont rivés au sol. Et que mes bras sont rivés aux cloisons. En plus des mouvements du navire, cela transforme mon périple aux toilettes en épreuve d'un quart d'heure.

Quand je suis enfin de retour dans mon lit, le navigateur laisse tomber une feuille de papier déchirée, avec des lignes et des flèches courbées dans un sens et dans l'autre.

– Loin de là, reste pas là, reste chez toi, loin de chez toi, me dit-il. Emporte ça avec toi, la prochaine fois que tu iras dans la cuisine, voilà ce que je te conseille. Ça t'indiquera la sortie.

– Je ne peux pas emporter un morceau de papier dans un rêve, lui fais-je remarquer.

– Eh bien, lâche-t-il, comme si je l'avais insulté, dans ce cas t'es foutu.

25 Pas la permission

– Dessine-moi, m'ordonne le perroquet en regardant mon carnet de croquis. Dessine-moi.

Je n'ose pas refuser.

– Alors pose, dis-je.

Il se lisse les plumes sur le garde-fou, lève majestueusement le bec et gonfle son plumage. Je prends mon temps. Quand j'ai fini, je lui présente le résultat. Un dessin représentant une merde fumante.

Il le contemple un moment avant de commenter :

– Ça ressemble plus à mon frère. Après avoir été mangé par un crocodile, bien sûr.

Pour le coup, ça m'amuse. Alors je fais un nouveau croquis, vraiment ressemblant cette fois, avec cache-œil et tout.

Mais le capitaine nous a observés, et quand le perroquet s'envole, très content de lui, il me confisque mon crayon et mon bloc. Au moins, il ne me fait pas couper la main avec laquelle je dessine. La rumeur raconte que si certains membres de l'équipage ont une jambe de bois, c'est parce que le capitaine les a surpris en train de jouer au foot sur le pont.

– On ne t'a pas donné la permission d'avoir du talent, lance le capitaine. Ça pourrait vexer les membres de l'équipage qui n'en ont pas.

Et même si le talent se passe de permission, je baisse la tête et demande :

– S'il vous plaît, capitaine... puis-je solliciter l'autorisation d'avoir du talent pour le dessin ?

– Je vais y songer.

Il regarde le portait du perroquet, fronce le nez, et le jette par-dessus bord. Il contemple ensuite l'image de merde fumante et déclare :

– Remarquable ressemblance.

Et il le jette également à l'eau.

26 Que des mauvaises choses

Le matin, le barman me fait appeler au nid-de-pie pour me préparer mon cocktail. Pas de sauteurs aujourd'hui, alors il n'y a pas grand monde.

– Ce cocktail sera à toi et rien qu'à toi.

Le barman me fixe longuement dans les yeux, jusqu'à ce que je fasse « oui » de la tête. Satisfait, il attrape bouteilles et potions. Ses mains bougent tellement vite qu'on dirait qu'il en a plus que deux. Il secoue le tout dans un vieux shaker à cocktail rouillé. Je lui demande :

– Qu'est-ce qu'il y a là-dedans ?

Il me regarde comme si j'étais idiot de poser cette question. Ou idiot de penser que j'obtiendrais une réponse.

– Des cochonneries, des épices et que des mauvaises choses, lâche-t-il.

– C'est-à-dire ?

– Cartilage de vache. Et épine dorsale de scarabée noir.

– Les scarabées n'ont pas d'épine dorsale, lui fais-je remarquer. Ils font partie des invertébrés.

– Tout à fait. C'est pour ça que c'est si rare.

Le perroquet, qui était perché beaucoup plus bas, monte à tire-d'aile et s'assied sur la caisse. Ce qui me rappelle que je n'ai pas de quoi payer. Je préviens le barman.

– Pas de problème, me répond-il. On enverra la note à ton assurance.

Il verse la mixture dans une flûte à champagne en cristal et me la tend. Le mélange fait des bulles rouges et jaunes, sans que les deux couleurs se mélangent. Mon cocktail fait comme une lampe à lave.

– Allez, bois ! Allez, bois ! m'encourage le perroquet.

Il tourne légèrement la tête pour me regarder de son bon œil.

J'avale une gorgée. C'est amer, mais pas entièrement désagréable. Un léger parfum de banane et d'amande. Je lance :

– Cul sec.

Et j'engloutis le reste d'un trait, avant de reposer le verre vide sur le bar.

Le perroquet hoche la tête, très satisfait.

– Parfait ! Tu viendras deux fois par jour au nid-de-pie, déclare-t-il.

– Et si je n'en ai pas envie ?

Le perroquet me fait un clin d'œil.

– Alors c'est le nid-de-pie qui viendra à toi.

27 Masses aux mains désinfectées

Il y a très longtemps, nous avons fait un autre voyage en famille, à New York. Comme tous les hôtels bien situés affichaient déjà complet ou coûtaient les yeux de la tête, nous avons fini loin des sentiers battus des touristes.

Notre hôtel se trouvait quelque part sous l'aisselle gauche d'un gros type du Queens, dans un quartier qui porte le nom pas très heureux de « Flushing[1] ». Les pères

1. *Même si l'origine du nom de ce quartier du Queens ne vient pas de là, « flushing » peut, entre autres, se traduire par « tirer la chasse d'eau ». (Toutes les notes sont de la traductrice.)*

fondateurs de New York, comme la plupart des New-Yorkais, avaient un sens aigu de l'ironie.

Tout ça pour dire, pour parler comme les New-Yorkais, que nous étions tout le temps obligés de prendre le métro pour nous rendre quelque part, et que c'était toujours une aventure. Je crois qu'une fois on a fini à Staten Island, alors que le métro n'y passe même pas. On épuisait sans arrêt le crédit de nos MetroCard, qui vomissaient de la monnaie électronique chaque fois qu'on passait un tourniquet, et mon père pleurait l'époque bénie du jeton de métro en cuivre, quand on pouvait compter ses voyages au creux de la main.

Ma mère a clairement présenté LES RÈGLES DU MÉTRO, comme l'utilisation massive de gel désinfectant et l'interdiction de croiser le regard des gens.

Au cours de cette semaine, je me suis fait étudiant de la foule, observant de près les masses non lavées aux mains non désinfectées. Dans les rues, par exemple, j'ai découvert que les New-Yorkais ne lèvent jamais les yeux vers les imposants bâtiments qui les surplombent. Rapides et efficaces, ils traversent des foules denses, comme s'ils portaient une veste en Teflon, se heurtant très rarement les uns les autres. Et dans le métro, où tout le monde doit garder l'équilibre alors que les wagons vous secouent de station en station dans un bruit de ferraille, non seulement les gens ne se regardent pas dans les yeux, mais ils existent dans leur propre univers très étroit, comme s'ils avaient revêtu une combinaison spatiale invisible. C'est un peu comme de conduire sur l'autoroute, sauf que l'espace personnel s'arrête à un centimètre des vêtements, et encore. Je trouvais fascinant que des gens puissent vivre si proches – qu'on puisse être littéralement entouré de milliers de gens qui ne soient qu'à quelques centimètres de soi – tout en restant complètement isolé. Ça me semblait difficile à concevoir. Aujourd'hui, plus du tout.

28 Arc-en-ciel ocre

Nous avons fini par retrouver notre maison, débarrassée des termites, et les merveilles de Sin City, la « ville du péché », sont désormais des souvenirs qu'il vaut mieux supprimer. Mais je ne me sens pas plus à l'aise chez moi. Je suis pris de ce besoin irrépressible de faire les cent pas. Aller, retour, aller, retour. Pour rien. Quand je ne fais pas les cent pas, je dessine ; quand je ne dessine pas, je cogite – ce qui me pousse de nouveau à faire les cent pas et à dessiner. Peut-être que je réagis aux résidus de pesticides.

Un jour que je me suis installé à la table de la salle à manger, il y a devant moi tout un éventail de crayons de couleur, de pastels gras, de fusains. Je travaille aux crayons de couleur, mais je les tiens si serré et j'appuie si fort qu'ils n'arrêtent pas de casser. Pas juste la pointe : les crayons eux-mêmes. Ne supportant pas le moindre contretemps, je jette ceux qui sont fichus par-dessus mon épaule.

– On dirait un savant fou, commente ma mère.

Je l'entends environ dix secondes après. Trop tard pour répondre, donc je ne dis rien. De toute façon, je suis trop occupé. J'ai cette chose, là, dans la tête, dont il faut que je me débarrasse en la mettant sur le papier avant qu'elle ne change la forme de mon cerveau. Avant que les lignes colorées ne le débitent en tranches comme un fil à couper le beurre. Mes dessins ont perdu tout sens de la forme. Ce ne sont plus que des gribouillis et des suggestions aléatoires, sans l'être. Je me demande si les autres verront ce que je vois dans ces dessins. Ces images doivent bien vouloir dire quelque chose, n'est-ce pas ? Sinon, pourquoi seraient-elles si intenses ? Pourquoi cette voix silencieuse insisterait-elle à ce point pour que je les expulse ?

Le crayon magenta casse. Je le jette et je prends le vermillon.

– J'aime pas, dit Mackenzie en passant avec une cuillère de beurre de cacahuète qu'elle lèche comme une sucette. C'est flippant.

– Je ne dessine que le nécessaire.

Puis, dans un éclair d'inspiration impulsive, je plonge mon pouce dans la cuillère de Mackenzie et étale un arc ocre à travers la feuille.

– Maman ! crie ma sœur. Caden dessine avec mon beurre de cacahuète !

– Ça t'apprendra, réplique ma mère. Tu n'as pas le droit d'en manger avant le dîner.

N'empêche que ma mère nous observe un instant de la cuisine, moi et mon projet. Je sens sa vague d'inquiétude comme un chauffage de terrasse – faible et inefficace, mais constante.

29 Certains de mes meilleurs amis sont cirquesques

Je suis assis pour déjeuner avec mes amis. Sans l'être. C'est-à-dire que je suis parmi eux, mais que je ne me sens pas *avec* eux. Avant, j'avais toujours ma place parmi ceux avec lesquels je passais du temps, peu importe lesquels. Certains ont besoin d'une bande pour se sentir en sécurité. Ils sont dans cette petite bulle protectrice, loin de laquelle ils s'aventurent rarement. Moi, je n'ai jamais été comme ça. J'ai toujours circulé librement de table en table, de groupe en groupe. Les sportifs, les surdoués, les hipsters, les musicos, les skaters. J'ai toujours été apprécié et accepté par tout le monde, et j'ai toujours réussi à me fondre parmi eux, comme un caméléon. C'est vraiment étrange, du coup, de me retrouver désormais tout seul dans ma bande, même quand je suis en groupe.

Mes amis engloutissent leur repas et rient de quelque chose que je n'ai pas entendu. Je ne fais pas exprès de m'enfermer dans ma bulle, mais, curieusement, je n'arrive pas à m'ancrer dans la conversation. Leurs rires me semblent si lointains, comme si j'avais du coton dans les oreilles. Ça m'arrive de plus en plus souvent. C'est comme s'ils ne parlaient même pas ma langue – qu'ils parlaient cette espèce de faux langage bizarre qu'emploient les clowns du Cirque du Soleil. Mes amis conversent tous en cirquesque. En général, je joue le jeu. Je ris avec eux pour rester camouflé et donner l'impression d'être en phase avec ceux qui m'entourent. Mais ce jour-là, je n'ai pas envie de faire semblant. Mon pote Taylor, un peu plus observateur que les autres, remarque mon absence et me tapote le bras.

– Caden Bosch, allô, la Terre ? T'es où, mec ?

– J'orbite un trou noir, dis-je, et tout le monde éclate de rire.

S'ensuit toute une série de jeux de mots grossiers qui me paraissent tous cirquesques, parce que je suis déjà reparti ailleurs.

30 Le mouvement des mouches

Pendant que nous, membres de l'équipage, accomplissons notre tâche inutile consistant à faire les cent pas sur le pont, le capitaine nous domine à la barre. Comme un prêtre, il nous sermonne, délivrant l'étrange sagesse qui lui est propre.

– Calculer le nombre de personnes sur lesquelles vous pouvez compter, lance-t-il. Et si vous en trouvez moins de dix, coupez les doigts qui restent.

J'observe le perroquet qui inspecte un à un les membres de l'équipage, en se posant sur leur épaule ou en se perchant sur leur tête quelques instants, avant de s'envoler vers le suivant. Je me demande ce qu'il trafique.

– Coupez les ponts, ordonne le capitaine. Avant de les traverser, de préférence.

Le navigateur est assis sur un baril de beurk qui fuit ; à une époque, il était plein de vivres, mais la puanteur qui s'en dégage prouve qu'en pourrissant la nourriture s'est changée en autre chose. Mon compagnon élabore une carte de navigation à partir des mouvements des nuées de mouches autour du tonneau.

– Leurs mouvements sont plus véridiques que les étoiles, m'explique-t-il. Parce que les mouches domestiques ont des yeux composés.

J'ose demander :

– Quelle différence ça fait ?

Il me regarde, comme si la réponse était évidente.

– Yeux composés recomposent vérités.

Je comprends pourquoi le navigateur s'entend si bien avec le capitaine.

Le perroquet se pose sur mon épaule pendant que j'exécute mes allers-retours sans fin sur le pont.

– Marin Bosch ! Tenez bon, tenez bon !

Puis il regarde dans mon oreille en hochant la tête.

– Il est toujours là, conclut-il. Tant mieux pour toi ! Tant mieux pour toi !

Je présume que c'est de mon cerveau qu'il parle.

Il s'envole pour aller inspecter l'oreille d'un autre marin. Il lâche un sifflement sourd qui traduit sa déception quand il découvre ce qu'il y a – ou ce qu'il n'y a pas, justement – à l'intérieur de sa tête.

– Il ne faut avoir peur de rien, sauf de la peur, annonce le capitaine à la barre. Et de l'occasionnel monstre mangeur d'hommes.

31 Ça ne vaut pas plus que ça ?

Même s'il n'y a plus de résidus de pesticides dans notre maison, je n'arrive pas à m'empêcher de penser aux termites. Si le savon antibactérien crée des super-bactéries, comme on le prétend, est-ce que traiter toute une maison avec des produits toxiques ne risque pas de créer des super-insectes ? Je suis assis dans l'espèce de rocking-chair new age du salon – fauteuil qui remonte à l'époque où moi puis Mackenzie étions bébés et où maman nous allaitait. Je suis sûr que je dois avoir une bonne mémoire des sens, parce que habituellement, lorsque je suis assis dans ce fauteuil et que je me balance, je me sens un peu plus détendu et content – même si, heureusement, le souvenir du lait maternel s'est perdu dans les tunnels du temps.

Mais aujourd'hui, je ne me sens pas du tout détendu. Je n'arrive pas à m'empêcher de penser à des choses grouillantes en mutation. Je commence à dessiner ce que j'ai dans la tête, comme si, en le dessinant, j'allais peut-être réussir à expulser les super-insectes de mon cerveau.

Au bout d'un moment, je lève la tête et découvre que ma mère est debout, à côté de moi, et qu'elle me regarde. Je ne sais pas du tout depuis combien de temps elle est là. Et quand je baisse les yeux, je me rends compte que ma page est toujours vierge. Je n'ai rien dessiné du tout. Je tourne même les pages pour voir si je n'ai pas dessiné sur une autre feuille, mais non. Les insectes sont toujours dans ma tête et ne veulent pas sortir.

Ma mère a dû lire quelque chose de troublant sur mon visage, parce qu'elle me dit :

– Je donnerais bien un penny pour savoir à quoi tu penses.

Je ne tiens pas à partager mes pensées, alors je préfère détourner la question :

– Sérieusement ? Ça ne vaut pas plus que ça ? Un penny ?

– C'est juste une expression, Caden, soupire-t-elle.

– Eh bien, trouve donc quand cette expression a été inventée et recalcule la somme en tenant compte de l'inflation.

Ma mère secoue la tête.

– Il n'y a que toi pour aller jusque-là, Caden.

Puis elle me laisse mijoter dans les pensées que je refuse de vendre.

32 Moins que rien

J'ai lu quelque part qu'on allait définitivement supprimer les pennies un de ces jours, parce qu'ils ne sont sans doute plus bons qu'à acheter des pensées. Les comptes en banque seront arrondis. Les fontaines rejetteront les pièces en cuivre. La loi imposera que les prix se terminent par zéro ou par cinq uniquement. Entre les deux, rien ne sera autorisé. Sauf qu'il existe bien quelque chose entre les deux, même si tout le monde le nie.

C'est comme tous ces jetons de métro devenus obsolètes quand New York a commencé à les remplacer par des cartes magnétiques. Personne ne savait quoi faire de ces jetons. Comme un butin de dragon, mais en cuivre sans valeur, dont même le médiocre frère de Smaug n'aurait pas voulu – et l'immobilier coûte si cher dans la ville que leur stockage devait atteindre des sommes astronomiques. Je parie qu'ils ont demandé à la Mafia de les jeter dans l'East River, avec le corps de l'urbaniste qui avait imaginé que les MetroCards étaient une bonne idée.

Si les pennies n'ont plus de valeur, est-ce que du coup nos pensées ne valent plus rien ? Ça me rend triste d'y songer – des milliards de bouts de cuivre dévalant l'entonnoir jaune vers l'oubli. Je me demande où ils iront. Toutes ces pensées doivent bien finir quelque part.

33 La faiblesse qui quitte le corps

Je décide de me qualifier pour l'équipe d'athlétisme, pour m'occuper l'esprit et reprendre contact avec mes frères humains. Mon père ne se sent plus de joie. Je sais qu'il marque en secret d'une pierre blanche ce qu'il considère comme un moment décisif pour moi. La fin de mes jours d'angoisse. Je crois qu'il en a tellement envie qu'il ne remarque pas que je suis toujours angoissé – mais le fait qu'il pense que je vais bien me donne l'impression d'aller bien, moi aussi. Oubliez l'énergie solaire – si on pouvait exploiter le déni, il alimenterait le monde sur des générations.

– Tu as toujours été rapide à la course, dit-il. Et avec tes grandes jambes, je parie que tu pourrais être coureur de haies.

Mon père faisait partie de l'équipe de tennis de son lycée. On a des photos de lui dans un short Adidas ridicule qui ne laisse rien à l'imagination, avec un bandeau retenant ses longs cheveux dont la plupart se sont volatilisés depuis.

J'annonce à mes parents :

– L'entraîneur veut qu'on ne se déplace plus qu'en marchant ou en courant.

Maintenant, je fais le trajet jusqu'à l'école et le retour à pied. Des cals et des blessures apparaissent sur mes pieds. J'ai tout le temps mal aux chevilles.

– C'est une douleur saine, m'explique mon père avant de citer je ne sais quel gourou du sport : « La douleur, c'est la faiblesse qui quitte le corps. »

On sort m'acheter de nouvelles chaussures chères pour la course, et de meilleures chaussettes. Mes parents m'annoncent qu'ils essaieront de venir assister à ma première course, même s'il faut qu'ils prennent un jour de congé. Tout va pour le mieux, à un détail près. Je ne fais pas partie de l'équipe d'athlétisme.

Je n'ai pas menti – pas au début. Je suis vraiment allé à l'athlétisme, mais je n'ai fait que trois jours d'entraînement. J'ai eu beau essayer, je ne le sentais pas. Ces derniers temps, je suis pris dans une espèce de bulle d'isolement, comme celle du métro, et quand je suis dans un endroit débordant de camaraderie, une équipe, par exemple, c'est encore pire. Mon père m'a toujours dit : « Ne fais pas le dégonflé. » C'est comme ça que j'ai été élevé. Mais est-ce qu'on peut appeler ça se dégonfler quand on n'a jamais vraiment fait partie de l'équipe ?

Alors maintenant, je marche après les cours, plutôt que de courir. Avant, marcher était juste un moyen d'aller d'un endroit à un autre, mais là, c'est devenu à la fois un moyen et une fin en soi. Comme le besoin irrépressible de remplir un espace vide avec des dessins. Je vois un trottoir vide et je dois le remplir. Je marche pendant des heures d'affilée. Voilà d'où me viennent mes cals et mes douleurs aux chevilles. Et je vois des choses. Je ne les vois pas tant que je les sens. Des schémas de connexion entre les gens que je croise. Entre les oiseaux qui s'élancent des arbres. Il y a du sens quelque part, dehors. Si seulement je pouvais le trouver.

Un jour, je marche sous la pluie pendant deux heures, mon sweat à capuche est trempé et je suis glacé jusqu'aux os.

– Je crois que je vais lui dire deux mots, à ton entraîneur, annonce ma mère en me préparant un thé bien chaud. Il ne devrait pas vous faire courir sous ce déluge.

– Non, maman. Je ne suis pas un bébé ! Tout le monde le fait, dans l'équipe, et je n'ai pas envie de me faire remarquer !

Je me demande à quel moment mentir m'est devenu si facile.

34 Derrière son dos

– Caden, j'ai pour toi une épreuve, annonce le capitaine. Afin de prouver que tu as la trempe pour cette mission.

Il pose sa grosse main sur mon épaule et serre si fort que ça me fait mal. Puis il m'indique l'avant du navire.

– Tu vois, là-bas, le beaupré ?

Il me montre l'espèce de mât qui pointe à l'avant du bateau, comme le nez de Pinocchio après son deuxième ou troisième mensonge.

– Il a été vieilli par le soleil et attaqué par la mer. Il est grand temps d'astiquer le beaupré.

Il me colle un chiffon dans une main et une boîte de cire à bois dans l'autre, et reprend :

– Au travail, mon garçon. Si tu réussis sans périr, tu pourras entrer dans le cercle d'initiés.

– Je suis très bien, à l'extérieur du cercle.

– Tu ne m'as pas bien compris, me corrige sévèrement le capitaine. Tu n'as pas le choix.

Quand il voit que je me montre encore franchement réticent, il enrage :

– Tu t'es rendu au nid-de-pie, n'est-ce pas ? Tu as pris

part à ces odieuses libations. Je le vois dans tes yeux.

Je jette un coup d'œil au perroquet sur son épaule, et l'oiseau secoue la tête pour bien me faire comprendre qu'il vaut mieux que je me taise.

– Ne me mens pas, mon garçon !

Alors je m'abstiens. Et je dis :

– Si vous voulez que ce soit bien fait, capitaine, je vais avoir besoin de plus de cire et d'un plus grand chiffon.

Il me foudroie encore du regard avant d'éclater de rire et commande à un membre de l'équipage de m'apporter ce qu'il faut.

Heureusement, ce jour-là, la mer est calme. La proue se lève et s'abaisse très légèrement en chevauchant les vagues. On ne me donne ni corde ni autre moyen de m'assurer. Je suis censé me glisser jusqu'au bout du mât sans aucune protection, en ne comptant que sur mon équilibre pour ne pas tomber à l'eau, où je serais entraîné sous le navire et où je finirais déchiqueté par sa coque incrustée de bernacles.

Chiffon dans une main, cire dans l'autre, j'enfourche le beaupré, serrant bien les cuisses pour m'éviter de sombrer dans le bleu sans fin. La seule façon de s'y prendre est de commencer tout au bout et de me tortiller vers l'arrière – parce qu'une fois le bois astiqué, il sera trop glissant pour s'y accrocher, donc j'avance prudemment vers l'avant, faisant de mon mieux pour oublier les flots qui défilent en dessous de moi. J'ai mal au bras à force de frotter, mal aux jambes à force de m'accrocher. J'ai l'impression que ça me prend une éternité, mais je finis par revenir à mon point de départ, à la proue.

Je me retourne avec précaution pour faire face au navire. Le capitaine affiche un grand sourire.

– Bien exécuté ! déclare-t-il. Allez, descends de là avant que la mer ou ce qu'elle abrite ne dévore ta carcasse à moitié inutile.

Puis il s'éloigne, content de m'avoir suffisamment tourmenté.

Peut-être que mon succès me rend trop sûr de moi ou peut-être que la mer s'en veut de ne pas m'avoir englouti – mais alors que je remonte vers la proue du navire, celui-ci fait une embardée à cause d'une brusque lame de fond. Je dérape et glisse du beaupré.

Voilà qui devrait marquer la fin de ma misérable existence, mais quelqu'un me rattrape et me retient par le bras ; je me retrouve suspendu au-dessus d'un destin tragique.

Je regarde pour voir qui m'a sauvé la vie. La main qui m'a saisi est brune, mais pas de la couleur de la chair. Plutôt cendreuse, et les doigts sont durs et rugueux. Mon regard remonte le bras qui me retient jusqu'à ce que je me rende compte que c'est la figure de proue du navire qui m'a rattrapé – une jeune fille en bois, sculptée à l'avant du bateau, en dessous du beaupré. J'hésite entre reconnaissance et terreur, mais la terreur disparaît quand je découvre à quel point elle est belle. Les vagues de bois de sa chevelure se fondent dans la coque du bateau. Son torse parfait s'effile dans la proue, comme si le reste du navire n'était qu'une autre partie de son corps. Et son visage... je ne peux pas dire que je le connais, mais il me rappelle les filles de mes fantasmes intimes. Des filles qui me font rougir quand je pense à elles.

De ses yeux aussi sombres que l'acajou, elle me jauge pendant que je pendouille.

– Je devrais te laisser tomber, dit-elle, pour m'avoir regardée comme un objet.

– Mais tu *es* un objet, lui fais-je remarquer, avant de réaliser que ce n'était peut-être pas la meilleure chose à dire, à moins de vouloir mourir.

– Peut-être bien. Mais je n'aime pas être traitée comme un objet.

– Est-ce que tu peux me sauver ? S'il te plaît ?

J'ai honte de la supplier, mais je sens que je n'ai pas le choix.

– Je vais y réfléchir.

Elle me tient fort, fermement, et je sais que tant qu'elle réfléchira, elle ne me laissera pas tomber.

– Il se passe des choses derrière mon dos, n'est-ce pas ? me demande-t-elle.

Comme elle est la figure de proue, la réponse est « oui », évidemment.

– Est-ce qu'ils médisent de moi ? Le capitaine et son

animal de compagnie ? Les membres d'équipage et leurs démons tapis dans les interstices ?

– Ils ne parlent pas du tout de toi. En tout cas, pas depuis que je suis arrivé.

Ma réponse ne lui plaît pas.

– Loin des yeux, c'est vraiment loin du cœur, lâche-t-elle avec l'amertume collante de la sève de chêne.

Puis elle m'étudie encore un peu.

– Je vais te sauver, conclut-elle. Si tu promets de me rapporter tout ce qui se passe derrière mon dos.

– Entendu.

– Très bien.

Elle serre ma main plus fort et je sais que celle-ci en ressortira en piteux état, mais je m'en fiche.

– Viens me rendre visite, pour varier mes journées.

Puis elle ajoute avec un petit sourire satisfait :

– Et peut-être qu'un de ces jours, je t'autoriserai à t'occuper de moi, plutôt que d'astiquer ce poteau.

Elle me balance ensuite d'un bord à l'autre, pour me donner de l'élan, et finit par me jeter sur le pont, où j'atterris lourdement.

Je regarde autour de moi. Personne dans les parages. Tout le monde est pris par sa propre obsession. Je décide de garder cette rencontre secrète. Peut-être que la jeune fille de bois se révélera une alliée quand j'en aurai besoin.

35 Suspects inhabituels

Le capitaine a sélectionné les membres de l'équipe pour sa mission. Il rassemble une demi-douzaine d'entre nous dans la salle des cartes – une espèce de bibliothèque à côté de son bureau, remplie de rouleaux de cartes. Le navigateur s'est visiblement déjà occupé d'une partie d'entre elles. Il y a six sièges, trois de chaque côté d'une table criblée de trous. De mon côté, il y a le navigateur et la fille à face de cri avec son ras-de-cou qui l'étouffe. En face de nous sont assis une autre fille, avec des cheveux aussi bleus qu'une baie de Tahiti, un ado plus âgé pas gâté au niveau du visage auquel Dieu a oublié de donner des pommettes, et l'incontournable petit gros.

Le capitaine se tient en bout de table. Il n'a pas de siège. Exprès. Il nous domine. Derrière lui, la lueur d'une lampe vacillante projette son ombre sur la table – une masse informe et changeante qui imite presque, mais pas tout à fait, ses actions. Le perroquet est posé sur quelques rouleaux, les serres enfoncées dans le parchemin.

Carlyle, le mousse, est là, lui aussi. Il est assis sur une chaise, dans un coin, et sculpte le manche de son balai à franges, comme pour le transformer en un très fin totem. Pour l'instant, il nous observe sans rien dire.

– Nous voguons au-dessus de nombreux secrets, commence le capitaine. Des montagnes de mystère sont tapies dans les écrasantes profondeurs sans lumière... Mais comme vous le savez tous, ce ne sont pas les montagnes qui nous obsèdent, mais les vallées.

Là, son œil unique me fixe. Je sais qu'il nous regarde tous en parlant, mais je ne peux pas m'empêcher de sentir que c'est à moi qu'il s'adresse quand il déroule sa poétique pirate.

– Les vallées et les fosses. Et une en particulier : la fosse des Mariannes... et, dans ses profondeurs glaciales, cet endroit que l'on nomme Challenger Deep.

D'un coup d'ailes, le perroquet va se percher sur son épaule.

– Observer nous vous avons, dit-il.

Il parle comme Yoda, aujourd'hui.

– Nous avons scruté vos habitudes, ajoute le capitaine. Et nous sommes diablement convaincus que chacun d'entre vous jouera un rôle crucial dans cette mission.

Je lève les yeux en entendant la façon dont il surjoue son rôle de pirate. Je suis sûr qu'il serait prêt à tout épeler avec des triple « rrr ».

Pendant un moment, c'est le silence, puis, de son coin, sans quitter sa sculpture des yeux, Carlyle déclare :

– Je ne suis qu'une petite souris dans la pièce, mais ça se passerait beaucoup mieux si vous échangiez vos points de vue, tous les six.

– Parlez, commande le perroquet. Tous devez dévoiler ce que du lieu de notre quête vous savez.

Le capitaine ne dit rien. Il a l'air un peu agacé de voir son autorité sabordée par le perroquet et le mousse. Il croise les bras dans une démonstration de pouvoir et attend que l'un d'entre nous se lance.

– Bon, je commence, fait la fille au ras-de-cou qui l'étouffe. C'est un endroit terrible, sombre et profond, avec des monstres que je ne veux vraiment pas évoquer…

Puis elle se met à décrire des monstres dont personne n'a envie d'entendre parler – jusqu'à ce que l'incontournable petit gros l'interrompe :

– Non. Les pires monstres ne sont pas *dans* la fosse : ils la gardent. Les monstres apparaissent avant qu'on arrive là-bas.

La fille à face de cri, qui avait insisté pour ne pas en parler, en avait visiblement très envie : elle a l'air vexée d'avoir été coupée. Tout le monde s'est tourné vers le gros.

– Continue, dit le capitaine. Nous sommes tous là pour écouter.

– Eh bien… Les gens n'osent pas s'y aventurer parce que les monstres tuent tous ceux qui s'approchent de trop près. Et quand on échappe à l'un, un autre nous attrape.

– Parfait, commente le capitaine. Bien parlé. Tu maîtrises bien les traditions.

– Maître des traditions, fait le perroquet. Nomme-le maître des traditions.

– C'est un choix qui s'impose, reconnaît le capitaine. Tu seras notre expert désigné en matière de mythes.

Le petit gros panique.

– Mais je n'y connais rien – je vous ai juste entendu l'évoquer une fois.

– Alors apprends.

Sur une étagère que je n'avais pas repérée jusque-là, le capitaine attrape un volume de la taille d'un dictionnaire version longue et le pose brutalement sur la table, juste devant le pauvre gamin.

– Merci pour ton intervention, dit Carlyle de son coin,

tout en envoyant un copeau de bois par terre d'un coup de couteau.

Le capitaine tourne son regard vers la fille aux cheveux bleus, attendant sa contribution. Elle détourne la tête, comme si le fait de ne pas regarder les gens dans les yeux quand elle parle était son ultime rébellion contre l'autorité.

– Il doit y avoir des trésors engloutis, ou des trucs dans le genre, lâche-t-elle. Sinon vous ne voudriez pas y aller.

– Oui, admet le capitaine. Tous les trésors perdus en mer recherchent le point le plus profond au monde. L'or et les diamants et les émeraudes et les rubis emportés par la mer jalouse sont entraînés par ses tentacules aqueux le long des fonds marins, et plongés dans les profondeurs insondables de Challenger Deep. La rançon d'un roi, sans les désagréments d'un roi kidnappé.

– Emportés, recouverts, ouverture, créatures, fait le navigateur. Des créatures que l'œil humain n'a jamais vues guettent le challenger.

– Et alors ? Qui est le challenger ? demande l'ado en manque de pommettes.

Le capitaine se tourne vers lui.

– Puisque tu as posé la question, tu vas prophétiser les réponses.

Puis il se tourne vers le perroquet :

– Apporte-lui les ossements.

Le perroquet traverse la pièce et revient, une petite bourse en cuir dans le bec.

– Nous t'appellerons le prophète et tu interpréteras les ossements pour nous, décrète le capitaine.

– Ce sont les os de mon père, précise le perroquet.

– Que nous avons dévoré lors d'un joyeux Noël où personne n'avait voulu faire la dinde, ajoute le capitaine.

Je sens ma gorge se nouer en pensant à la Cuisine Blanc Plastique. Le capitaine me regarde et je me rends compte que tout le monde a parlé, sauf moi. Je repense à ce qui a été dit et je sens la colère monter en moi. Le capitaine avec son œil unique, injecté de sang ; le perroquet qui hoche la tête en attendant je ne sais quelles absurdités je suis censé ajouter à ces folies.

– La fosse des Mariannes, dis-je. Un peu moins de onze kilomètres de profondeur – l'endroit le plus profond sur terre – au sud-ouest de l'île de Guam qui n'est même pas sur votre globe.

Le capitaine ouvre grand les yeux. On dirait qu'il n'a pas de paupières.

– Continue.

– Elle a été explorée pour la première fois par Jacques Piccard et le lieutenant Don Walsh en 1960, dans un submersible baptisé *Trieste*. Ils n'ont trouvé ni monstres ni trésors. Et s'il y a des trésors, vous n'arriverez jamais jusqu'à eux. Pas sans une cloche de plongée ultra résistante – un bathyscaphe en acier d'au moins quinze centimètres d'épaisseur. Mais comme nous sommes sur un bateau préindustriel, je ne vois pas comment ce serait possible, puisque vous ne possédez pas ce genre de technologie, je me trompe ? Donc c'est juste une perte de temps pour tout le monde.

Le capitaine croise les bras.

– Comme c'est anachronique de ta part, dit-il. Et tu crois cela parce que… ?

– Parce que j'ai fait un exposé là-dessus. J'ai même eu un A.

– C'est ce qu'on va voir, réplique le capitaine avant d'appeler Carlyle. Mousse, cet équipier vient de récolter un F. J'ordonne que cela soit inscrit au fer rouge sur son front.

Le prophète ricane, le maître des traditions grogne et les autres attendent de voir s'il s'agit ou non d'une menace en l'air.

– Vous pouvez tous disposer, annonce le capitaine. Tous, sauf notre insolent F.

Les autres quittent la pièce en traînant les pieds et le navigateur me lance un regard compatissant. Carlyle se dépêche de sortir et revient quelques secondes plus tard, armé d'un fer fumant chauffé à blanc, comme si celui-ci attendait juste devant la pièce. Deux des officiers anonymes du navire me tiennent contre la cloison, et j'ai beau me débattre, je n'arrive pas à me libérer. Je sens la chaleur du fer incandescent irradier à cinquante centimètres de moi.

– Désolé, fait Carlyle.

Le perroquet s'envole pour ne pas voir ça. Avant de leur donner l'ordre d'exécuter sa sentence, le capitaine se penche vers moi. Je sens son haleine. Ça pue la vieille viande marinée dans le rhum.

– Ceci n'est pas le monde que tu crois, me glisse-t-il.

– Ah oui ? Et de quel monde s'agit-il alors ?

Le capitaine relève son cache-œil, révélant un sale trou, bouché avec un noyau de pêche.

– Tu l'ignores ? Un monde de rires, un monde de larmes.

Et il fait signe à Carlyle de me coller un F pour mon exposé.

36 Sans elle, nous sommes perdus

Après m'avoir fait marquer, le capitaine se radoucit. Il a même l'air désolé, bien qu'il ne s'excuse jamais vraiment. Assis à mon chevet, il tamponne ma plaie avec de l'eau. Carlyle et le perroquet passent me voir par moments, mais pas longtemps. Dès qu'ils voient le capitaine, ils battent en retraite.

– Tout ça, c'est la faute du perroquet, me dit le capitaine. Et de Carlyle. Ces deux-là te montent le bourrichon quand je ne suis pas là.

– Vous êtes toujours là.

Le capitaine fait comme s'il n'avait pas entendu et continue à me tamponner le front.

– Ces satanés passages au nid-de-pie ne t'aident pas non plus. Halte à l'esprit-de-vin – au diable avec ta potion. Ma parole, ces mélanges impies vont te faire pourrir de l'intérieur.

Je ne lui révèle pas que c'est le perroquet qui a insisté pour que je me fasse préparer un cocktail.

– Tu montes là-haut parce que tu as envie de t'intégrer, poursuit le capitaine. Je sais ce que c'est, mais le mieux à faire est de vider ton verre par-dessus bord quand personne ne regarde.

– Je tâcherai de m'en souvenir.

Je songe alors à la jeune fille solitaire qui orne la proue, et au fait qu'elle m'a demandé d'être ses yeux et ses oreilles sur le navire. Si jamais le capitaine doit se montrer disposé à répondre aux questions, c'est bien maintenant, pendant qu'il se sent coupable de mon F encore brûlant.

– Quand j'étais sur le beaupré, j'ai vu la figure de proue du bateau. Elle est très belle.

– Une œuvre d'art, pour sûr, acquiesce le capitaine.

– Les marins pensent que ces figures de proue protègent les navires. Vous aussi ?

Il me regarde curieusement, sans se méfier pour autant.

– C'est elle qui t'a dit ça ?

Je m'empresse de répondre :

– Ce n'est qu'un morceau de bois. Comment voulez-vous qu'elle m'ait dit quoi que ce soit ?

– Certes, fait le capitaine avant de triturer sa barbe. Elle nous protège des épreuves que nous allons affronter avant d'arriver à destination. Des monstres vers lesquels nous voguons.

– Elle les maîtrise ?

Le capitaine choisit soigneusement ses mots.

– Elle observe. Elle voit des choses que personne d'autre ne voit et ses visions résonnent dans les cavités du vaisseau, le renforçant en vue de l'attaque. Non seulement elle nous porte bonheur, mais elle a le pouvoir de charmer du regard toute créature aquatique.

– Je suis content que nous soyons protégés.

Je sais qu'il ne faut pas que j'insiste davantage, sinon le capitaine risque de se demander pourquoi je l'interroge.

– Sans elle, nous sommes perdus, conclut-il avant de se lever. Je t'attends à l'appel demain matin. Pas de récriminations.

Puis il sort de la cabine après avoir lancé le chiffon mouillé au navigateur qui se fiche éperdument de soigner ma brûlure.

37 Troisième œil aveugle

Ma migraine me fait l'effet d'avoir le front marqué au fer rouge. J'ai du mal à me concentrer sur mes devoirs – du mal à faire quoi que ce soit. La douleur va et vient, et à chaque fois qu'elle revient, c'est pire. Plus je réfléchis, plus j'ai mal au crâne, et ces derniers temps, mon cerveau tourne en surrégime. Je prends sans arrêt des douches pour le refroidir, comme on verse de l'eau sur une machine surchauffée. En général, je me sens mieux après la troisième ou la quatrième.

Aujourd'hui, après mes multiples douches, je descends demander de l'aspirine à ma mère.

– Tu prends trop d'aspirine, me répond-elle.

Elle me tend une boîte de Doliprane.

– C'est nul, le Doliprane.

– Ça fait baisser la fièvre.

– Je n'ai pas de fièvre. J'ai un œil qui me pousse sur le front.

Elle me regarde, pour essayer de savoir si je suis sérieux ou pas, et ça m'énerve.

– Je plaisante, maman.

– Je sais. Je regardais juste comment tu plisses le front. C'est pour ça que tu as tout le temps la migraine.

– Je peux avoir de l'aspirine, alors ?

– Et si tu prenais plutôt de l'Advil ?

– OK.

En général, ça ne marche pas trop mal, même si ça me met d'une humeur de chacal puant quand l'effet s'estompe.

Je vais dans la salle de bains avec un Pepsi et, trop rebelle pour me contenter des deux cachets recommandés, j'en avale trois. Dans le miroir, je repère sur mon front les rides dont parlait ma mère. J'essaie de me détendre, mais je n'y arrive pas. Mon reflet a l'air inquiet. Suis-je inquiet ? Ce n'est pas exactement ce que je ressens aujourd'hui, mais en ce moment, mes émotions sont si liquides qu'elles se coulent les unes dans les autres sans que je m'en rende compte. Maintenant, je comprends que je suis vraiment inquiet. Inquiet d'être inquiet.

38 Ah, voilà le proboscis !

Des fois, je fais ce rêve. Je pendouille au plafond. Mes pieds sont à quelques centimètres du sol. Mais quand je baisse les yeux, je vois que je n'ai pas de pieds. Mon corps se termine par un morceau de chair qui se tortille et fait penser à un ver de terre, comme si j'étais une version larvaire de moi-même, suspendue au-dessus du sol sombre. Mais suspendu par quoi ? Je me rends compte que je suis pris dans quelque chose qui ressemble à un filet, en plus

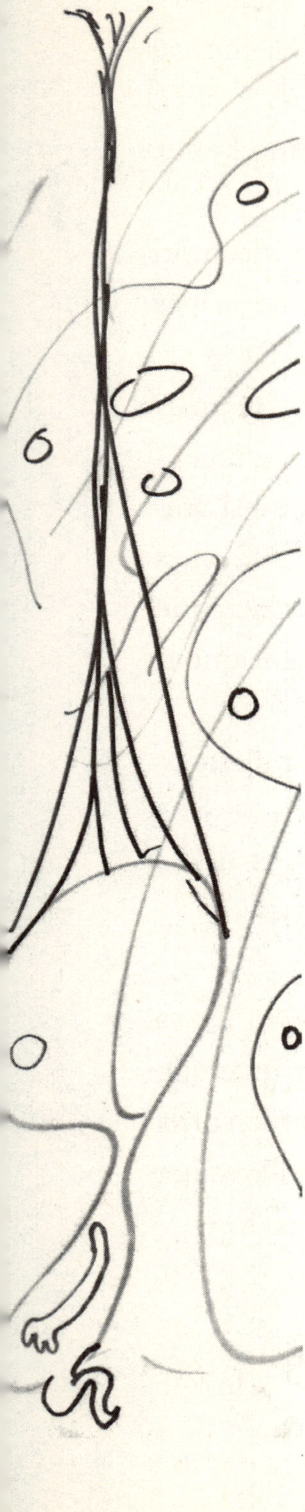

organique. Une toile, dense et collante. Je frissonne en imaginant le genre de créature susceptible de tisser une toile pareille.

Je peux bouger les bras, mais le moindre centimètre exige une force si prodigieuse que ça n'en vaut pas la peine. Je crois qu'il y a d'autres gens ici, mais ils sont tous derrière moi, au-delà de mon champ de vision.

Autour de moi, tout est obscur, sauf qu'« obscur » n'est pas le bon mot, il s'agit plutôt d'une absence de lumière. Comme si les concepts de lumière et d'obscurité n'avaient pas encore vu le jour, et que tout était plongé dans une nuance persistante de gris sombre. Je me demande si le vide était comme ça, avant qu'il y ait quoi que ce soit. Même la Cuisine Blanc Plastique n'existe pas dans ce rêve.

Le perroquet sort de l'absence de lumière et se pavane jusqu'à moi. Mais il fait la taille d'un homme. C'est terriblement intimidant de voir un oiseau aussi gros. Un dinosaure à plumes capable de me décapiter d'un seul coup de bec. Il m'examine avec ce grand sourire qu'il ne quitte jamais. Il a l'air d'approuver ma situation désespérée.

– Comment te sens-tu ? me demande-t-il.

J'essaie de répondre :

– Comme si j'attendais que quelque chose vienne me sucer le sang.

Mais tout ce qui sort, c'est :

– J'attends.

Le perroquet regarde derrière moi, par-dessus mon épaule. J'essaie de tourner la tête mais je n'y arrive pas assez pour voir ce qu'il observe.

– Ah, voilà le proboscis ! déclare-t-il.

– Qu'est-ce que c'est ?

Je comprends trop tard que je préférerais ignorer la définition de ce mot.

– C'est son dard. Sa piqûre est la seule douleur que tu ressentiras. Puis tu partiras aussi facilement que si tu t'endormais.

Effectivement, je ressens la douleur de la puissante piqûre. Je ne sais pas exactement où la créature que je ne vois pas me pique. Dans le dos ? La cuisse ? Le cou ? Je finis par me rendre compte qu'elle m'attaque partout en même temps.

– Voilà. Ce n'était pas si terrible, n'est-ce pas ?

Avant même que ma terreur ait le temps de s'épanouir, le venin fait effet et, en l'espace d'un instant, je m'en fous. De tout. Je reste pendu là dans une paix totale alors que je me fais lentement dévorer.

39 Grille de réponses étoilée

Un test de sciences pour lequel, pour une fois, je n'ai pas révisé. Je n'ai pas besoin de faire ce test, parce que j'en sais plus que le professeur. Tellement plus. Je connais des choses qui ne sont pas dans le livre de cours. Je connais les mécanismes internes de toutes les choses biologiques, jusqu'aux cellules. Parce que j'ai compris les choses. Je SAIS comment fonctionne l'Univers. Ce savoir me fait presque exploser. Comment une seule personne peut-elle avoir le cerveau farci de tant de connaissances sans avoir la tête qui explose ? Maintenant, je sais pourquoi j'ai ces migraines. Je ne pourrais pas précisément décrire ce savoir. Les mots sont complètement inefficaces. Je peux le dessiner, par contre. Je le dessine, même. Mais il faut que je fasse attention à ne pas montrer ce que je sais à n'importe qui. Tout le monde n'a pas envie de voir l'information se répandre.

– Vous avez quarante minutes. Je vous conseille de faire bon usage du temps imparti.

Je ricane. Quelque chose dans ce qu'il a dit me semble amusant, mais je ne sais pas pourquoi.

Dès que je parcours les questions et la grille de réponses à cocher, je comprends que les mots sur le papier ne représentent pas du tout le véritable test. Le véritable examen est plus profond. Le fait que j'aie du mal à me concentrer sur les questions imprimées montre clairement que je dois chercher des réponses plus importantes.

Je commence à remplir les petits cercles avec mon crayon 2B et le monde disparaît. Le temps disparaît. Je découvre des schémas cachés dans la grille. La réponse clé à tout, et soudain c'est…

– Posez vos crayons ! C'est fini. Faites passer vos feuilles jusqu'à moi.

Je n'ai pas du tout l'impression que quarante minutes se sont écoulées. Je regarde les deux côtés de ma grille de réponses et je découvre des constellations qui n'existent pas dans les cieux et qui sont pourtant plus vraies que les étoiles que nous voyons. Il n'y a plus qu'à attendre que quelqu'un relie les points.

40 L'enfer à bord

La fille aux cheveux bleus est nommée maîtresse du trésor et se voit remettre une malle pleine de manifestes de navires naufragés. Elle est censée les parcourir pour trouver des traces de trésors perdus, d'après les listes de marchandises de ces bateaux. Ce ne serait pas si terrible si elle ne devait pas d'abord reconstituer toutes les pages, réduites en confettis. Elle y travaille jour après jour.

Le grassouillet, que tout le monde appelle désormais

le maître des traditions, lutte pour tirer ce qu'il peut de l'énorme volume dont le capitaine lui a infligé la lecture. Malheureusement, le livre entier est écrit en runes d'une langue que je soupçonne d'être morte ou de n'avoir jamais existé.

– C'est l'enfer sur terre, me déclare le maître des traditions dans sa frustration.

Le perroquet, qui semble entendre les choses avant même qu'elles soient énoncées, fait remarquer que, puisqu'il n'y a pas la moindre terre à l'horizon, il vaudrait mieux dire : « l'enfer à bord ».

La fille à face de cri est désignée responsable du moral de l'équipe – bizarre, elle qui est toujours si sombre.

– Nous allons tous mourir dans la douleur, a-t-elle répété plusieurs fois, même si elle trouve toujours une nouvelle façon de dire à peu près la même chose.

Bonjour le moral.

L'ado aux ossements est devenu habile à prédire l'avenir. Il porte le petit sac en cuir contenant les ossements du père du perroquet, prêt à les sortir pour lire l'avenir dès que le capitaine le lui demande.

Sac d'os me confie qu'il invente la plupart de ses prédictions, mais qu'il reste assez vague pour qu'on puisse les interpréter comme véridiques si on le souhaite.

Je lui demande :

– Comment tu sais que je ne vais pas trahir ton secret ?

Il sourit.

– Parce que je n'ai qu'à prophétiser que tu seras jeté par-dessus bord par un membre de l'équipage dont le destin est de devenir riche et célèbre.

Ce qui, bien sûr, donnerait envie à n'importe quel marin de me balancer à la mer. Je dois admettre que ce type n'est pas idiot.

Le navigateur continue à faire ce qu'il fait depuis que je l'ai rencontré : il crée des chartes de navigation, cherchant signification et orientation pour nous guider dans notre aller-retour pour la fosse.

– Le capitaine a concocté un plan pour toi, m'annonce-t-il. Je pense que ça te plaira.

Puis, je ne sais comment, en quatre étapes, par un tour de passe-passe, il change « plan concocté » en « glandes gonflées » et se tâte la gorge, inquiet.

– Toi, mon insolent F, tu seras notre artiste en résidence, déclare le capitaine.

Il suffit qu'il mentionne le marquage pour me rappeler que cette douleur au front ne se dissipe jamais complètement. Par chance, il n'y a pas de miroir à bord, donc je ne peux jamais vraiment voir ma blessure, juste la sentir.

– Tu es chargé de tenir le journal de notre voyage en images.

– Le capitaine a un faible pour les images par rapport aux mots, me chuchote le navigateur. Parce qu'il ne sait pas lire.

41 Rien qui l'intéresse

Je sais que je devrais détester le capitaine de tout mon cœur, et pourtant, ce n'est pas le cas. Impossible d'expliquer pourquoi. La raison doit être aussi profonde que la fosse vers laquelle nous voguons – elle doit se cacher dans un lieu qu'aucune lumière ne peut atteindre, à part celle qu'on apporte avec soi, et là, tout de suite, je me sens plutôt dans l'obscurité.

Je regarde par-dessus bord et je réfléchis aux profondeurs, me demandant quels insondables mystères reposent en dessous de nous. Quand je contemple assez longtemps les tourbillons de la mer, je distingue des choses au hasard des vagues. Dans les flots, partout des yeux me scrutent, me jugent.

Le perroquet regarde, lui aussi. Il se pavane jusqu'à moi sur le garde-fou.

– Si tu plonges longtemps ton regard dans l'abîme, l'abîme te regarde aussi, récite-t-il. Espérons que l'abîme ne voie rien qui l'intéresse.

Malgré le mépris du capitaine pour le nid-de-pie, je continue à y monter deux fois par jour pour prendre mon cocktail et communier avec mes coéquipiers – même s'ils sont peu nombreux à se montrer sociables, une fois leur potion à la main.

Aujourd'hui, la mer est une montagne russe avec

la totale, à part les tire-bouchons et les loopings, et les mouvements du bateau sont toujours pires dans le nid-de-pie, qui tangue d'avant en arrière en haut du grand mât comme le poids sur l'aiguille d'un métronome. Même si j'essaie de bien tenir mon verre, la boisson se renverse un peu sur le sol, où elle s'écoule entre les sombres interstices des planches et disparaît.

– C'est vivant, tu sais, me dit le fort-à-bras de l'équipage – un marin chevronné, responsable du canon, les bras couverts de tatouages qui mettent mal à l'aise.

– C'est vivant, et ça attend d'être nourri.

Je découvre alors que sa voix ne sort pas de sa bouche, mais de l'un des crânes tatoués à l'encre noire sur ses bras. Celui avec des dés à la place des yeux.

Je demande au tatouage :

– Qu'est-ce qui est vivant ? Le bateau ?

Le crâne secoue la tête.

– La sombre substance qui maintient le navire en un seul morceau.

– Ce n'est que du goudron, dis-je.

Tous les autres crânes éclatent de rire.

– C'est ce que t'as qu'à croire, me répond le crâne aux yeux de dés. Mais le jour où tu te réveilleras avec des orteils en moins, tu comprendras que cette substance aura pris goût à toi.

42 Esprit de combat

Au beau milieu de la nuit, je monte sur le beaupré en évitant les membres de l'équipage qui sont de garde. Une fois dessus, je fais exprès de me laisser tomber du mât bien astiqué, et la jeune fille – la proue du navire – me rattrape, comme je m'y attendais. D'abord, elle me retient par les poignets, mais ensuite elle me remonte contre elle, m'enlaçant de ses bras de bois. Même si seule son étreinte m'empêche de plonger dans les profondeurs, étrangement, je me sens plus en sécurité ici qu'à bord.

La mer est calme, ce soir. De temps en temps, une vague nous envoie une légère brume salée. Dans les bras de la figure de proue, je murmure ce que j'ai appris.

– Le capitaine pense que tu nous portes bonheur. Que tu charmeras du regard les monstres marins.

– Je porte bonheur ? se moque-t-elle. J'en ai de la chance de devoir poser pour l'éternité sur cette proue et de subir tous les mauvais traitements que la mer m'inflige. Et pour ce qui est des monstres marins, ils ne seront charmés qu'une fois le ventre plein – sois-en certain.

– Je te rapporte juste ce que m'a raconté le capitaine.

Nous heurtons une grosse vague et le navire monte très haut avant de plonger brutalement. Elle me tient si fort que je n'ai plus besoin de m'accrocher. Je passe doucement la main sur son abondante chevelure de teck.

Je lui demande :

– Tu as un nom ?

– Calliope. D'après la muse de la poésie. Je ne l'ai jamais rencontrée, mais j'ai entendu dire qu'elle était très belle.

– Toi aussi.

– Méfie-toi, prévient-elle avec un très léger sourire. Tes flatteries pourraient me faire relâcher mon étreinte. Et après, qu'est-ce qui t'arriverait ?

– Je serais trempé, dis-je avec un grand sourire.

– Et *toi*, tu as un prénom ? me demande-t-elle.

– Caden.

Elle y réfléchit un instant.

– Voilà un nom prodigieux.

– Ça signifie « esprit de combat ».

– Dans quelle langue ?

– Je n'en ai aucune idée.

Elle rit, et moi aussi. L'océan semble rire, également, mais sans moquerie.

– Réchauffe-moi, Caden, chuchote-t-elle d'une voix qui évoque le tendre craquement d'une jeune branche. Je n'ai pas de chaleur en moi – juste ce que le soleil m'apporte, et le soleil est de l'autre côté de la terre. Réchauffe-moi.

Je ferme les yeux et répands la chaleur de mon corps. Je suis tellement bien ici que même les échardes ne me dérangent pas.

43 Tout ça, c'est du kabuki

– Tu sais pourquoi tu as été convoqué dans mon bureau ? me demande la conseillère d'éducation.

Elle s'appelle madame Sessuel. Les élèves aiment bien dire son nom.

Je hausse les épaules.

– Pour vous parler ?

Elle soupire quand elle comprend à quel genre de conversation elle va avoir droit.

– Oui, mais est-ce que tu sais de quoi tu dois me parler ?

Je reste silencieux, sachant que, moins j'en dis, plus je contrôle la situation. Mais le fait que je n'arrive pas à m'empêcher d'agiter les genoux sabote tout semblant de contrôle.

– Tu as été convoqué à cause de ton test de sciences.

– Ah, ce truc !

J'arrête de la regarder dans les yeux, puis je prends conscience qu'il ne faut jamais faire ça avec une conseillère d'éducation, si on ne veut pas qu'elle en tire une interprétation profondément psychologique. Je me force donc à la regarder dans les yeux.

Elle ouvre un dossier. La conseillère a un dossier sur moi dans son bureau ? Qui d'autre en a un ? Qui est chargé de mettre des choses dedans ou de les en sortir ? Est-ce qu'il est lié d'une manière ou d'une autre à mon dossier permanent ? Mais qu'est-ce qu'un dossier permanent ? Quand est-ce qu'il arrête de vous suivre ? Est-ce que je vais devoir passer ma vie à regarder par-dessus mon épaule à cause de mon dossier permanent ?

De ce dossier, Mme Sessuel (moi aussi, j'aime le dire) tire la grille de réponses de mon test de sciences, sur laquelle j'ai rempli plus de ronds qu'il ne le fallait.

– C'est une interprétation très… créative d'une interrogation, commente-t-elle.

– Merci.

– Est-ce que tu pourrais me dire pourquoi tu as fait ça ?

Dans une situation pareille, il vaut vraiment mieux répondre :

– Je trouvais que c'était une bonne idée à ce moment-là.

Elle savait que j'allais lui dire ça. Je sais qu'elle savait et elle sait que je sais qu'elle savait. C'est comme une représentation rituelle codifiée entre nous. Comme du théâtre kabuki, au Japon. Sincèrement, ça me fait de la peine qu'elle ait à se coltiner ça avec moi.

– M. Guthrie n'est pas le seul professeur à avoir exprimé des préoccupations à ton sujet, Caden, m'annonce-t-elle, le plus gentiment possible. Tu manques des cours. Tu ne te concentres pas sur ton travail. Historiquement, ça ne te ressemble pas.

Historiquement ? Je suis étudié comme l'histoire ? Est-ce qu'on distribue des grilles de réponses sur moi, quelque part ? Est-ce qu'on est noté sur le sujet que je suis ? Est-ce qu'on est admis ou recalé ?

– Nous nous faisons du souci pour toi et nous aimerions juste t'aider, si tu es d'accord.

C'est à mon tour de soupirer. Je n'ai pas la patience pour cette représentation de kabuki.

– Allons droit au but. Vous pensez que je me drogue.

– Je n'ai pas dit cela.

– Alors moi non plus.

Elle ferme mon dossier et le fait glisser sur le côté, comme pour suggérer que notre conversation prend un tour informel et que ce qui suit restera entre nous. Je n'y crois pas une seule seconde. Elle se penche un peu plus vers moi, mais son bureau est comme un terrain vague entre nous.

– Caden, tout ce que je sais, c'est qu'il y a un problème. De nombreuses explications sont possibles, et, oui, la drogue en fait partie, mais ce n'en est qu'une parmi d'autres. J'aimerais entendre de ta bouche ce qui t'arrive, si tu veux bien.

Ce qui m'arrive ? Je suis dans le dernier wagon d'une chenille tout en haut d'une montagne russe, alors que les premiers s'abandonnent déjà à la gravité. J'entends les personnes de devant crier et je sais que mon propre cri jaillira dans quelques secondes à peine. Je suis à ce moment où on entend le puissant grincement du train d'atterrissage d'un avion se mettre en place, juste avant que ton esprit rationnel te dise que c'est le train d'atterrissage. Je saute d'une falaise pour découvrir que je sais voler… avant de me rendre compte que je n'ai aucun endroit où me poser. Nulle part. Voilà ce qui m'arrive.

– Alors, tu ne veux rien dire ? me demande Mme Sessuel.

Je pose fermement mes mains sur mes genoux, appuyant pour qu'ils arrêtent de tressauter, et je la fixe droit dans les yeux.

– Écoutez, j'avais passé une sale journée et je me suis vengé sur le test. Je sais que c'était idiot mais M. Guthrie ne tient pas compte de notre plus mauvaise note, de toute façon, donc ça n'affectera même pas ma moyenne.

Elle se renfonce dans son fauteuil, avec un petit air satisfait qu'elle essaie de cacher.

– Est-ce que ça t'est venu avant ou après avoir rendu le test ?

Je n'ai jamais été joueur de poker, mais maintenant, je bluffe avec les meilleurs d'entre eux.

– Vous croyez vraiment que je l'aurais fait si j'avais pensé que ça allait jouer sur ma moyenne ? Historiquement, je ne suis pas si stupide.

Mme Sessuel ne marche qu'à moitié, mais elle fait suffisamment bien son métier pour savoir qu'insister serait forcément contre-productif.

– Très bien, conclut-elle.

Mais je sais qu'il n'y a rien de bien là-dedans.

44 La clé du boss

Je suis de plus en plus habité par le besoin de marcher. Je fais les cent pas dans ma chambre plutôt que de m'occuper de mes devoirs. Je fais les cent pas dans le salon plutôt que de regarder la télé.

Les émissions habituelles de l'après-midi ont été remplacées par un reportage en direct quelque part dans le Kansas sur un gamin qui est tombé dans un vieux puits abandonné. Il y a des interviews des parents du gamin en larmes, de pompiers, de sauveteurs et d'experts sur les puits – parce qu'il y a des experts sur tout, aujourd'hui. C'est sans arrêt entrecoupé de vues aériennes prises d'un hélicoptère, comme si on regardait une course-poursuite, alors que le gamin dans le puits n'ira nulle part.

Pendant tout ce temps-là, je fais les cent pas, attiré par le drame, incapable de me poser.

– Caden, si tu as envie de regarder, assieds-toi, me dit ma mère en tapotant la place à côté d'elle sur le canapé.

– Je passe mes journées assis, au lycée. C'est le dernier truc dont j'ai envie.

Je monte pour ne pas l'énerver et je m'allonge sur mon lit dix bonnes secondes avant de me relever pour aller aux toilettes, même si je n'en ai pas vraiment besoin, puis je redescends boire un coup, même si je n'ai pas soif, puis je remonte.

– Arrête, Caden ! me lance Mackenzie quand je passe devant sa chambre pour la dixième fois. C'est flippant.

En ce moment, Mackenzie est à fond dans un jeu vidéo qu'elle ne lâchera pas avant de l'avoir fini, d'ici une quarantaine ou une cinquantaine d'heures de jeu. Je l'ai déjà terminé, mais je ne pense pas que j'aurais la patience de m'y remettre là, tout de suite.

– Tu peux m'aider ? me demande ma sœur.

Je regarde l'écran. Un gros coffre à trésor est enfermé dans une pièce cernée de barreaux qui semble inaccessible. Le coffre rouge et or étincelle. C'est comme ça qu'on sait qu'il ne s'agit pas d'un coffre comme un autre. Parfois, on se casse le cul pour en ouvrir un, et tout ce qu'on trouve à l'intérieur, c'est un rubis tout pourri. Mais les coffres rouge et or, ce sont eux qui contiennent les vrais trésors.

– Il y a la clé du boss là-dedans, m'explique Mackenzie. Il m'a fallu une heure pour trouver la clé de ce coffre, et maintenant, je n'arrive même pas jusqu'à lui.

Marrant qu'il faille une clé pour ouvrir un coffre qui offre juste une clé plus grosse et plus intéressante.

Ma sœur continue à faire courir son avatar autour de la pièce-cage, comme si les barreaux allaient disparaître au tour suivant.

– Lève la tête, lui dis-je.

Elle suit mon conseil et découvre alors le passage secret au-dessus de son personnage. C'est si facile quand on connaît la réponse.

– Mais comment je vais monter ?

– Inverse la gravité.

– Comment ?

– Tu n'as pas trouvé le levier ?

Elle lâche un grognement de frustration.

– Montre-moi !

Mais j'arrête là, parce que ma fièvre de marche atteint un seuil critique.

– Je ne peux pas tout faire à ta place, Mackenzie. C'est comme pour les maths : je peux t'aider, mais pas te donner les réponses.

Elle me jette son plus beau regard noir.

– Les jeux vidéo, c'est pas comme les maths ! Et cherche pas à me faire croire le contraire, sinon je vais te détester !

Résignée, elle se met en quête du levier antigravité, et je sors. Pas seulement de sa chambre, mais de la maison. Même s'il fait presque nuit, même si on doit dîner dans quelques minutes, il faut que je marche. Donc, pendant que Mackenzie s'épuise à courir dans des temples de pixels, j'erre à travers le voisinage en tournant au hasard des rues, à la recherche de ma propre clé du boss, peut-être.

45 Au fond du puits

Il faut vraiment ne pas avoir de chance pour tomber dans un puits abandonné. On entend sans arrêt ce genre d'histoires : un enfant joue dehors dans un pré avec son chien et dégringole d'un coup – d'une quinzaine de mètres ou plus, disparaissant dans l'inconnu.

Si le gamin a de la chance, et que le chien n'est pas trop bête, on le retrouve à temps et on dépêche un type sans clavicules pour descendre le repêcher dans le puits. Alors le type sans clavicules passe le reste de sa vie à se dire qu'il y avait bel et bien une raison pour qu'il naisse sans épaules perceptibles, et le gamin qui a été sauvé a le droit de transmettre son bagage génétique aux générations futures.

Si le gamin n'a pas de chance, alors il meurt au fond du trou, et le conte se termine tristement.

Qu'est-ce qu'on ressent quand on est brusquement avalé par le sol pour se retrouver à plus de quinze mètres sous terre ? Quelles pensées nous traversent la tête ? « Putain, ça craint » est encore loin du compte.

Parfois, j'ai l'impression d'être l'enfant qui hurle au fond du puits pendant que son chien part en courant pisser contre les arbres plutôt que d'aller chercher du secours.

46 Bataille de nourriture

– Tu n'as que la peau sur les os, me dit ma mère au dîner, le lendemain.

Mon père propose aussitôt sa solution, essayant de contrecarrer les tentatives de ma mère de nous veganiser :

– Il a besoin de plus de viande ! De protéines qui font du muscle.

Mon père n'a pas remarqué que je me contente de déplacer les aliments dans mon assiette. Manger n'a jamais été un problème pour moi, alors mon père considère que c'est comme respirer. Il part du principe que ça va de soi. Mais c'est ma mère qui jette ces repas que je ne finis pas.

Je leur réponds :

– Je mange.

Ce qui est vrai, c'est juste que je ne mange plus beaucoup. Des fois, je n'ai pas la patience pour ça, et des fois, j'oublie carrément.

– Des compléments, lance mon père. Je vais t'acheter des boissons protéinées.

Je répète :

– Des boissons protéinées. Super.

Ma réponse a l'air de les satisfaire, mais ils ont désormais tous deux pris conscience de mon désordre alimentaire et fixent mon assiette comme si c'était une bombe à retardement.

47 Nous avons même une cloche de plongée

Notre navire s'est changé en cuivre. C'est arrivé dans la nuit. L'intégralité du bois, mon lit, les quelques meubles. Tout a été transformé en métal terni, de la couleur d'un penny en bout de course.

– Qu'est-ce qui se passe ?

C'est surtout à moi que je pose la question, mais à l'autre bout de la cabine, le navigateur me répond :

– Tu as dit que le bateau était trop vieux pour la mission et ce que tu dis fait la différence, ici. Différence, inférence, interférence. Tu as interféré avec l'ordre des choses, voilà ce que je dis. Tu aurais dû laisser les choses telles qu'elles étaient. J'aimais cet endroit quand il était tout en bois.

Je fais courir mes doigts le long du mur. À la place de plaques lisses – auxquelles on pourrait s'attendre sur un vaisseau de métal – il y a toujours des planches veinées, sauf qu'elles semblent avoir changé au niveau moléculaire, comme si le bois s'était pétrifié en cuivre. Il n'y a ni boulons ni rivets – les planches de métal sont toujours liées par du goudron noir qui semble grouiller dans les interstices.

Je quitte mes quartiers et monte sur le pont pour constater que le navire entier s'est figé en métal brun, brillant par endroits, mais terne presque partout et qui commence déjà à verdir dans les coins, comme le cuivre. C'est toujours le même bateau, sauf que c'est désormais un galion de cuivre. Très steampunk sans vapeur, et sans punk. Je ne savais pas qu'il y avait autant de cuivre dans le monde.

Le capitaine fait un grand sourire en me voyant.

– Regarde ce que t'offrent tes pensées, déclare-t-il d'une voix forte en désignant le pont cuivré autour de lui.

Il ne porte plus son costume de pirate. Maintenant, son habit ressemble davantage à un faux uniforme de marine du dix-neuvième siècle. Un manteau bleu aux boutons énormes et aux épaulettes à galons dorés, avec un couvre-chef tout aussi ridicule.

Je baisse les yeux et remarque que mes vêtements aussi ont un petit air marin, même s'ils ne sont pas moins usés et élimés qu'avant. Les pantoufles que je porte sont en cuir verni éraflé. Mon tricot à rayures fait penser à une enseigne de barbier délavée par le soleil.

– Après mûre réflexion, nous avons modernisé le navire conformément à tes suggestions, m'annonce le capitaine, bien qu'il n'y ait rien de moderne ici. Nous avons même une cloche de plongée !

Et il me montre une réplique parfaite de la cloche de la Liberté de Philadelphie, trônant lourdement sur le pont. Un hublot a été découpé dans la paroi et j'aperçois à travers un marin piégé à l'intérieur. J'entends les coups sourds qu'il frappe contre le métal, suppliant qu'on le laisse sortir.

– Tu vois ce que tu as fait ? me demande le perroquet, perché sur l'épaule du capitaine. Tu vois ? Tu vois ?

Je sens sur moi le regard des autres marins, mais je ne sais si je dois y lire admiration ou mépris.

48 Vraiment si seule

La première nuit de notre transmutation en cuivre, je m'aventure dehors pour voir comment Calliope a supporté le changement. Je glisse jusqu'à elle et ses bras m'enlacent avec une fermeté différente. Une force plus rude.

– Tu n'aurais pas dû livrer au capitaine autant de tes pensées, dit-elle. Il fait si froid désormais. Je suis si froide.

C'est vrai. Elle est bien plus froide, maintenant. Plus lisse. Plus dure.

– Réchauffe-moi, Caden. Et je te promets que je ne te laisserai jamais sombrer.

Comme elle est confrontée aux embruns salés, sa peau cuivrée a déjà verdi, mais Calliope le porte majestueusement, noblement.

– Tu es devenue… comme la statue de la Liberté.

Mais ça ne la réconforte pas.

– Suis-je vraiment si seule ?

– Seule ?

– Cette pauvre coquille de femme est obligée de brandir sa torche pendant que le monde s'agite autour d'elle, explique tristement Calliope. Tu ne t'es jamais demandé à quel point elle doit se sentir seule sur son piédestal ?

49 Envie d'un Whopper ?

J'emplis de ma présence les rues désertes du quartier. C'est un samedi des vacances de printemps, donc j'ai tout le temps devant moi. Cette après-midi, j'irai au cinéma avec mes amis, mais j'ai la matinée pour marcher.

Aujourd'hui, je me lance dans un jeu : les panneaux que je verrai me dicteront ma conduite.

INTERDICTION DE TOURNER À DROITE

Je fais demi-tour et prends à gauche.

STOP !

Je m'arrête et compte jusqu'à dix avant de me remettre en marche.

STATIONNEMENT AUTORISÉ 15 MIN

Je m'assois au bord du trottoir – relevant le défi de rester aussi longtemps sans bouger.

Les panneaux deviennent trop répétitifs, alors je m'ouvre à d'autres choses. Sur un bus, il y a une publicité : « Envie d'un Whopper ? » Je n'en ai pas envie, mais je marche quand même jusqu'au Burger King le plus proche pour en acheter un. Je ne me rappelle pas si je le mange ou non. Peut-être que je ne l'emporte même pas.

« C'est le moment de s'offrir un nouveau modèle ? Rendez-vous dans votre magasin de téléphonie aujourd'hui ! »

Le plus proche est assez loin, mais je fais tout de même le voyage et je laisse un vendeur passer vingt minutes à essayer de me vendre un téléphone que je n'ai pas l'intention d'acheter.

Il y a tellement de signes dehors ! Je ne rentre pas avant le coucher du soleil. Je n'arrive jamais au cinéma.

Je ne sais plus quand ça cesse d'être un jeu.

Je ne sais plus quand je commence à croire que les panneaux me donnent des ordres.

50 Fenêtres de garage

Toutes les araignées ne tissent pas des toiles parfaites. Pas les veuves noires. On a des veuves noires dans le garage. Enfin, il y en avait avant qu'on ne fasse traiter toute la maison contre les termites. Mais même si elles sont parties, elles reviendront plus vite que les termites. Les veuves noires sont faciles à reconnaître. Elles ont un sablier rouge dessiné sur l'abdomen. Elles sont dures et brillantes – on dirait presque des araignées en plastique, genre Halloween. Contrairement à ce qu'on pense, elles ne sont pas vraiment mortelles. Sans antivenin, au pire, on risque de perdre un membre. Il faudrait trois ou quatre morsures d'araignées différentes pour tuer un humain adulte. Et puis ce sont des araignées timides. Elles n'ont pas tendance à mordre ; elles préfèrent qu'on les laisse tranquilles. Elles vivent recluses. Paradoxalement, ce sont les recluses noires qui sont agressives et qui attaquent. Leur venin est bien plus dangereux.

Je sais toujours quand il y a une veuve noire dans le garage grâce à sa toile. Les toiles de veuves noires sont brouillon. Sans schéma. Comme si je ne sais quel mécanisme de leur petit cerveau leur permettant de tisser des toiles était cassé. Il leur manque le talent d'ingénierie pour réaliser de parfaits modèles de filets attrape-mouches. Ou peut-être qu'elles s'en fichent. Peut-être qu'elles accueillent ce côté aléatoire. Peut-être que les lignes qu'elles tracent ont un sens pour elles, imperceptible au reste du monde arachnéen.

C'est pour cette raison que j'éprouve pour elles encore plus de compassion que d'habitude quand je les écrase avec ma chaussure.

51 Pas tout à fait moi

– Je ne me contrôle plus !

Je lance ça à Max alors qu'on travaille dans mon salon sur un projet pour le lycée.

– Qu'est-ce que ça veut dire ? Tu es content ou pas ?

Il ne lève même pas le nez du PowerPoint qu'il prépare sur mon ordinateur. Je n'arrive pas à m'installer à l'aise dans mon fauteuil. Je me demande si j'ai vraiment l'air heureux ou si le non sens de l'observation de Max frise le ridicule.

– Tu as déjà vécu une expérience extracorporelle ?

– Qu'est-ce que t'as pris ?

– Je t'ai posé une question très simple. C'est si difficile de me répondre ?

– Non. C'est toi qui réagis bizarre.

– Et si j'allais bien et que c'étaient tous les autres qui étaient bizarres. Hein ?

– Laisse tomber.

Il me regarde enfin et me demande :

– Bon, tu travailles avec moi, là-dessus, ou il faut que je me farcisse tout tout seul ? C'est toi l'artiste : c'est toi qui devrais faire le PowerPoint.

– Le numérique n'est pas mon mode d'expression, dis-je avant de me concentrer pour la première fois sur l'écran. C'est quoi, déjà, le projet ?

– Tu plaisantes, là ?

– Bien sûr !

Mais je ne plaisante pas du tout, et ça me perturbe.

Max agite la souris comme si elle était vivante. Peut-être qu'elle l'est. Il clique dessus, la traîne, la lâche. Il élabore un scénario de tremblement de terre fictif à Miami. C'est un exposé de sciences. Maintenant, je m'en souviens. Vu mon dernier test, je ferais mieux de prendre ça au sérieux, mais mon esprit n'arrête pas de vagabonder. Nous avons choisi Miami parce que les gratte-ciel de la ville ont été conçus pour résister aux ouragans, pas aux tremblements de terre. Dans notre PowerPoint, les tours de verre s'écroulent. Méga-dévastation. On devrait avoir un A.

Mais ça me fait penser au tremblement de terre en Chine que j'ai peur de déclencher si j'y pense trop.

– Est-ce qu'un tremblement de terre de 7,5 ferait autant de dégâts ? me demande Max.

Je regarde sa main qui continue à bouger la souris, mais par moments j'ai l'impression que c'est ma main, pas la sienne. Je sens mes doigts cliquer sur cette souris. C'est déstabilisant.

– Je ne suis pas tout à fait *en* moi.

Je voulais le dire dans ma tête, mais c'est sorti par ma bouche.

– Arrête de balancer des trucs flippants, OK ?

Mais je ne peux pas m'arrêter. Et je ne sais pas si j'en ai envie.

– C'est comme si j'étais… tout autour de moi. Je suis dans l'ordinateur. Je suis dans les murs.

Il me regarde et hoche la tête. Je poursuis :

– Je suis même en toi. Et je sais ce que tu penses, parce que je ne suis plus tout à fait moi. Je suis en partie dans ta tête.

– Ah oui. Alors à quoi je pense ?

Je réponds aussitôt :

– À de la glace. Tu as envie d'une glace. À la menthe et aux éclats de chocolat, pour être exact.

– Faux. Je me disais que les seins de Kaitlin Hick feraient des bonds de folie pendant un tremblement de terre de 7,5.

– Non, tu confonds. Ça, c'est ce que je pense, moi. C'est moi qui te l'ai mis en tête.

Max s'en va quelques minutes plus tard. Il sort de chez moi à reculons, comme si un chien menaçait de lui mordre le derrière s'il tournait le dos.

– Je finirai l'exposé tout seul, lance-t-il. Pas de souci. Je le ferai moi-même.

Et il part avant même que j'aie eu le temps de lui dire au revoir.

52 Preuve de la vérité

Mon père m'appelle d'une voix du genre « il faut qu'on parle » après un dîner qui ne m'a pas fait envie. J'ai un irrépressible désir de filer, mais je me retiens. Je voudrais faire les cent pas dans le salon, mais je me force à m'asseoir sur le canapé. Mes genoux tressautent quand même, comme si mes pieds étaient sur des mini-trampolines.

– J'ai envoyé un mail à l'entraîneur pour avoir le calendrier des compétitions, m'annonce mon père. Il m'a dit qu'il n'y avait pas de Caden Bosch dans l'équipe.

Je savais que ça finirait par arriver.

– Ouais, et alors ?

Mon père lâche un soupir exaspéré, de quoi souffler des bougies d'anniversaire.

– Que tu nous aies menti est déjà assez grave comme ça… Mais c'est une autre discussion.

– OK. Je peux y aller, maintenant ?

– Non. J'ai une question à te poser : pourquoi ? Et où vas-tu après les cours ? Qu'est-ce que tu as fait pendant tout ce temps-là ?

– Ça fait trois questions.

– Pas d'insolence.

Je hausse les épaules, puis je réponds honnêtement :

– Je marche.

– Où ça ?

– Dans le coin.

– Tous les jours ? Pendant des heures ?

– Ouais. Pendant des heures.

Mes pieds endoloris en témoignent, mais ça ne lui apporte toujours pas ce qu'il a besoin d'entendre.

Il se passe la main dans les cheveux, comme s'ils lui offraient une quelconque résistance.

– Ça ne te ressemble pas, Caden.

Je me lève et me mets à crier. Ce n'est pas ce que je veux, mais je le fais quand même.

– DEPUIS QUAND C'EST UN CRIME DE MARCHER ?

– Ce n'est pas juste le fait de marcher. C'est ton comportement. Ta manière de *penser*.

– De quoi tu m'accuses ?

– De rien ! Ce n'est pas un interrogatoire !

– Je ne me suis pas qualifié pour l'équipe, OK ? Je me suis fait virer et je n'avais pas envie de te décevoir, donc je me suis mis à marcher. C'est bon ? T'es content ?

– Il ne s'agit pas de ça !

Mais je ne lui en dirai pas plus. Je me dirige vers la porte.

– Où tu vas ?

– Marcher. À moins que je sois puni pour avoir été viré de l'équipe.

Et je sors avant qu'il ait pu ajouter quoi que ce soit.

53 Rétroviseur à mes pieds

Il y a quelques années, alors qu'il nous conduisait à l'école, mon père a eu un moment de panique inhabituel. Inhabituel, parce que chaque fois que mon père panique, c'est aussi prévisible qu'une feuille d'impôts. Là, ça n'avait rien à voir. Mackenzie était à l'arrière, et moi à l'avant. Dès qu'on a quitté notre allée, mon père a commencé à se montrer nerveux, comme s'il avait bu trop de café. Je me suis dit que quelque chose devait le stresser au boulot. Mais perturbé, il a lâché un soupir et a déclaré :

– Il y a un truc qui cloche.

Je n'ai rien dit. J'attendais qu'il s'explique, parce qu'il ne lance jamais rien comme ça, sans s'expliquer. Mackenzie, elle, n'a pas la même patience.

– Quel truc qui cloche avec quoi ?

– Rien, a marmonné mon père. Je ne sais pas.

Il était tellement préoccupé qu'il n'a pas vu que le feu était orange et qu'il a dû donner un grand coup de frein pour ne pas passer au rouge. Nerveux, il a regardé les voitures autour de nous.

– J'ai du mal à conduire, aujourd'hui, a-t-il avoué.

J'ai commencé à m'inquiéter : peut-être qu'il allait faire une crise cardiaque ou une attaque ou je ne sais quoi, mais avant que j'aie pu exprimer mon inquiétude, j'ai remarqué quelque chose à mes pieds, juste à côté de mon sac à dos. C'était métallique, avec une drôle de forme, mais ça ne me semblait bizarre qu'à cause de son emplacement. C'était un objet assez banal, sauf qu'en général, on ne le trouve pas par terre. Je n'ai compris ce que c'était qu'après l'avoir ramassé.

– Papa ?

Il m'a regardé et a vu ce que je tenais à la main. Puis il a lâché un petit rire et son angoisse a fondu.

– Eh bien, tout s'explique, pas vrai ?

Mackenzie s'est avancée un peu pour regarder.

– Qu'est-ce que c'est ?

Je lui ai montré.

– Le rétroviseur.

Mon père s'est rangé sur le côté pour se réajuster mentalement à l'idée de conduire sans pouvoir contrôler instantanément ce qui se passait derrière lui.

Je me rappelle avoir contemplé le rond d'adhésif sur le pare-brise, là où aurait dû se trouver le rétro, et avoir secoué la tête, comme si mon père était vraiment nul.

– Comment tu as fait pour ne pas te rendre compte qu'il n'était plus là ?

Il a haussé les épaules.

– Conduire est un automatisme. On ne pense pas à ces choses-là. Tout ce que je sais, c'est que je me suis senti, comment dire… handicapé.

À ce moment-là, je n'avais pas compris, mais cette impression – savoir que quelque chose cloche sans pouvoir mettre le doigt dessus – est une impression que j'ai été amené à découvrir intimement. La différence, c'est que je n'ai jamais réussi à trouver d'explication aussi évidente et aussi simple qu'un rétroviseur à mes pieds.

54 Se montrer diligent

Je fixe mes devoirs, incapable de lever le petit doigt pour les faire. Comme si mon stylo pesait mille tonnes. Ou qu'il était électrifié. C'est ça, il est électrifié, et si je le touche, il me tuera. Ou le papier va me trancher une artère. Les coupures de papier, c'est ce qu'il y a de pire. J'ai des raisons légitimes de ne pas faire mes devoirs. La peur de mourir. Mais la raison qui domine, c'est que mon esprit n'a pas envie de se concentrer sur eux. Il est à d'autres endroits.

– Papa ?

On approche de « ce moment de l'année », et mon père est assis à la table de la cuisine devant son ordinateur, stressé et distrait par le nouveau Code des impôts et la collection désordonnée de reçus d'un client.

– Oui, Caden ?

– Il y a un type, au lycée, qui veut me tuer.

Il me regarde, regarde à l'intérieur de moi, à travers moi. Je déteste quand il fait ça. Il jette un regard à son portable, inspire un grand coup et le referme. Je me demande si c'est pour me cacher quelque chose. Non, ce n'est pas possible. Qu'est-ce qu'il me cacherait ? C'est fou. Et pourtant…

– Le même type qu'avant ?

– Non. Un autre.

– Un autre.

– Oui.

– Un autre élève.

– Oui.

– Et tu penses qu'il veut te tuer.

– Me tuer. Oui.

Mon père enlève ses lunettes et se pince l'arête du nez.

– D'accord. Parlons-en. Parlons de cette impression que tu as que…

– Comment tu sais que ce n'est qu'une impression ? Comment tu sais qu'il n'a pas déjà fait quelque chose ? Quelque chose de grave !

Il inspire à nouveau un grand coup.

– Qu'est-ce qu'il a fait, Caden ?

Je commence à parler plus fort. Je ne peux pas m'en empêcher.

– Il ne s'agit pas de ce qu'il a fait… mais de ce qu'il compte faire ! Je lis en lui ! Je le sais ! Je le sais !

– OK, calme-toi.

– Tu m'écoutes, ou quoi ?

Mon père se lève. Peut-être qu'il prend enfin l'affaire aussi sérieusement que nécessaire.

– Caden, ta mère et moi sommes inquiets.

– Eh bien, tant mieux, pas vrai ? Il y a de quoi. Parce que peut-être qu'il vous en veut, à vous aussi.

– Pas à propos de lui, me reprend mon père. À propos de toi. Tu comprends ?

Ma mère arrive derrière moi : je sursaute. Ma sœur est avec elle.

Mes parents se regardent et c'est comme s'ils communiquaient par télépathie. Je sens leurs pensées me transpercer : de mon père à ma mère et retour à mon père. Ping-pong mental à travers mon âme.

Ma mère se tourne vers ma sœur.

– Monte.

Ma sœur fait la tête et se met à pleurnicher.

– Non, je veux rester.

– Ne discute pas, file ! ordonne ma mère.

Ma sœur baisse les épaules et grimpe l'escalier en tapant des pieds à chaque marche.

Je me retrouve seul avec mes parents.

– Qu'est-ce qui ne va pas ? me demande ma mère.

– Tu te rappelles ce que je t'avais raconté ? Cette histoire de type au lycée ? lui répond mon père.

Il devient clair comme de l'eau de roche que je ne peux

rien confier à l'un d'entre eux. Je détaille la situation à ma mère, qui ne réagit pas tout à fait comme mon père.

– Eh bien, peut-être qu'on devrait s'y intéresser de plus près. Chercher à en savoir plus sur ce garçon.

– Voilà, c'est ça ! Surveillez-le !

Je me sens un tout petit peu mieux.

Mon père ouvre la bouche comme pour dire quelque chose, mais il la referme, revenant sur sa réaction.

– D'accord, dit-il. Il me semble important de se montrer diligent, mais…

Plutôt que de finir sa phrase, il va dans le salon et s'agenouille devant la bibliothèque.

– Où est ton Yearbook[1] de l'année dernière ? Qu'on regarde qui c'est.

Maintenant qu'ils me croient, je suis soulagé. Mais pas vraiment. Parce que, au fond, je sais qu'ils ne me croient pas. Ils exécutent juste des mouvements pour me rassurer. Pour me faire croire qu'ils sont de mon côté. Mais ce n'est pas le cas. Ils sont comme Mme Sessuel et mes profs et les élèves qui me regardent avec de mauvaises intentions. C'est comme si ces deux-là n'étaient pas mon père et ma mère, juste des masques de mes parents, et j'ignore ce qu'il y a véritablement en dessous. Je sais que je ne peux plus rien leur confier.

---

1. *Un Yearbook est un livre annuel regroupant toutes les photos des différentes classes d'un établissement scolaire.*

55 Régulière infestation

Ce que j'avais d'abord pris pour des rats sur le pont du bateau n'a rien à voir avec des rongeurs. Je préférerais, je crois.

– Quelle plaie ! me dit Carlyle en faisant de son mieux pour débusquer les intrus des recoins et les chasser en lessivant le pont.

Ils fuient son eau savonneuse. Ils n'aiment pas être mouillés, et encore moins nettoyés.

– Dès qu'on pense qu'on a la situation en main, il en débarque encore plus sur le pont.

Certains bateaux sont infestés de rongeurs. D'autres de cafards. Le nôtre est envahi de cerveaux en liberté. Les plus petits sont de la taille d'une noix, les plus gros, d'un poing.

– Ces satanés machins s'échappent du crâne des marins quand ils dorment ou quand ils ne font pas attention, et après ils deviennent sauvages.

Carlyle pousse son balai à franges vers une bande de cerveaux tapis dans un coin. Ils se sauvent sur les petites dendrites violettes qui leur servent de pattes.

– Quand le jour de plonger sera venu, il faudra que je m'assure qu'il n'y aura plus un cerveau sur le pont pour tout faire capoter.

Je lui demande :

– Si ce sont les cerveaux des membres de l'équipage, comment ça se fait qu'ils soient si petits ?

Carlyle soupire tristement.

– Soit ils n'ont pas été assez utilisés et ils se sont atrophiés, soit ils l'ont trop été et ils se sont épuisés. Quel gâchis ! lâche-t-il en secouant la tête.

Il trempe son balai dans le seau d'eau savonneuse et le presse dans les recoins sombres, délogeant les malheureux cerveaux de leur cachette, les expulsant dans la mer à travers les trous d'évacuation du navire.

Il en trouve un petit agrippé à une frange de son balai, qu'il cogne contre le bastingage pour le décrocher.

– On n'en voit pas le bout. Mais je suis là pour les virer du bateau avant qu'ils se reproduisent.

– Et… que deviennent les marins sans cerveau ?

– Oh, le capitaine trouve quelque chose à leur fourrer dans le crâne et il les envoie joyeusement suivre leur petit bonhomme de chemin.

Ça ne me paraît pas si joyeux.

56 Les bonnes étoiles

C'est le beau milieu de la nuit. Je me tiens au-dessus de Calliope, à la proue, et je suis saisi par une désagréable intuition. Comme la sensation qu'on éprouve cinq minutes avant de comprendre qu'on va vomir.

Une tempête s'annonce à l'horizon. Les éclairs illuminent les nuages au loin dans d'imprévisibles explosions, mais on est encore trop éloignés pour percevoir le tonnerre. La mer est trop agitée pour que je me laisse tomber dans les bras de Calliope cette nuit. Pour se faire entendre, elle est obligée de crier plus fort que le rugissement de l'océan.

– Le capitaine n'a pas entièrement tort de me prêter certains pouvoirs, me confie-t-elle. Je vois des choses que personne d'autre ne voit.

– Dans la mer ? Sous les vagues ?

– Non. C'est vers l'horizon que je porte mon regard. Je vois l'avenir dans les étoiles qui le chevauchent. Pas un seul avenir, mais tous les futurs possibles en même temps, mais je ne sais pas lequel est le bon. C'est une malédiction que de voir tout ce qui *pourrait* se produire sans jamais savoir ce qui arrivera *vraiment*.

Je lui demande :

– Comment peux-tu lire quoi que ce soit dans les étoiles ? Ce ne sont pas les bonnes.

– Si. Ce sont les bonnes. C'est tout le reste qui est faux.

57 La question du mois

Max et Shelby ne viennent plus chez moi pour nos sessions de création de jeu vidéo. Max ne vient carrément plus du tout, alors que ma maison a toujours été comme un autre chez-lui. Il m'évite même au lycée.

Shelby, elle, fait l'effort de me parler au lycée, mais je me méfie de ses motivations. Si elle voulait vraiment discuter avec moi, ça ne semblerait pas aussi artificiel. Qu'est-ce qu'elle cherche en réalité ? Qu'est-ce qu'elle raconte à Max sur moi dans mon dos ? Je suis sûr qu'ils se sont trouvé un autre artiste pour leur jeu. Ils vont me balancer la nouvelle par surprise d'un moment à l'autre. À moins qu'ils ne me l'annoncent même pas.

Shelby me coince pour discuter. Elle essaie de bavarder de choses et d'autres. Shelby est plus du genre à parler qu'à écouter, ce qui me va, d'habitude, sauf que ces derniers temps, je ne suis pas une bonne oreille. Je hoche surtout la tête quand ça me semble approprié, et quand elle attend une réponse, en général, je lui demande :

– Pardon, tu disais ?

Cette fois, Shelby ne se laisse pas avoir. Elle me force à m'asseoir à la cafétéria, m'obligeant à la regarder dans les yeux.

– Caden, qu'est-ce qui t'arrive ?

– C'est la question du mois, on dirait. Et si le problème c'était plutôt ce qui t'arrive à toi ?

Alors elle se penche vers moi et me chuchote :

– Tu sais, je connais l'histoire. Mon frère a commencé à boire en seconde et ça a failli le détruire. J'aurais pu être comme lui, sauf que j'ai vu ce que ça lui avait fait.

Je m'écarte un peu d'elle.

– Je ne bois pas, OK ? Peut-être une bière en soirée, une fois de temps en temps, tu vois, quoi, mais c'est tout. Je ne me soûle pas.

– Eh bien, peu importe ce que tu prends. Tu peux me le dire. Je comprendrai. Max aussi – c'est juste qu'il ne sait pas comment s'y prendre.

Soudain, mes mots se déversent sur Shelby en dures consonnes.

– Je vais bien ! Je ne *prends* rien. Je ne fume pas de crack, je ne sniffe pas de Ritaline, je n'aspire pas le gaz des bombes de crème Chantilly et je ne me shoote pas avec du Destop.

– OK, lâche Shelby qui ne me croit pas une minute. Quand tu auras envie d'en parler, je serai là.

58 À se taper la tête contre les murs

En CE1, dans ma classe, il y avait un gamin qui, lorsqu'il s'énervait, se tapait la tête contre un mur ou une table –

ce qu'il trouvait de plus près pour se cogner. Ça nous amusait, alors on essayait de le rendre fou à la moindre occasion, juste pour le voir faire. Moi aussi, j'étais coupable. Il faut dire que l'instit le changeait tout le temps de place en espérant trouver un endroit où il se sentirait bien. Il a fini par atterrir à côté de moi. Je me souviens d'avoir attrapé son crayon pendant qu'il faisait des maths et d'avoir appuyé sur la mine, juste assez pour en casser le bout. Ça l'a énervé, mais pas tant que ça. Il m'a jeté un regard noir et il est allé tailler son crayon. Quand il est revenu, j'ai attendu une minute, puis j'ai tiré sur sa feuille, lui faisant tracer un grand trait de crayon sur sa page. Ça l'a énervé, mais pas assez. Alors j'ai attendu encore une minute et j'ai mis un coup de pied dans son bureau, assez fort pour faire tomber son livre de maths par terre. Cette troisième tentative a été la bonne. Il m'a foudroyé du regard avec des yeux de fou et je me rappelle avoir pensé que j'étais vraiment allé trop loin. Qu'il allait se déchaîner sur moi et que je l'aurais bien cherché. Mais il s'est mis à se taper la tête contre sa table. Tout le monde a éclaté de rire et le professeur a dû le contenir de force pour qu'il arrête.

En fait, on ne le considérait pas comme une personne, juste comme un moyen de détendre l'atmosphère. Un jour, je l'ai vu dans la cour. Il jouait tout seul. Il avait l'air plutôt content. C'est là que j'ai compris que son comportement bizarre l'avait privé d'amis. Et que tout ce qu'il connaissait, c'était la solitude.

J'ai eu envie de le rejoindre pour jouer avec lui, mais j'ai eu peur. Je ne sais pas de quoi au juste. Que le fait de se taper la tête soit contagieux. Ou d'être seul. J'aimerais savoir où il se trouve aujourd'hui pour lui dire que je comprends ce qu'il a vécu. Et que je sais qu'il est très facile de se retrouver brusquement isolé dans la cour de récréation.

59 Jusqu'à mon âme

Je n'ai jamais séché les cours. Quitter le lycée sans autorisation vaut d'être collé, ou pire. Et puis ce n'est pas mon genre. Mais je n'ai plus le choix désormais. Les signes sont là. Partout, tout autour de moi. Je sais que ça va arriver. Je sais que ça va être terrible. Je ne sais pas ce que ce sera ni d'où ça viendra, mais je sais que ça n'apportera que malheur, larmes et douleur. Horrible. Horrible. Ils sont très nombreux, maintenant. Les élèves aux projets diaboliques. Je les croise dans le couloir. Il n'y en avait qu'un au début, mais ça s'est répandu comme une maladie. Comme un champignon. Ils échangent entre eux des signaux secrets en passant d'une classe à une autre. Ils complotent – et comme je le sais, je suis une cible. La première d'une longue liste. À moins que ce ne soient pas les élèves. Peut-être que ce sont les profs. Il n'y a aucun moyen d'en être sûr.

Mais je sais que ça va se calmer si je ne suis pas au beau milieu de tout ça. Peu importe ce qu'ils ont prévu, ça n'arrivera pas si je m'en vais. Je peux sauver tout le monde si je m'en vais.

La sonnerie retentit. Je me précipite hors de la classe. Je ne sais même pas quel cours c'était. Le prof parlait cirquesque, aujourd'hui. Aujourd'hui, bruits et voix sont assourdis par une peur liquide qui me submerge tellement que je pourrais me noyer dans ses eaux sans que personne s'en aperçoive, et je coulerais dans les profondeurs d'une fosse sans fond.

Mes pieds veulent me mener au cours suivant par la force de l'habitude, mais une force supérieure les pousse hors du lycée, alors que mes pensées courent devant moi comme un homme en feu.

– Hé ! crie un professeur.

Mais c'est une protestation incompétente, impuissante. Je sors et personne ne peut m'arrêter.

Je traverse la rue en courant. Les klaxons beuglent. Ils ne m'auront pas. Grâce à mon esprit, je tords les voitures autour de mon corps. Et ces pneus qui crissent ? C'est encore moi.

À la diagonale du lycée se trouve une rangée de commerces. Des restaurants, une animalerie, une boutique de donuts. Je suis libre, sans l'être. Parce que je sens le nuage d'acide qui me poursuit. Quelque chose de terrible. Terrible. Pas au lycée – non, qu'est-ce que je croyais ?

Ça n'a jamais été au lycée. C'est à la maison ! C'est là que ça doit arriver. À ma mère, ou à mon père, ou à ma sœur. Ils vont être piégés par le feu. Un sniper va les abattre. Une voiture folle va foncer dans notre salon, mais ce ne sera pas un accident. Ou peut-être que si. Je ne peux pas en être sûr. Tout ce dont je suis certain, c'est que ça va arriver.

Il faut que je les prévienne avant qu'il ne soit trop tard, mais quand je sors mon téléphone, je n'ai plus de batterie. Ils ont vidé ma batterie ! Ils ne veulent pas que je prévienne ma famille !

Je cours de-ci, de-là, sans savoir quoi faire au juste, jusqu'à ce que je me retrouve devant les magasins, à supplier tous ceux qui passent de me prêter leur téléphone. Les regards qu'ils me jettent – des regards morts – me glacent. Ils m'ignorent ou se dépêchent de me croiser, peut-être parce qu'ils distinguent le pic de terreur qui me transperce le crâne et plonge jusqu'à mon âme.

60 Comme des voix

Ma crise de panique s'est calmée. Le sentiment insupportable que quelque chose d'horrible est sur le point de se produire s'est apaisé, même s'il n'a pas entièrement disparu. Mes parents ne savent pas que j'ai quitté le lycée plus tôt. Le lycée a bien envoyé un message automatique avertissant que « Kah-den Boosh » a manqué un ou plusieurs cours – parce que la voix de robot n'arrive pas à prononcer mon nom. Je l'ai effacé.

Je m'allonge sur mon lit, essayant de trouver un sens au chaos, examinant le cendrier mystère qui contient les restes de ma vie.

Ce n'est pas comme si j'arrivais à contrôler ces sentiments. Ce n'est pas comme si j'avais envie d'avoir ces pensées. Ils sont là, c'est tout, comme des cadeaux d'anniversaire affreux dont on ne veut pas mais dont on ne peut pas se débarrasser.

Il y a des pensées dans ma tête, mais je n'ai pas vraiment

l'impression qu'elles m'appartiennent. Un peu comme des voix. Qui me parlent. Aujourd'hui, alors que je regarde à travers la fenêtre de ma chambre, les pensées-voix me disent que les gens dans la voiture qui passe me veulent du mal. Que le voisin qui inspecte son système d'arrosage automatique n'est pas vraiment à la recherche d'une fuite. Que les buses qui sifflent sont en réalité des serpents déguisés et qu'il les dresse à avaler tous les animaux domestiques du quartier – ce qui me paraît cohérent, d'une certaine manière, parce que je l'ai entendu se plaindre des chiens qui aboient. Les pensées-voix me divertissent, aussi, parce que je ne sais jamais ce qu'elles vont me confier. Parfois, elles me font rire et les gens se demandent ce qui m'amuse, mais je ne veux pas le leur dire.

Les pensées-voix me disent de faire des choses.

– Va arracher les buses d'arrosage de ton voisin. Tue les serpents.

Mais je ne les écoute pas. Je ne vais pas détruire les affaires de quelqu'un d'autre. Je sais qu'il ne s'agit pas véritablement de serpents.

– Tu vois le plombier qui habite en bas de la rue ? me demandent les pensées-voix. En réalité, c'est un terroriste qui fabrique des bombes-tuyaux. Monte dans son camion et conduis-le loin d'ici. Conduis-le pour le jeter d'une falaise.

Mais je ne le ferai pas non plus. Les pensées-voix

peuvent dire des tas de choses mais elles ne peuvent pas me forcer à faire ce que je n'ai pas vraiment envie de faire. Ça ne les empêche pas de me torturer en m'obligeant à m'imaginer en train d'exécuter ces trucs horribles.

– Caden, tu ne dors toujours pas ?

Je lève les yeux et découvre ma mère à la porte de ma chambre. Dehors, il fait nuit. Quand est-ce que c'est arrivé ?

– Quelle heure est-il ?

– Presque minuit. Pourquoi tu ne dors pas ?

– Je pensais à des trucs.

– Ça t'arrive souvent, ces derniers temps.

Je hausse les épaules.

– Je dois réfléchir à beaucoup de choses.

Elle éteint la lumière.

– Repose-toi un peu. Peu importe ce qui te préoccupe, tu y verras plus clair demain.

– Oui. Plus clair demain.

Pourtant, je sais bien que ce sera tout aussi trouble.

Puis ma mère hésite, sur le seuil. Je me demande si elle s'en ira si je fais semblant de dormir. Mais elle reste.

– Ton père et moi, on pense que ce serait une bonne idée que tu parles à quelqu'un.

– Je ne veux parler à personne.

– Je sais. Ça fait partie du problème. Peut-être que ce sera plus facile de parler à quelqu'un d'autre. Pas à moi, ni à ton père. Quelqu'un que tu ne connais pas.

– Un psychiatre ?

– Un thérapeute.

Je ne la regarde pas. Je n'ai pas envie d'avoir cette conversation.

– Ouais, c'est ça, t'as raison.

61 Diagnostic cerveau

Les moteurs automobiles ne sont pas si compliqués que ça. Ils ont l'air complexes quand on n'y connaît pas grand-chose – avec tous ces tuyaux et câbles et soupapes – mais en gros, le moteur à combustion n'a pas beaucoup changé depuis son invention.

Les problèmes de mon père avec les voitures ne s'arrêtent pas aux rétroviseurs plongeurs. Il n'y connaît quasiment rien en matière de bagnoles. Lui, c'est les maths et les chiffres ; les voitures, c'est pas son truc. Donnez-lui une calculatrice et il changera le monde, mais dès qu'il tombe en panne et que le mécanicien lui demande ce qui ne va pas, il répond : « Ça ne marche plus. »

L'industrie automobile adore les gens comme mon père parce qu'elle peut gagner plein d'argent en leur faisant entreprendre des réparations dont leur véhicule n'a pas besoin. Ça ennuie prodigieusement mon père, mais il le justifie en disant :

– Nous vivons dans une économie de services. Il faut bien que tout le monde y participe.

Et les constructeurs automobiles ne font rien pour arranger la situation. C'est vrai, avec la technologie moderne, on pourrait penser que nos voitures devraient être capables de se diagnostiquer elles-mêmes, mais non, tout ce qu'il y a sur le tableau de bord, c'est ce stupide : « diagnostic moteur » qui s'allume au moindre problème – ce qui prouve que les automobiles sont plus organiques qu'on ne le croit. Elles sont manifestement calquées sur le cerveau humain.

Le voyant « diagnostic cerveau » peut s'allumer pour bien des raisons, mais le truc vicieux, c'est que le conducteur ne peut pas le voir. Comme si le voyant était placé dans le porte-gobelet du siège arrière, sous une canette de soda vide qui traîne là depuis un mois. Personne ne le voit à part les passagers – et seulement s'ils le cherchent, ou si le signal lumineux devient si vif et si chaud qu'il fait fondre la canette et embrase la voiture tout entière.

62 Plus vivant que tu ne le penses

– Tu as beaucoup à apprendre, déclare le capitaine en se promenant sur le pont cuivré, les mains derrière le dos.

L'uniforme en laine impeccable qu'il porte désormais commence à faire aussi naturel sur lui que sa tenue de pirate. Il a même changé de posture, maintenant. Il se tient plus majestueusement. L'habit fait l'homme.

Pendant sa ronde, il s'assure que tout le monde est occupé à ses futiles activités. Aujourd'hui, je suis chargé d'être son ombre. De regarder et d'apprendre.

Il me fait la leçon :

– Les voyages d'exploration requièrent plus qu'un simple savoir maritime pratique. Ils exigent de l'intuition. De l'impulsivité. Des actes de folie aussi souvent que des actes de foi. Est-ce que tu me suis ?

– Oui, capitaine.

– Mauvaise réponse, lâche-t-il d'un ton cassant. Il vaut mieux ne pas me suivre. Tu ne sais pas où ça pourrait te mener.

Puis il saute sur l'échelle de corde du grand mât, qui ressemble à une toile d'araignée.

– Allez, rejoins-moi dans les cordages !

Il grimpe et je le suis de près.

– Est-ce que nous allons au nid-de-pie ?

– Absolument pas ! répond-il, insulté par cette suggestion. Nous montons uniquement dans les voiles.

Nous escaladons jusqu'à la plus grande.

– Je vais te montrer un secret, m'annonce le capitaine.

Il sort alors un couteau de son manteau et lacère la toile – une entaille d'une bonne trentaine de centimètres.

Le vent passe à travers la déchirure, l'écartant comme un œil qui s'ouvre.

– Pourquoi vous avez fait ça ?

– Observe.

Je regarde la voile tailladée… qui se répare lentement.

Ça fait d'abord comme une membrane, jusqu'à ce qu'il n'y ait plus qu'une légère cicatrice à la place de la déchirure, d'un beige légèrement plus foncé que le reste de la toile.

– Ce navire est plus vivant que tu ne le penses, mon garçon. Il ressent la douleur. Il peut être blessé mais il peut aussi guérir.

Accroché aux cordages, je sens un frisson me parcourir qui n'a rien à voir avec le vent soufflant en rafales.

– Est-ce que Calliope souffre aussi ?

Le capitaine tourne son regard vers moi.

– Je l'ignore. Comment se fait-il que tu connaisses son nom ?

Je me rends compte de mon erreur, mais peut-être que c'est le genre de folie qu'approuve le capitaine.

– L'équipage est bavard.

C'est vrai, donc ce n'est pas vraiment comme si je mentais. Mais le capitaine semble encore méfiant.

– Savoir si elle ressent ou non la douleur du bateau serait important. Une réponse à cette question serait la bienvenue.

– Je m'en souviendrai, dis-je.

Je me demande s'il vient de me donner la permission de parler à Calliope ou s'il essaie de me piéger pour l'avoir fait.

63 Des gens que je ne connais pas dans des endroits que je ne vois pas

Une nuit, alors que je repose entre ses bras métalliques, suspendu au-dessus d'une mer calme, Calliope me confie :

– Je ressens tout. Pas seulement les voiles mais aussi la coque. Pas seulement l'océan mais aussi le ciel. Et pas seulement le ciel mais aussi les étoiles.

– Comment est-ce possible ?

– Je ne m'attendais pas à ce que tu me comprennes.

Pourtant, je la comprends.

– Moi aussi, j'éprouve des liens. Parfois, j'ai l'impression d'être à l'intérieur des gens qui m'entourent. Je crois que je sais ce qu'ils pensent – et si ce n'est pas *ce* qu'ils pensent, du moins *comment* ils pensent. Par moments, je suis persuadé d'être lié à des gens de l'autre côté de la planète. Des gens que je n'ai jamais rencontrés. Ce que je fais les affecte. Je vais à gauche, ils vont à droite. Je grimpe, ils tombent d'un immeuble. Je sais que tout cela est vrai, mais je ne peux jamais prouver ce qui arrive aux gens que je ne connais pas dans des endroits que je ne vois pas.

– Et comment tu te sens, du coup ?

– Merveilleusement bien et horriblement mal à la fois.

Elle penche la tête pour me regarder dans les yeux plutôt que de fixer l'océan devant elle. Ce mouvement lui demande plus d'efforts que de replier les bras pour me tenir. J'entends le crissement du cuivre qui ploie.

– Nous ne sommes pas si différents, alors, me dit-elle.

Et je sais que, pour la première fois, j'ai véritablement percé sa solitude. Et qu'elle a percé la mienne.

64 Si les escargots savaient parler

Le docteur n'est pas un médecin. Il a une thèse en psychologie de l'American University, ce qui me paraît un peu trop vague pour être vrai. Un diplôme encadré est fièrement exposé dans la salle d'attente au-dessus d'un ficus en pot aux feuilles un peu trop vertes pour être vraies, elles aussi.

– J'aimerais que tu sentes que tu peux tout me dire, déclare le docteur Blabla.

Il fait exprès de s'exprimer d'une voix calme, lentement – comme un escargot, si les escargots savaient parler.

– Tout ce que tu dis ou fais ici restera strictement confidentiel, à moins que tu ne souhaites que je le transmette à quelqu'un.

On dirait un policier en train de m'énoncer mes droits anti-Miranda, le contraire des droits habituels [1].

– Ouais. Confidentiel. J'ai compris.

J'ai compris, mais je n'y crois pas un instant. Comment faire confiance à un thérapeute quand même la plante de sa salle d'attente est un mensonge ?

C'est là que se trouvent mes parents. Dans la salle d'attente, en train de feuilleter des *Psychology Today* et des *Family Fun* en discutant de moi. Au début, ils sont restés quelques minutes avec moi dans la pièce avec le docteur Blabla. Je pensais qu'ils allaient lui balancer une liste de linge sale de tout ce qui s'était passé, mais ils avaient l'air mal à l'aise de parler de moi à un inconnu.

---

1. Aux États-Unis, les droits Miranda garantissent le droit de garder le silence et d'avoir un avocat.

Mon père a lutté pour trouver ses mots, puis il a lâché :

– Le comportement de Caden… est… sorti de l'ordinaire.

Mes parents ont paru soulagés quand le thérapeute leur a demandé de quitter la pièce.

– Bien, me dit le docteur Blabla une fois que nous sommes seuls tous les deux. « Sorti de l'ordinaire ». Commençons par là.

Je sais qu'il faut que j'arrive à me contrôler, ici. J'ai l'impression que ma vie entière dépend du fait que j'arrive à me contenir. Cet homme ne me connaît pas. Il ne peut pas voir en moi. Il n'aura que ce que je lui donnerai.

– Écoutez, mes parents croient bien faire et je sais qu'ils pensent m'aider, mais c'est leur problème, pas le mien. Ils sont complètement stressés et cherchent trop à me protéger. Enfin, vous les avez vus, pas vrai ? Ils sont tellement nerveux qu'ils me rendent nerveux.

– Oui, je vois que tu es anxieux.

J'essaie d'arrêter de parler avec les mains et de garder les talons plaqués au sol. Je n'y arrive qu'à moitié.

– Dis-moi, poursuit-il, est-ce que tu as du mal à dormir ?

– Non.

C'est vrai, je n'ai pas de mal à dormir, je n'ai juste pas envie de dormir. Du tout.

– Et au lycée, comment ça se passe ?

– Le lycée, c'est le lycée.

Il reste silencieux pendant un moment atrocement long. Je n'arrive pas à supporter ça. Je commence à tripoter des choses à portée de main. Je prends un petit cactus sur la table à côté de moi pour voir s'il est faux, lui aussi, mais c'est un vrai et je me pique le doigt. Le docteur me tend un mouchoir.

– Et si on faisait des exercices de relaxation ? propose le docteur Blabla, même si je sais que ce n'est une suggestion qu'en apparence. Installe-toi bien dans le fauteuil et ferme les yeux.

– Pourquoi ?

– J'attendrai que tu sois prêt.

Je m'enfonce dans mon siège à contrecœur et oblige mes paupières à se fermer.

– Dis-moi, Caden, que vois-tu quand tu fermes les yeux ?

Mes paupières s'ouvrent aussitôt.

– Qu'est-ce que c'est que cette question à la con ?

– Ce n'est qu'une question.

– Qu'est-ce que je suis censé voir ?

– Rien de spécial.

– Eh ben voilà ce que je vois. Rien de spécial.

Je suis debout maintenant. Je ne me souviens pas de m'être levé. Je ne me rappelle pas m'être mis à faire les cent pas dans la pièce.

La séance dure encore une insupportable éternité, qui ne représente que vingt minutes de plus, en réalité. Nous n'arrivons jamais à faire les exercices de relaxation. Je ne réponds jamais à sa question. Je ne ferme jamais les yeux, de peur d'avoir à lui dire – à me dire – ce que je vois.

On joue aux échecs à la place, même si je n'ai pas la patience de réfléchir à mes mouvements, alors je fais exprès de mal jouer pour que la partie se termine plus vite.

Quand il est l'heure de partir, le docteur annonce à mes parents qu'on devrait programmer des séances hebdomadaires et qu'il faudrait aussi songer à m'envoyer consulter quelqu'un qui a le droit de me prescrire des médicaments. Je savais bien que c'était un imposteur.

65 Les ténèbres au-delà

Qu'est-ce que je vois quand je ferme les yeux ? Parfois, des ténèbres dépassant tout ce que je pourrais décrire. Parfois c'est magnifique, et parfois terrifiant, et je sais rarement à quoi m'attendre. Quand c'est magnifique, j'ai envie de vivre dans cet endroit, où les étoiles dessinent un vaste coquillage inaccessible, comme on le croyait autrefois. La surface interne d'une paupière géante. Et quand je retire la paupière, des ténèbres qui se poursuivent vraiment à l'infini – sauf que ce ne sont pas du tout des ténèbres. C'est juste que nos yeux n'ont pas la capacité de voir ce genre de lumière. Si nous la percevions, nous serions aveuglés, donc cette paupière nous protège. À la place, nous voyons les étoiles – seul indice de la lumière que nous n'atteindrons jamais.

Et pourtant, j'y vais.

J'avance au-delà des étoiles dans cette lumière sombre. Tu n'as pas idée de ce qu'on peut ressentir. Du velours et de la réglisse caressant tous les sens ; ça fond en un liquide dans lequel tu plonges, ça s'évapore en air que tu respires. Et tu t'envoles ! Tu n'as pas besoin d'ailes parce que cette substance te soutient de son propre gré – de sa propre volonté qui résonne avec la tienne – et tu sens que non seulement tu peux tout faire, mais que tu es tout. Tu traverses tout et les battements de ton cœur deviennent le pouls de la totalité du vivant, et le silence entre chaque battement est le calme de tout ce qui existe, sans être vivant. La pierre. Le sable. La pluie. Et tu comprends que l'ensemble est nécessaire. Le silence doit exister pour qu'il y ait un pouls. Et tu es ces deux choses : la présence et l'absence. Ce savoir est tellement grandiose que tu ne peux pas le garder pour toi et que ça te pousse à le partager – sauf que tu n'as pas les mots pour le décrire, et sans les mots, sans moyen de communiquer ce sentiment, tu es brisé, parce que ton esprit n'est pas assez grand pour contenir tout ce que tu as essayé d'y faire rentrer…

Mais ça n'est pas toujours comme ça.

Parfois, les ténèbres derrière n'ont rien de magnifique ; elles ne sont qu'une absence absolue de lumière. Un goudron avide, toutes griffes dehors, qui t'entraîne au fond. Tu coules, sans couler. Ça te transforme en plomb pour que tu sombres plus vite dans son étreinte visqueuse.

Ça te dérobe l'espoir et même le souvenir de l'espoir. Ça te fait penser que tu t'es toujours senti ainsi et qu'il n'y a pas d'autre choix que de sombrer dans les profondeurs, où ça digère lentement, voracement ta volonté, la distillant dans l'ébène brut des cauchemars.

Et tu connais les ténèbres au-delà du désespoir, aussi intimement que tu connais les grandes envolées. Parce que dans cet univers et tous les autres, il y a un équilibre. Tu ne peux pas avoir l'un sans être confronté à l'autre. Parfois, tu penses que tu peux le supporter parce que la joie vaut le désespoir, et parfois tu sais que tu ne peux pas le supporter – comment as-tu jamais pu croire que c'était possible ? Et voilà cette danse : force et faiblesse, confiance et affliction.

Qu'est-ce que je vois quand je ferme les yeux ? Je vois au-delà des ténèbres et c'est incommensurablement imposant, au-dessus comme au-dessous de moi.

66 Impressionnant à faire peur

Mais maintenant, j'ai les yeux ouverts.

Je suis debout sur le seuil de la maison, ni dedans ni dehors, à mi-chemin entre deux endroits. Je repense à la fois où j'ai dit à Max que j'étais à l'extérieur de moi-même. Ça s'est amplifié. Je n'arrive plus à faire la différence entre ce qui fait partie de moi ou pas. Je ne sais pas comment expliquer cette sensation. Je suis comme l'électricité dans les murs. Non, plus que ça ! Je suis les lignes à haute tension qui circulent dans le voisinage.

Je me déplace à travers tout ce qui m'entoure à la vitesse de l'éclair. Il n'y a désormais plus de « je ». Juste le « nous » collectif et ça me coupe le souffle.

Est-ce que vous savez ce que ça fait d'être libéré de soi-même et d'en être terrorisé ? On se sent à la fois invincible et visé, comme si le monde – comme si l'univers – voulait empêcher qu'on ressente cette vertigineuse illumination. Et on a conscience que des forces en puissance cherchent à anéantir notre esprit, alors même qu'il se dilate comme un gaz remplissant le moindre espace disponible.

Maintenant, les voix résonnent et braillent dans ta tête, presque aussi fort que ta mère qui t'appelle pour la troisième fois pour que tu descendes dîner. Tu sais que c'est la troisième fois, même si tu ne te souviens pas d'avoir entendu les deux premières. Même si tu ne te rappelles pas être monté dans ta chambre.

Alors tu t'assois à la table de la cuisine et tu déplaces la nourriture dans ton assiette et tu n'en enfournes que lorsque quelqu'un te rappelle que tu ne manges pas. Mais ce n'est pas de nourriture que tu as faim. Peut-être parce que tu n'es plus toi-même. Tu es tout ce qui t'entoure. Maintenant, tu as l'impression que ton corps n'est plus qu'une coquille vide, alors quel intérêt de le nourrir ? Tu as des choses plus importantes à faire. Et tu te racontes que si tes amis ne sont plus en lien avec toi, c'est parce que tu es trop impressionnant pour eux et que ça les effraie. Presque autant que toi.

67 Entre ni queue ni tête

À l'aurore, le capitaine nous rassemble autour de la table dans la salle des cartes. La tempête menace toujours au loin, pas plus proche que la nuit précédente ou la nuit d'avant. Elle recule alors qu'on s'approche.

Ces réunions consacrées à la mission sont toujours peuplées de la même bande : moi, le navigateur, Sac d'os, la fille à face de cri, la fille aux cheveux bleus et notre grassouillet maître des traditions. Chacun d'entre nous lutte pour briller au poste qui lui a été assigné. Pour le navigateur et moi, c'est facile – mes dessins et ses cartes ne sont jamais remis en question. Les autres, eh bien, ils s'en sortent en trichant. Notre sombre et désespérée Face de cri, responsable du moral des troupes, a appris à faire semblant de proposer des commentaires positifs quand elle se retrouve sous l'œil furieux du capitaine. Sac d'os lit tout ce qu'il pense que le capitaine a envie d'entendre dans les ossements qu'il jette, et la fille aux cheveux bleus prétend avoir trouvé de tout, des doublons en or aux caisses de diamants, dans les manifestes en lambeaux des navires naufragés.

Le maître des traditions, en revanche, a une dangereuse tendance à l'honnêteté.

– Je n'y arrive pas, avoue-t-il au capitaine pendant notre réunion de groupe. Les runes de ce livre sont sans queue ni tête.

On dirait que le capitaine enfle comme une éponge dans de l'eau.

– Nous ne nous soucions ni des queues ni des têtes, uniquement de la chair entre les deux.

Puis le capitaine se tourne vers Carlyle qui guette dans un coin, comme il le fait toujours pendant ces réunions.

– Passez-le sous la quille.

Le maître des traditions proteste et commence à hyperventiler à cette idée. À ce moment-là, le perroquet sort de nulle part pour venir se poser sur l'épaule du capitaine.

– Récurer le canon ! dit l'oiseau. Faites-lui récurer le canon !

Le capitaine l'envoie valdinguer, délogeant au passage plusieurs plumes vives, mais le perroquet ne se laisse pas décourager pour autant.

– Le canon ! Le canon !

– J'vous demande pardon, cap'taine, intervient Carlyle, mais l'oiseau a peut-être raison. Si on passe le gamin sous la quille, on n'en tirera plus rien – s'il ne meurt pas carrément. Et le canon a bien besoin d'être nettoyé si on doit se battre contre les monstres qui nous attendent.

Le capitaine a les yeux rivés sur Carlyle, enflammés

par cette insubordination – un simple mousse de rien du tout qui critique ses ordres. Mais il maîtrise sa colère et fait un geste de la main.

– Agissez comme bon vous semble. Tant que le garçon souffre pour son indolence.

Le perroquet, qui s'est perché sur une lampe suspendue, me regarde et secoue tristement la tête en entendant le commentaire du capitaine. Je détourne les yeux. Qu'est-ce que ça me vaudra d'être le centre d'attention du perroquet ? Comment le capitaine risque-t-il de réagir ?

En plus de Carlyle, il faut deux autres costauds de l'équipage pour traîner le maître des traditions hors de la pièce, alors qu'il se débat et crie en pensant au canon. Je me demande pourquoi ça lui paraît aussi terrifiant que de passer sous la quille. Une fois disparu, le capitaine revient à la mission.

– Aujourd'hui est un jour capital, nous annonce-t-il. Car nous allons tester la cloche de plongée et découvrir si les connaissances de Caden en matière d'exploration des profondeurs de l'océan sonnent juste.

J'ai la nausée, et ça n'a rien à voir avec les mouvements du bateau. Je me sens petit et impuissant. Je proteste :

– Mais… ce n'est pas la cloche qu'il faut.

– Tu aurais dû y penser avant de le suggérer, lâche insidieusement la fille aux cheveux bleus.

– Nous sommes foutus, conclut Face de cri.

68 Ver à l'intérieur

Voilà ce que ça fait : tu connais toutes les réponses. Ta tête est tellement pleine de réponses qu'elle est sur le point d'éclater. Elle est prête à exploser et à projeter de la radiation liquide sur tout le monde. Ta vie va être déclarée zone radioactive pour des centaines d'années si tu n'arrives pas à évacuer un peu de pression en montrant la vérité de ce que tu sais à quiconque voudra bien t'écouter. Les lignes, les *connexions* que tu vois entre toutes les choses.

Et tu dois le partager.

Alors tu marches dans les rues et tu débites aux gens des propos aléatoires, sachant qu'il n'y a rien d'aléatoire là-dedans. Les gens te regardent bizarrement, mais tu lis tout de même dans leurs yeux qu'il y a des connexions entre toi, eux, et le reste du monde.

– Je vois à l'intérieur de vous, lances-tu à une femme qui sort du supermarché avec un sac. Vous avez un ver dans le cœur, mais vous pouvez le chasser.

Elle te regarde puis s'éloigne, se dépêchant jusqu'à sa voiture, effrayée par ce que tu lui as annoncé. Et tu te sens bien. Et pas bien.

Tu ressens une douleur, tout en bas. Tu découvres que tu es pieds nus. Tu as marché tout ce temps-là comme ça, et tes pieds, couverts d'ampoules et d'écorchures, saignent.

Tu ne te rappelles pas avoir enlevé tes chaussures, mais tu as bien dû le faire. Ça aussi, ça fait sens. Sens par rapport à la façon dont ta chair est reliée à la terre, pour dire à la gravité de te retenir au sol, toi et tous les autres. Et soudain, tu sais que si tu enfiles tes chaussures, la terre lâchera et tout le monde sera précipité dans l'espace, tout ça à cause d'une fine couche de caoutchouc qui couperait ta connexion au sol. C'est toi le levier antigravité du monde. Aussi merveilleuse soit cette nouvelle, ce pur émerveillement est terrifiant à cause du pouvoir que ça te confère. Et le ver que tu as vu dans le cœur de la femme a trouvé le moyen de migrer en toi. Ce n'est pas un pouls que tu sens, c'est le ver qui se fraie un chemin en toi en te dévorant, et tu ne peux pas le déloger.

À côté du supermarché, il y a une agence de voyages qui lutte pour sa survie à une époque où on réserve ses voyages en ligne. Tu avances tant bien que mal, et tu pousses la porte pour entrer.

– Aidez-moi, dis-tu. Le ver. Le ver. Il sait ce que je sais et il veut me tuer.

Mais une femme en tailleur te jette dehors sans ménagement. Elle te crie dessus :

– Sors d'ici ou j'appelle la police !

Pour une raison ou pour une autre, ça te fait rire et tes pieds saignent et ça te fait rire aussi, et sur le parking il y a une BMW avec un phare cassé à l'avant et ça te fait pleurer. Appuyé contre un mur, tu te laisses glisser et tu n'es plus qu'un petit tas et ton âme s'emplit de larmes. Tu penses à Jonas, qui, après avoir subi l'épreuve d'avoir été partiellement digéré par la baleine, a éclaté en sanglots au sommet d'une montagne quand l'arbuste qui le protégeait du soleil a été dévoré par un ver et qu'il est mort. Le même ver. Tu comprends les larmes de Jonas. Pourquoi, alors que le soleil lui martelait le crâne, il était si triste qu'il voulait mourir.

– S'il vous plaît, lances-tu à la ronde. S'il vous plaît, faites que ça s'arrête. S'il vous plaît, faites que ça s'arrête.

Jusqu'à ce que quelqu'un de la carterie, une femme bien plus gentille que la sorcière des voyages, s'agenouille près de toi.

– Tu veux que j'appelle quelqu'un ? demande-t-elle doucement.

Mais l'idée qu'elle passe un coup de fil à tes parents pour qu'ils viennent te chercher suffit à te remettre sur pied.

– Non, ça va, réponds-tu.

Et tu t'éloignes.

Tu te dis que tout ira bien si tu retrouves le chemin de chez toi. Il n'y a pas de baleine pour te digérer, ici. Ce qui te dévore travaille de l'intérieur vers l'extérieur.

69 Ce que tu veux dire n'a pas de sens

L'appel. Le ciel est blanc, l'horizon, gris, étincelant de faibles éclairs – pas seulement devant nous, mais dans toutes les directions. Le capitaine fait les cent pas sur le pont supérieur, regardant l'équipage de haut, insistant sur l'importance capitale de la mission et de cette journée en particulier.

– Aujourd'hui, la cloche de plongée du marin Caden va être mise à l'épreuve, et la nature de notre descente sera fixée une fois pour toutes.

Il a l'air très autoritaire – encore plus qu'avant, dans son uniforme de laine bleue à boutons de cuivre – mais l'autorité et la raison sont deux choses différentes.

Je lance :

– Ce n'est pas un bathyscaphe ! Ça ne marchera pas !

Ce n'est pas ce que je voulais dire par « cloche de plongée » !

– Ce que tu veux dire n'a pas de sens.

Il faut plus d'une douzaine de membres d'équipage pour soulever la triste erreur de casting qu'est la cloche de la Liberté sur le bastingage. Puis, sur ordre du capitaine, la cloche est jetée par-dessus bord. Elle coule comme une pierre, et la corde – grignotée par des cerveaux sauvages – rompt, envoyant la cloche dans les irrécupérables profondeurs. Une unique bulle remonte à la surface, comme un rot.

Et le capitaine s'exclame :

– Test concluant !

– Quoi ? je crie. En quoi ce test est-il concluant ?

Le capitaine s'approche de moi lentement, exprès, faisant claquer ses pas sur le pont plaqué cuivre.

– Ce test, dit-il, visait à démontrer la fausseté de ta théorie sur la manière d'arriver au fond de la fosse.

Puis il hurle :

– Tu avais TORT, mon garçon ! Et plus tôt tu reconnaîtras ton entière et accablante erreur, plus tôt tu nous seras utile, à moi et à cette mission.

Il s'éloigne ensuite vivement, très content de lui.

Ce n'est qu'une fois le capitaine parti que le perroquet se pose sur mon épaule – ce qu'il fait rarement – et me dit :

– Il faut qu'on parle.

70 Requin argenté

Ton père te bloque le passage alors que tu allais sortir.

– Où tu vas ?

– Dehors.

– Encore ?

Il a l'air beaucoup plus déterminé que la dernière fois qu'il t'a posé la question et reste en travers de ton chemin.

– Caden, tu as les pieds couverts d'ampoules à force de marcher autant.

– Eh bien j'achèterai de meilleures chaussures.

Tu sais qu'il ne comprendra pas pourquoi tu as besoin de marcher. C'est ce mouvement à travers le monde qui garantit que tu ne vas pas exploser. Qui garantit la sécurité de l'Univers. Qui garantit la tranquillité du ver. Sauf que ce n'est plus un ver. Aujourd'hui, c'est une pieuvre avec des yeux au lieu de ventouses. Elle bouge à l'intérieur de toi, à l'intérieur de tes entrailles. Elle glisse autour de tes organes, essayant désespérément de trouver une position confortable. Mais tu n'en parles pas à tes parents. Ils te diraient que ce ne sont que des gaz.

– Je vais marcher avec toi, dit ton père.

– Non ! Ne fais pas ça. Tu ne peux pas faire ça !

Tu le bouscules pour sortir. Tu es dans la rue. Aujourd'hui, tu as des chaussures et tu comprends maintenant que d'en porter n'empêchera pas la gravité de maintenir les choses sur terre. C'était ridicule. Comment as-tu pu penser une chose pareille ? Par contre, tu sais que si tu ne marches pas, il va se passer quelque chose de terrible quelque part et que tu le verras aux infos demain. Tu en es absolument sûr.

Trois pâtés de maisons plus loin, tu regardes par-dessus ton épaule et tu vois la voiture de ton père qui te suit lentement, comme un requin argenté. Ha ! Dire que ce sont eux qui *te* trouvent paranoïaque. Si tes parents ont besoin de te suivre quand tu sors marcher, il y a vraiment quelque chose qui cloche chez eux.

Tu fais comme si tu ne voyais pas la voiture. Tu continues à marcher bien après la tombée de la nuit. Tu ne t'arrêtes pas, tu ne parles pas aux gens. Tu le laisses te suivre durant tout le tour du voisinage, puis durant tout le trajet jusqu'à chez toi.

71 Un pire ennemi

Je me réveille pour découvrir le perroquet, qui me fixe au pied de mon lit. Je lâche un cri de surprise. Il se rapproche en sautillant. Je sens des griffes pointues sur ma poitrine. Mais il n'enfonce pas ses serres. Il avance avec précaution sur ma couverture en lambeaux jusqu'à ce que son bon œil fasse des allers-retours entre les miens.

– Le capitaine m'inquiète, me confie-t-il. M'inquiète, m'inquiète.

– Ce n'est pas mon problème.

Le navigateur s'agite dans son sommeil. Le perroquet attend qu'il arrête de bouger et se penche un peu plus vers moi. Il a une haleine de graines de tournesol.

– Je m'inquiète de ce que le capitaine ne se soucie pas forcément de ce qui serait le mieux pour toi, chuchote-t-il.

– Depuis quand tu te soucies de ce qui serait bien pour moi ?

– En coulisse, en coulisse, j'ai été ton meilleur avocat en coulisse. Pourquoi penses-tu que tu fais partie du petit cercle du capitaine ? Pourquoi crois-tu que tu n'as pas été attaché à la cloche de plongée quand elle a sombré ?

– Grâce à toi ?

– Disons simplement que j'ai une certaine influence.

Je ne sais pas s'il faut croire le perroquet, mais j'accepte d'imaginer un instant qu'il peut ne pas être l'ennemi. Ou, du moins, pas le pire ennemi.

– Pourquoi est-ce que tu me dis ça ? je demande.

– Il se peut qu'il y ait besoin de…

Il se met à agiter nerveusement la tête, dessinant des huit devant mon visage.

– Besoin de… ?

Il monte et descend sur ma poitrine. Ça me chatouille.

– Sale affaire, sale affaire.

Il se calme, reste un moment silencieux, puis son œil fixe mon œil gauche.

– Si le capitaine se montre indigne de la confiance de l'équipage, j'ai besoin de savoir que je peux compter sur toi.

– Compter sur moi pour…

Il place son bec juste à côté de mon oreille.

– Pour le tuer, bien sûr.

72 Notre seul espoir

Tu es allongé sur ton lit. Torse nu. Une fièvre sans fièvre te consume le cerveau. La pluie tombe dehors, comme la fin du monde.

– Terrible, marmonnes-tu. Quelque chose de terrible va se passer au lycée parce que je n'y suis pas.

Ta mère te frotte le dos, comme quand tu étais petit.

– Et quand tu étais là-bas, quelque chose de terrible se passait à la maison.

Elle ne comprend pas.

– Je me suis trompé là-dessus, lui dis-tu. Mais cette fois, j'ai raison. Je le sais. Je le sais, c'est tout.

Tu tournes la tête pour la regarder. Elle a les yeux rouges. Tu préfères penser que ce n'est pas d'avoir pleuré. C'est le manque de sommeil. Elle n'a pas dormi. Ton père non plus. Toi non plus. Tu ne dors plus depuis deux jours. Peut-être trois. Ils sont restés à la maison tous les deux. Ils se relaient pour s'occuper de toi. Tu as envie qu'on te laisse tout seul, mais tu as peur qu'on te laisse tout seul, et tu as peur qu'on ne te laisse pas tout seul. Ils t'écoutent, mais ne t'entendent pas, et les voix te disent que tes parents font partie du problème.

– Ce ne sont pas vraiment tes parents, n'est-ce pas ? font les voix. Ce sont des imposteurs. Tes vrais parents ont été mangés par un rhinocéros.

Tu sais que ça vient de *James et la grosse pêche* – un de tes livres d'enfance préférés –, mais tout est si embrouillé et les voix sont si persuasives que tu ne sais pas ce qui est réel et ce qui ne l'est pas.

Tu sais que les voix ne te parlent pas à l'oreille, mais elles ne sont pas tout à fait dans ta tête. On dirait qu'elles t'appellent d'un autre endroit, auquel tu te serais retrouvé connecté par hasard, comme un téléphone portable qui intercepte d'un coup une conversation dans une autre langue – que tu comprends, curieusement. Elles s'attardent là, en marge de ta conscience, comme ce que tu entends en te réveillant, avant que ton rêve s'effondre sous le poids écrasant du monde réel. Mais si le rêve ne disparaît pas quand tu t'éveilles ? Et si tu n'es plus en mesure de faire la différence ?

Les voix ne peuvent pas être réelles, mais elles savent très bien te le faire oublier.

– Elles me disent que ce sera la fin du monde si je n'arrête pas ce qui va arriver.

– Qui te dit ça ?

Mais tu ne réponds pas. Tu ne veux pas que tes parents sachent, pour les voix, alors tu te contentes de gémir et tu penses à tous ces films où une personne est choisie pour sauver le monde.

« Tu es notre seul espoir », lui annonce-t-on toujours.

Et si ces héros n'affrontaient jamais leur destinée ? Et s'ils restaient couchés pendant que leur mère leur caresse le dos ? Et s'ils ne faisaient rien ? Qu'est-ce que ça donnerait comme genre de film ?

73 Noble tâche

Le capitaine m'a fait appeler dans son bureau. Seul à seul. Le perroquet n'est pas dans les parages. La dernière fois que je l'ai vu, il se trouvait là où rament les marins, sautant d'une épaule à l'autre, examinant leurs oreilles pour s'assurer qu'ils avaient toujours un cerveau. Maintenant, le perroquet me fait des clins d'œil dès qu'il me croise, pour me rappeler notre conversation secrète.

– Tu as confiance en moi, Caden ? me demande le capitaine.

Si je lui mens, il le saura, alors je lui dis la vérité :

– Non.

Ma réponse le fait sourire.

– C'est bien, mon garçon. Ça signifie que tu commences à apprendre. Je suis fier de toi. Plus fier que tu ne l'imagines.

J'en reste bouche bée.

– Je pensais que vous me détestiez.

– Loin de là ! Les épreuves auxquelles je te soumets visent à brûler l'ivraie. Pour te purifier. Ne te méprends pas, mon garçon, tu es le plus grand espoir de notre mission. Tous mes espoirs reposent sur toi.

Je ne sais pas trop quoi répondre. Je me demande s'il déclare ça à tous les membres de l'équipage, mais, curieusement, je sens qu'il est sincère.

– Pour être honnête, certaines choses sur mon navire m'inquiètent, mon garçon. Pas l'océan à l'extérieur, mais les remous à l'intérieur.

Puis il se penche vers moi pour ajouter :

– Je sais qu'elle te parle. Calliope. Elle te confie des choses qu'elle ne livre à personne d'autre. C'est la preuve que tu es à part. Que tu as été choisi.

Je ne dis rien. Pas tant que je ne sais pas où il veut en venir.

– Si elle sait des choses, c'est à toi qu'elle les confiera.

Je comprends à ce moment-là que j'occupe peut-être enfin une place me permettant d'exercer un minimum de pouvoir.

– Si elle me confie quoi que ce soit, c'est en toute confiance. Pourquoi devrais-je trahir cette confiance en vous le rapportant ?

– Je suis ton capitaine !

Comme je garde le silence, il grogne et, furieux, va et vient derrière son bureau.

– À moins que tu ne répondes au perroquet, lâche-t-il en tapant du poing contre la cloison. Mutine volaille ! Il plante les graines de la sédition au sein de mon équipage, alors même qu'il est perché sur mon épaule.

Puis il m'attrape et m'examine attentivement de son bon œil, exactement comme le perroquet.

– Calliope annonce-t-elle une mutinerie ? Dit-elle que l'oiseau va l'emporter ?

Je reste calme.

– Je lui demanderai.

Il est soulagé.

– C'est bien, mon garçon. Je savais que tu étais loyal. Le temps venu, je te chargerai d'une noble tâche, me chuchote-t-il.

– Quelle noble tâche ?

Le capitaine sourit.

– La noble tâche de tuer le perroquet.

74 Les signes qu'on a ratés

Quand j'étais plus jeune, dès que je voyais un billet d'un dollar, j'avais toujours l'impression étrange que George Washington me fixait d'un œil noir. C'était drôle, et un peu flippant. Il n'y avait pas que Washington qui me faisait cet effet. Avec son sourire narquois, Hamilton des billets de dix avait toujours l'air de me juger. Le pire, c'était Jackson. Ce grand front bizarre et ce regard de supériorité m'accusant de dépenser mon argent sans réfléchir. Seul Franklin m'était sympathique sur les billets de cent dollars, mais on ne peut pas dire que je le voyais souvent.

Peut-être que j'aurais dû y lire le signe que j'avais vraiment un problème. À moins que tout le monde n'ait ce genre de pensées bizarres, un peu folles. Enfin, ce n'est pas comme si je croyais qu'ils me regardaient pour de vrai – c'était juste une drôle d'idée avec laquelle je jonglais sans raison particulière. Ça ne m'a jamais empêché de me servir de billets. Du moins, pas jusqu'à récemment.

On cherche toujours les signes qu'on a ratés quand quelque chose tourne mal. On se change en détective essayant de résoudre un meurtre, parce que découvrir les indices nous offrirait peut-être un certain contrôle de la situation. Bien sûr, on ne peut pas changer ce qui s'est passé, mais si on pouvait mettre bout à bout assez d'éléments, on pourrait prouver que, quel que soit le cauchemar auquel on est confronté, on aurait pu l'arrêter, si seulement on avait été assez intelligent. Il vaut sans doute mieux croire en sa propre stupidité plutôt que de penser que tous les indices du monde n'y auraient rien changé.

75 Sécurité enfant

– On part en voyage, annonce ton père.

Tu sais qu'il a pleuré.

– Quel genre de voyage ? Une croisière ?

– Si tu veux, répond-il. Mais il faut y aller : le navire va bientôt prendre le large.

Tu n'arrives pas à te rappeler la dernière fois que tu as dormi. On ne peut pas appeler ça de l'insomnie. C'est de l'anti-insomnie. Un état d'éveil viral si contagieux qu'il réveillerait les morts si tu les approchais de trop près. Tu le crois vraiment. Tu le redoutes. Chaque pensée qui te passe par la tête devient une inquiétante vérité.

Les voix parlent toujours, mais elles n'ont pas dormi non plus, donc elles ne font plus que grommeler des absurdités. Mais tu captes les sentiments derrière leur charabia. Ce ne sont pas de bons sentiments. Ils débordent de pressentiments de mauvais augure, d'amers avertissements et d'allusions à ton importance dans l'univers.

Tu ne veux pas faire ce voyage. Tu dois rester là pour protéger ta sœur. Pour l'instant, elle est sortie avec des amis. Loin de la maison. Mais il faut que tu sois présent quand elle rentrera. Et là, tu regardes dans les yeux rougis de tes parents et tu comprends qu'eux aussi veulent la protéger. De toi.

Tu es dans la voiture, maintenant. Tes parents parlent, mais leurs mots sont aussi embrouillés que les voix intérieures, et même si tu sais que la voiture est bien la fidèle Honda familiale, tu as l'impression que, assis à l'avant, tes parents s'éloignent de plus en plus. Soudain, tu te retrouves à l'arrière d'une limousine et quelqu'un aspire tout l'oxygène. Tu ne peux plus respirer. Tu essaies d'ouvrir les portes et de sauter sur l'autoroute, mais elles ne veulent pas s'ouvrir. Quelqu'un a mis la sécurité enfant. Tu jures et tu hurles et tu balances les pires choses imaginables. N'importe quoi pourvu qu'ils s'arrêtent et te laissent sortir, mais ils ne le font pas. Ils s'efforcent de te calmer. Ton père peut à peine conduire la voiture, tellement tu es agité, et tu te demandes si l'horrible idée qui te tourmente pourrait être un accident de voiture qui vous tuerait tous et que tu aurais provoqué, donc tu te prends la tête dans les mains plutôt que de chercher à t'enfuir.

Tu es sur une pente raide. Soudain, la voiture n'est plus une limousine mais un ascenseur capitonné et tu descends le long de la diagonale de la pyramide noire, à l'intérieur de ses profondeurs secrètes – profondément, profondément sous terre.

Le véhicule se gare dans un parking au pied d'une colline. Sur un panneau, il est écrit HÔPITAL DU FRONT DE MER, mais c'est un mensonge. Tout est mensonge.

Cinq minutes plus tard, tes parents sont assis en face d'une femme aux joues de hamster avec des lunettes trop petites pour son visage. Ils remplissent des papiers, mais tu t'en fiches, parce que tu n'es pas vraiment là. Tu regardes de loin, à une distance où rien ne peut t'atteindre.

Pour t'empêcher de faire les cent pas, tu te concentres sur l'aquarium. Une oasis liquide dans un désert d'inconfortables fauteuils institutionnels. Rascasse, poisson-clown, anémone. Un océan, condensé et capturé.

Un jeune enfant tape contre la vitre. Les poissons s'enfuient, se cognant contre la barrière invisible qui contient leur monde. Tu sais ce que ça fait. D'être tourmenté par quelque chose d'incompréhensible et de tellement plus gros que toi.

Tu sais ce que ça fait de vouloir s'échapper et de se retrouver limité par les dimensions de son univers personnel.

Une mère appelle le garçon en espagnol et, comme il ne vient pas, le tire en arrière. Tu commences à te demander :

« Est-ce que je suis à l'extérieur ou à l'intérieur de cet aquarium ? »

Parce que les règles d'« ici » et « là » n'occupent plus une place très claire dans ton esprit. Tu es aussi bien les objets qui t'entourent que toi-même. Peut-être que tu es dans l'aquarium avec eux. Peut-être que les poissons sont des monstres et que tu es sur un vaisseau condamné – un bateau pirate, peut-être – inconscient de l'amplitude et de la profondeur du péril au-dessus duquel il navigue. Et tu te raccroches à cette idée, parce que, ça a beau être terrifiant, c'est mieux que l'alternative. Tu sais que tu peux rendre le vaisseau pirate aussi réel que tout le reste, puisqu'il n'existe plus de différence entre pensée et réalité.

76 Pas moyen de l'empêcher

Je suis piégé dans une conspiration de conspirations. D'un côté, le perroquet et moi complotons une mutinerie. Pas tant avec des mots qu'avec des regards. Des hochements de tête. Des clins d'œil clandestins de son bon œil. Mes œuvres débordent de messages secrets qui lui sont destinés. Ou du moins, c'est ce qu'il pense.

De l'autre côté, le capitaine et moi complotons la fin du perroquet. Lui aussi me fait des clins d'œil de son œil valide, et il décore les murs de ses quartiers avec ce qu'il appelle « les visions révélatrices d'un capitaine triomphant ».

– Ne partage avec personne le secret de tes créations, me chuchote-t-il. Nous livrerons le perroquet en pâture aux monstres des profondeurs, comme le suggèrent tes dessins, et personne n'en saura rien.

Je sais que ces deux complots s'uniront comme la matière et l'antimatière, m'annihilant dans l'explosion, mais je ne vois pas d'issue. Pas de moyen de l'empêcher. Ça arrivera aussi sûrement que des monstres protègent les mystères de Challenger Deep.

77 Nappe de pétrole

Les papiers de l'hôpital sont signés. Le pacte avec le diable est conclu. La dame aux grosses joues et aux petites lunettes te regarde avec une gentillesse artificielle, mais bien rodée.

– Ça va aller, mon grand, dit-elle.

Tu te retournes, pas sûr que ce soit bien à toi qu'elle s'adresse. Avec tes parents, tu es conduit dans une autre aile de l'hôpital. Une aile spécialisée. Tes parents s'accrochent l'un à l'autre. Une unique créature à quatre yeux qui pleure.

Tu penses que ça n'est pas grave, parce que tu contemples encore tout ça de loin, jusqu'à ce qu'il soit l'heure pour tes parents de prendre la porte et que tu saisisses d'un coup qu'il n'y a pas de distance du tout. Tu es bien là, sur le point d'être abandonné à une terrifiante solitude. On s'apprête à te passer sous la quille, et tous tes mauvais pressentiments ne font plus qu'un et tu sais, sûr et certain, qu'il va t'arriver quelque chose de terrible, à toi, à tes parents, à ta sœur, à tes amis, mais surtout à toi si on te laisse ici.

Alors tu paniques. Tu n'as jamais été violent, mais maintenant, ta vie dépend du combat que tu vas livrer pour te libérer. Le sort du monde repose sur le fait que tu sois partout, sauf ici.

Mais ils sont rusés. Ils sont sournois. Venus de nulle part, des balèzes en blouses pastel te tombent dessus. Ils t'attrapent et te retiennent.

Tu cries :

– Non ! Je serai gentil ! Je ne le ferai plus !

Tu ne sais même pas ce que c'est que ce « le », mais quoi que ce soit, tu arrêteras de le faire si ça t'évite d'être abandonné ici.

En entendant tes supplications, tes parents hésitent à la porte, comme s'ils s'apprêtaient à changer d'avis – mais une infirmière en tenue rose pastel vient s'interposer entre eux et toi.

– Plus vous resterez, explique-t-elle à tes parents, plus ce sera dur pour lui, et plus ce sera difficile pour nous de faire notre travail.

– Ils m'assassinent ! Ils m'assassinent ! hurles-tu.

Quand tu t'entends le dire, ça le rend réel, mais tes parents te tournent le dos et s'échappent à travers une série de portes qui se ferment comme des écluses, menant vers une nuit qui semble avoir remplacé le jour en quelques secondes. Tu avais peut-être raison après tout. Peut-être que ce ne sont pas tes parents, mais des imposteurs.

L'adrénaline te rend presque plus fort que les trois hommes pastel qui te contiennent. Presque. À la fin, ils te font entrer de force dans une pièce, te collent dans un lit, et tu sens une vive piqûre dans tes fesses. Tu te retournes juste à temps pour voir une infirmière retirer une seringue hypodermique, déjà vidée de son contenu létal. Quelques secondes plus tard, tes bras et jambes sont prisonniers de sangles molletonnées et tu sens le produit commencer à faire effet.

– Repose-toi bien, mon grand, tout va bien se passer, te glisse l'infirmière. Tu te sentiras mieux après.

Puis le poison qu'ils t'ont injecté dans le derrière atteint ton cerveau et ton esprit se répand comme une fine nappe de pétrole à la surface de l'océan.

Et, pour la première fois, tu découvres la Cuisine Blanc Plastique. Lieu où tu reviendras encore et encore. Portail vers tous les endroits où tu n'as pas envie d'aller.

78 Royaume du soleil clément

Je fais ce rêve. Je suis allongé sur une plage quelque part où on ne parle pas anglais – ou si c'est le cas, seulement parce qu'il y a énormément de touristes américains qui dépensent l'argent qu'ils n'ont pas pour des choses dont ils n'ont pas besoin, et qui virent au brûlé rouge homard sous un soleil qui ne pardonne pas.

Le soleil me pardonne, pourtant. Il nous pardonne tous – ma mère, mon père et ma sœur. Il déverse chaleur et lumière sur nous sans crainte de conséquences. Pas besoin de crème solaire.

Ici, il n'y a que des bruits de joie. Des rires. Des enfants qui jouent. Des voix de vendeurs de plage qui marchandent et vendent des objets brillants avec un tel charisme que les gens ne peuvent pas leur résister. Des touristes heureux s'éloignent, ornés d'or et d'argent, leurs nouveaux bijoux tintant comme des cloches de Noël à chacun de leurs pas.

Ma sœur joue dans les douces vagues turquoise et cherche des coquillages. Le souffle des vagues se brisant à ses chevilles évoque un doux soupir, comme si la mer elle-même éprouvait un contentement durable.

Mes parents se tiennent par la main et marchent le long de la plage. Mon père porte son borsalino de paille blanc préféré, exclusivement réservé aux vacances tropicales, parce que partout ailleurs, il aurait l'air ridicule. Finies les mentions de factures et d'impôts, et il n'a pas de chiffres à traiter. Ma mère profite du bonheur d'être pieds nus ; le soleil a beau être chaud, le sable reste frais. Elle n'a pas de dents à nettoyer aujourd'hui. Mes parents se promènent tous les deux d'un pas tranquille, sans but précis.

Quant à moi, je suis assis dans le sable et j'aime sentir entre mes orteils qui gigotent cette sensation granuleuse. Je tiens un grand verre de boisson fraîche perlée de condensation qui capture les rayons du soleil et les diffracte comme un kaléidoscope. Je suis là, sur la plage, et je ne fais rien du tout. Je ne pense à rien du tout. Je suis juste content d'être dans l'instant.

Ici, il n'y a pas de cuisine, à part un grill dehors qui sert des crevettes plus loin sur la plage. C'est un arôme plaisant, un encens charnel comme des offrandes brûlées au dieu des vacances infinies.

Ici, il n'y a pas de bateau, à part le yacht de course élégant qui sort de la baie, poussé par un zéphyr taillé sur mesure le conduisant vers des endroits encore plus exotiques que celui-ci.

Tout semble aller bien dans le monde…

… mais ce qui est triste, c'est que je sais que ce n'est qu'un rêve. Je sais qu'il va vite s'arrêter et que, lorsqu'il prendra fin, je me réveillerai brusquement dans un lieu où soit je serai brisé, soit c'est le monde qui le sera.

Donc je maudis la plage parfaite et la boisson fraîche et désaltérante que je sens dans ma main, mais que je ne pourrai jamais, jamais porter à mes lèvres.

79 Soumis à votre approbation

La conscience est un concept relatif quand on est gavé de psychotropes. On n'a pas d'alternative entre ceci ou cela. C'est comme si l'interface entre être endormi et être éveillé s'était changée en supernova, explosant et avalant tout ce qui l'entoure avec des éclats d'obus cosmiques. Il ne reste rien que le sentiment permanent d'être *ailleurs*. Un endroit où le temps n'est pas une ligne droite prévisible, mais plutôt l'entremêlement des lacets d'un gamin. Un endroit où l'espace forme des bulles et des distorsions, comme les miroirs d'une baraque de fête foraine en quatre dimensions, où tout le monde est un clown inquiétant. Tu es la petite silhouette du générique de début de *La Quatrième Dimension*, qui traverse dans sa chute un monde d'ombre et de substance, pendant que des pensées cotonneuses s'échappent de sa tête oblongue.

Rod Serling devait être en pleine psychose quand il a eu l'idée de cette série.

80 Plus limace qu'escargot

Parfois, tu comprends que tu es sur un lit d'hôpital. Parfois, tu es persuadé que c'est la Cuisine Blanc Plastique.

Et à d'autres moments tu es certain d'avoir été cousu aux voiles d'un navire gonflées par le vent. Le vertige est réel, tout comme quelques-uns des visages, mais bonne chance pour savoir lesquels et à quoi ils ressemblent vraiment. On te dit que tu n'as été « contenu » que le premier soir où tu as semblé violent, mais tu as encore l'impression d'être attaché à ce lit comme gonflé par le vent.

Les gens entrent et sortent, te parlent, et tu t'entends répondre, mais tu ne sens pas tes lèvres former les mots. Tu ne sens plus non plus ni tes orteils ni le bout de tes doigts.

– Comment tu te sens ?

On te le demande beaucoup. Ou peut-être qu'on ne te le demande qu'une fois et que les autres fois n'en sont que l'écho.

Dans un marmonnement médicamenteux, tu t'entends dire :

– Escargot sans coquille. Je crois que je me suis pissé dessus.

– Ne t'inquiète pas pour ça. On va s'en occuper.

Si ça se trouve, ils vont te mettre une couche pour adulte, à moins qu'ils ne l'aient déjà fait, mais impossible de le savoir et tu n'as pas envie de le découvrir. Tu veux juste te retirer dans ta coquille, te recroquevillant en spirale toujours plus à l'intérieur, sauf que tu n'as pas de coquille. Tu es plus une limace qu'un escargot. Tu n'as rien du tout pour te protéger.

Pendant tout ce temps, les voix dans ta tête continuent à te parler, mais elles sont trop défoncées pour avoir de l'influence ; finalement, ce n'est pas si différent de la chimiothérapie. On bombarde le corps entier avec des saloperies en espérant que ça dégommera la maladie sans tuer tout le reste. La question est de savoir si empoisonner les voix va les éliminer ou juste vraiment, vraiment les déchaîner.

81 Guerre des ennemis jurés

– Aujourd'hui, lance le capitaine de sa plus grosse voix, je vais vous faire part d'un conte de ces eaux que je n'ai pas besoin de faire vérifier par le maître des traditions, car je le connais par cœur.

Soudain méfiant, le perroquet fait un pas de côté salutaire, sans doute pour ne pas se voir associé aux propos du capitaine.

– Tout commence avec un grand capitaine, du nom d'Achab, poursuit-il, et s'achève avec un autre capitaine, du nom de Nemo.

Même si je sais que je risque d'être à nouveau marqué au front, voire pire, je lâche :

– Excusez-moi, mais je ne crois pas que ces deux personnages de fiction se soient jamais rencontrés.

– Bien sûr que si, mon garçon ! me répond le capitaine, se montrant beaucoup plus patient que je ne l'attendais. En fait, ils étaient de fidèles amis – ce qui fait partie du problème. Mais cette histoire ne tourne pas tant autour d'eux que de leurs grands ennemis jurés.

J'hésite à souligner qu'un ennemi juré ne peut être ni grand ni petit, mais je me dis qu'il vaut mieux ne pas abuser de ma chance.

– Le *Nautilus*, ce mystérieux sous-marin qui a transporté Nemo sur plus de vingt mille lieues et plus, était sans cesse assailli par le poulpe géant qui menaçait de l'entraîner dans les profondeurs. Alors que le *Nautilus* fuyait le monstre, il est tombé par hasard sur le *Pequod* et Achab, à la poursuite de la baleine blanche. Il y a eu collision et le *Pequod* a sombré.

Puis il me regarde et ajoute, moqueur :

– Toi, tu me dirais que c'est la baleine qui a fait couler le capitaine et son navire, mais Melville s'est trompé. Son histoire n'est que le récit construit de toutes pièces que lui a servi Ismaël, qui avait juré de garder le secret du capitaine.

Le perroquet siffle, de dégoût ou d'admiration devant l'incroyable élasticité du récit du capitaine.

– Quoi qu'il en soit, poursuit celui-ci, Nemo a sauvé Achab des eaux et, au premier regard, les deux capitaines ont compris qu'ils étaient hommes de la même trempe et s'en sont allés en sous-marin, découvrant la mer de Vert où ils vécurent heureux jusqu'à la fin de leurs jours.

Le capitaine s'arrête. Peut-être qu'il attend qu'on l'applaudisse. Comme ce n'est pas le cas, il reprend :

– Leurs monstres, en revanche, ne se sont pas trouvé ce genre d'affinités.

Il écarte les bras et son œil s'agrandit.

– Ils étaient gigantesques, la baleine blanche et le poulpe géant. Grotesques anomalies de la nature, mais d'espèces opposées. Étrange et sensible était le poulpe troublant de son noir d'encre la mer autour de lui. Monstruosité à huit bras – bête du chaos défiant toute logique. La baleine, elle, était créature de raison et de bienséance. Son grand cerveau à écholocalisation pouvait calculer dimension et distance. Elle savait tout ce qu'il fallait savoir sur le monde qu'elle habitait, alors que le poulpe ne voyait rien au-delà du nuage de sa propre encre. Il va de soi qu'ils se méprisaient l'un l'autre.

Le capitaine tape alors du poing sur la table, si violemment que nous sursautons tous et que le perroquet bat des ailes, assez fort pour y laisser quelques plumes.

– Les grands hommes de la mer ne doivent jamais abandonner leur monstre ! annonce le capitaine. Maintenant, à cause de ces deux capitaines négligents, leurs ennemis jurés sont condamnés à se faire la guerre jusqu'à la fin des temps et deviennent chaque année plus enragés !

Il prend un moment pour nous contempler de haut, l'un après l'autre, avant de demander :

– Des questions ?

Tout le monde se regarde. On a plein de questions à poser, bien sûr, mais personne n'a envie de se lancer. Sac d'os finit par lever la main, non sans appréhension. Quand le capitaine lui donne la parole, il fait juste :

– Hein ?

Le capitaine inspire un grand coup et vide ses poumons en soupirant tellement fort que ça me fait l'effet d'une bourrasque.

– La morale de cette histoire, c'est qu'il ne faut pas se libérer de ses monstres. Non – il faut abandonner tout le reste en ce monde, mais pas nos monstres. Il nous faut les nourrir autant que nous les combattons, en nous soumettant à la solitude et au malheur sans espoir d'en réchapper.

La fille à face de cri hoche la tête pour marquer son approbation.

– Je comprends parfaitement.

Ça me révolte tellement que je ne peux pas m'empêcher d'exprimer mon désaccord :

– Ce n'est pas juste !

Tous les yeux se tournent vers moi – je me vois déjà avec un *moins* marqué au fer rouge à côté de mon F.

– Explique-toi ! grogne le capitaine. Je sais que c'est un avertissement, mais je refuse d'en tenir compte.

– Si ces capitaines ont trouvé le moyen de laisser leurs monstres derrière eux, ils méritent la paix qu'ils ont gagnée, quelle qu'elle soit. Ils méritent cette résolution. Et ces bêtes… Eh bien, elles se méritent l'une l'autre.

Personne ne bouge. Personne, sauf le perroquet, qui se lisse les plumes. Je ne peux m'empêcher de sentir qu'il est fier de ce que j'ai dit. Ça m'ennuie d'y attacher de l'importance.

Le peu de patience dont témoignait le capitaine a désormais disparu. On dirait un volcan sur le point d'exploser.

– Comme d'habitude, marin Bosch, seule votre insolence surpasse votre ignorance !

C'est là que le navigateur vient à mon secours.

– Insolence, ignorance, ignoble, Tchernobyl. Pas d'attaque atomique, capitaine – l'équipage ne survivrait pas aux radiations.

Le capitaine y réfléchit, puis choisit d'évacuer la pression de sa fureur en la relâchant sous la forme d'un autre soupir, version tempête.

– Les opinions sont comme des tempêtes de sable, marin Bosch, conclut le capitaine. Elles n'ont pas leur place en mer.

Puis il me tire l'oreille comme il l'aurait fait à un vilain garnement et nous congédie.

Dès que nous avons quitté la salle des cartes et que nous sommes sur le pont, le navigateur me fait la leçon.

– Quand vas-tu comprendre ? Marche au pas avec le capitaine, ou tu marcheras sur la planche – qui, vu qu'elle est en cuivre, ne t'offrira pas le rebond nécessaire pour un plongeon gracieux.

Si j'ai vu les sauteurs du nid-de-pie, je n'ai encore jamais aperçu la planche du navire. Mais maintenant que j'observe le pont, je la vois qui dépasse grossièrement d'un côté comme un doigt d'honneur. Ça ne m'étonne pas qu'elle soit apparue au moment où on la mentionnait. Plus rien ne me surprend ici.

Avant de descendre, la fille aux cheveux bleus se tourne vers moi. Chaque fois que je réponds au capitaine, j'ai l'impression qu'elle me respecte un peu plus.

– Je parie que notre capitaine a une sacrée sale bête,

lui aussi, me dit-elle. Tu penses qu'on a une chance de la croiser ?

Je lève les yeux pour suivre le perroquet qui s'élance de la salle des cartes vers un perchoir en haut du mât de misaine.

– Je crois que c'est déjà fait, dis-je.

82 Dans la gueule du destin

Au milieu de la nuit, je suis enlevé par des membres de l'équipage que je ne connais pas, qui m'emmènent nettoyer le canon. Châtiment pour avoir répondu au capitaine, sans aucun doute. J'essaie de me débattre, mais mes membres se sont changés en caoutchouc presque autant que le bateau s'est changé en cuivre. Mes bras et mes jambes se courbent et s'allongent dans d'étranges directions et ne m'offrent aucun soutien quand j'essaie de me tenir debout, aucun secours quand j'essaie de me battre. Mes bras s'agitent comme des nouilles contre mes ravisseurs.

On descend par une sombre écoutille où attend le massif canon.

– Tout le monde doit nettoyer le canon au moins une fois par traversée, m'informe-t-on. Tu le feras, que tu le veuilles ou non.

L'endroit est sombre et lugubre et ça pue la graisse

et la poudre. Des boulets sont empilés en pyramide et là, au milieu, trône le canon, prodigieusement lourd – le plancher de cuivre s'incurve sous son poids. Sa gueule obscure est encore plus intimidante que l'œil du capitaine.

– Une vraie beauté, hein ? fait le fort-à-bras – le marin de carrière grisonnant et musclé, couvert de tatouages de squelettes qui vous reluquent.

À côté du canon se trouvent un seau de produit à lustrer et un chiffon. Je plonge le chiffon dans le seau avec mes bras caoutchouteux et je commence à badigeonner le pourtour du canon, mais le fort-à-bras éclate de rire.

– Pas comme ça, imbécile !

Il m'attrape alors dans ses bras puissants et me soulève.

– Ce n'est pas l'extérieur qu'il faut nettoyer.

J'entends encore des rires, et, pendant un moment, je crois que d'autres marins sont cachés dans la pièce, mais les rires proviennent des crânes de squelettes tatoués. Des dizaines de voix gloussent et crient :

– Fourre-le dedans ! Et tasse bien !

– Non ! Stop !

Mais j'ai beau supplier, ça ne sert à rien. On me pousse tête la première dans la bouche du canon et je descends en glissant dans sa froide gorge rugueuse. Étroite. Étouffante. Je peux à peine respirer. J'essaie de me sortir de là en me tortillant, mais le fort-à-bras me crie :

– Ne bouge pas ! Il peut se déclencher au moindre mouvement !

– Comment je fais pour le nettoyer si je ne peux pas bouger ?

– Ça, c'est ton problème.

Lui et son encre rient fort et longtemps – puis c'est le silence… avant qu'il se mette à taper sur le fût du canon avec une barre en métal. Dans un rythme régulier si puissant qu'il résonne dans mon crâne.

Bang ! Bang ! Bang ! Bang !

– Arrête de bouger, s'il te plaît ! hurlent les crânes tatoués. Ou tu devras tout recommencer.

Après ce qui semble une éternité, le rythme des coups change.

B-B-B-Boum ! B-B-B-Boum ! B-B-B-Boum !

La symphonie percussive sans fin donne envie à mon cerveau de prendre la fuite en me sortant par les oreilles – c'est là que je comprends comment ça se passe ! Voilà ce qui chasse le cerveau de la tête des marins ! Mais je ne tiens pas à devenir un nouveau marin sans cervelle. Je ne veux pas que Carlyle envoie mon cerveau renégat dans la mer d'un coup de serpillière.

Clang-Clang Bang ! Clang-Clang Bang ! Clang-Clang Bang !

Le schéma des coups suit encore deux reprises, plus fort à chaque fois, jusqu'à ce que le monde ne soit plus que bruit et que mes dents s'entrechoquent dans ma tête. Je sais que personne ne viendra arrêter ça. Je suis seul dans le trou du canon et personne ne me sauvera.

83 Robots mécaniques

Tes parents viennent te voir une fois par jour à l'heure des visites, comme un couple de robots mécaniques. Tu te retrouves dans la salle de jeu et, tous les jours, tu supplies et négocies pour qu'ils te sortent de là.

– Il y a des *fous*, ici ! leur confies-tu à voix basse, pour que ceux dont tu parles ne t'entendent pas. Je ne suis pas comme eux ! Je ne devrais pas être ici !

Et même s'ils ne la formulent pas, tu lis la réponse de tes parents dans leurs yeux :

« Si, tu es comme eux, et si, tu dois être ici. »

Tu les détestes pour ça.

– Tu ne vas pas rester longtemps, te dit ta mère. Juste le temps d'aller mieux.

– Si tu n'étais pas venu ici, insiste ton père, ton état n'aurait fait qu'empirer. Nous savons que c'est éprouvant, mais nous savons aussi que tu es courageux.

Tu ne te sens pas courageux et tu ne leur fais pas assez confiance pour les prendre au mot.

– On a une bonne nouvelle, t'annoncent-ils. Ton IRM est nickel. Ça veut dire que tu n'as pas de tumeur au cerveau ni rien de ce genre.

Jusqu'à ce qu'ils en parlent, que tu puisses avoir une tumeur ne t'était même pas venu à l'esprit. Et maintenant qu'ils l'ont évoqué, tu doutes des résultats.

– Ça ne s'est pas trop mal passé, hein ? Le scanner ?

– Ça faisait beaucoup de bruit.

Rien que d'y penser, tes dents recommencent à s'entrechoquer.

Tes parents vont et viennent, vont et viennent. C'est ton seul repère pour compter les jours. Et ils parlent de toi quand ils pensent que tu n'écoutes pas – comme si, d'une certaine façon, c'était ton sens de l'ouïe qui avait été affecté, pas ton esprit. Mais tu les entends quand même à travers la pièce.

– Il a quelque chose dans les yeux, maintenant, disent-ils. Je ne sais pas comment le décrire. Je ne peux pas les regarder.

Et ça te fait presque rire, parce qu'ils ne voient pas ce que tu vois quand tu regardes dans leurs yeux à eux. Dans les yeux de tout le monde. Tu vois des vérités que personne d'autre ne voit. Des conspirations et des connexions, aussi tordues et collantes que la toile d'une veuve noire. Tu vois des démons dans les yeux du monde et le monde voit un puits sans fond dans les tiens.

84 Paysage perdu

Des fois, tu ne parviens pas à entrer dans ta propre tête. Tu peux faire les cent pas autour, tu peux la cogner contre les murs, mais tu ne peux pas entrer à l'intérieur.

– Ce n'est pas plus mal, commente le docteur Poirot. Parce que ce qu'il y a dedans en ce moment ne te fait pas vraiment de bien, n'est-ce pas ?

– Fait pas vraiment de bien, répètes-tu.

À moins que ce ne soit lui qui répète ce que tu as dit. Tu n'en es jamais vraiment sûr, parce que cause et effet sont devenus aussi sournois que le temps lui-même.

Le docteur Poirot a un œil de verre. Si tu le sais, c'est parce que celui qui partage ta chambre te l'a dit. En le regardant, maintenant, tu vois que l'un de ses yeux est légèrement plus petit et qu'il ne bouge pas aussi bien que l'autre. Le docteur Poirot porte des chemises hawaïennes de couleur vive. Il dit que c'est pour que ses patients se sentent plus à l'aise. Il s'appelle Poirot, « comme le détective d'Agatha Christie », t'a-t-il précisé.

– Tu es sans doute trop jeune pour connaître ce personnage, a-t-il ajouté. Les temps changent, les temps changent.

Le docteur Poirot a des antisèches qui lui disent tout de toi. Même les choses que tu ignores. Comment faire confiance à quelqu'un comme ça ?

– Oublie les tracas du monde extérieur. Ta mission, pour l'instant, consiste à te reposer, explique-t-il en tournant les pages de ta vie.

– Ma mission consiste à me reposer, reprends-tu en écho.

Et tu t'en veux à mort d'être incapable de proposer quoi que ce soit d'autre qu'un écho. Tu ne sais pas si ce sont les médicaments qui te font réagir ainsi ou si c'est ton cerveau qui a des ratés.

– On t'a plâtré l'esprit, dit le docteur. Prends-le comme ça. Il était cassé, et maintenant, il est dans le plâtre.

Tu demandes si tu as droit à certaines de tes affaires, mais tu ne sais pas quoi demander. Tu portes tes propres vêtements, sans ceinture ni bijoux. Les livres sont autorisés, mais pas les crayons pointus ni les stylos bille. Rien qui puisse servir d'arme contre les autres, ou contre toi-même. Les outils pour écrire sont autorisés dans la salle de jeu, mais sous la constante surveillance des pastels.

Plus tard, ce matin-là, ton petit-déjeuner ainsi que tous tes médicaments du matin ressortent en un prodigieux projectile de vomi dans la salle de jeu. Tu n'as eu aucun avertissement interne et il se répand sur tout un puzzle comme de l'écume.

La fille qui passe sa vie à cette table pique une crise.

– Tu l'as fait exprès ! hurle la perpétuelle faiseuse de puzzles. Je le sais !

Elle a des cheveux bleus aux racines blondes. Tu soupçonnes les racines blondes d'indiquer précisément depuis combien de temps elle est là. Quand tu vomis sur son puzzle, elle se jette sur toi – elle te repousse violemment contre le mur et tu es trop shooté pour te défendre. Tu prends un sale coup sur le bras, mais cette douleur aussi est engourdie, comme toutes les autres parties de ton système nerveux.

L'un des pastels maîtrise rapidement la perpétuelle faiseuse de puzzles avant qu'elle puisse t'arracher les yeux et un autre t'escorte loin d'elle. Il y a toujours des pastels dans les parages, qui réagissent rapidement si quelqu'un sort du rang, et si ça tourne vraiment mal, il y a les gars de la sécurité, vêtus de noir, mais tu ne penses pas qu'ils soient armés, parce qu'une personne désespérée n'aurait aucun mal à s'emparer d'une arme.

En partant, tu entends pleurer la fille du puzzle. Toi aussi, tu as envie de pleurer, à cause de son paysage perdu, mais ça sort sous forme de rire. Alors tu te sens encore plus mal et, du coup, tu ris encore plus fort.

85 Toute viande doit être attendrie

Tu es de nouveau dans la Cuisine Blanc Plastique. Autour de toi, des formes te semblent tantôt cohérentes, tantôt pas. Des monstres aux mauvaises intentions portent des masques qui changent en permanence. Des voix se joignent en un chœur babillant et tu n'arrives pas à savoir d'où elles viennent ni de quelle dimension – l'une des trois dimensions classiques, ou une autre qui n'est accessible qu'à travers la partie de ton cerveau qui te fait mal sans arrêt.

Cette nuit-là, tu transpires. Il fait trop chaud dans la cuisine. Et ça ne fait qu'empirer ton mal de crâne.

– J'ai une tumeur au cerveau, déclares-tu à un masque désincarné avec un porte-bloc à pince voltigeant à ses côtés.

– Non, ce n'est pas le cas, répond le masque.

– On ne peut pas l'opérer, insistes-tu.

Tu n'arrives pas à déterminer s'il s'agit d'un masque mâle ou femelle. C'est sans doute fait exprès.

– Tes scanners et ton IRM n'ont rien montré d'anormal, poursuit-il-elle en regardant le porte-bloc.

Tu ne discutes pas, parce que tu n'as pas envie qu'on te fourre de nouveau dans le canon.

Il pousse alors des mains au masque – à moins qu'il n'en ait eu tout du long mais qu'elles viennent seulement de devenir visibles. Tu sens une pression sur le haut de ton bras, et quand tu le regardes, tu constates qu'il est pris dans une guillotine.

– Ne bouge pas, je vérifie juste tes fonctions vitales, dit le-la masque.

La lame de la guillotine descend. Tu regardes ton bras s'agiter sur le sol comme une truite dans un bateau. Tu grognes et le-la masque déclare :

– Trop petit. On le libère, d'accord ?

Et le-la masque balance ton bras à travers une fenêtre ouverte qui n'était pas là il y a une minute. Mais quand tu regardes de nouveau, ton bras est toujours attaché à ton corps.

– La systolique est encore élevée. On va augmenter la clonidine. Et si ça ne marche pas, on te fera éclater la tête comme un ballon.

Certains de ces propos sont prononcés. D'autres pas. Mais tu les entends tous quand même et tu ne sais pas lesquels sont formulés à voix haute et lesquels te sont transmis par télépathie.

– Regardons donc ce bleu. Est-il tendre ?

Il-elle regarde le morceau de chair violet, cadeau de la fille aux cheveux bleus.

– Mmm… bien tendre, dit ou ne dit pas il-elle. Parfait ! Notre bœuf doit toujours pouvoir se couper comme du beurre.

Puis on te laisse lentement mariner dans ton jus.

86 Thérapie rodéo

Tu ne sais pas ce qu'on donne à manger aux ados entre ces murs institutionnels atrocement dépouillés. Du poulet, peut-être ? Du ragoût de bœuf ? La seule chose que tu réussisses à identifier clairement, c'est le Jell-O. Il y en a des tonnes. Des petits bouts de pêche et d'ananas sont empêtrés dans la gélatine, suspendus dans une tremblotante transparence rouge. Tu comprends leur détresse. Surtout sous médicaments. Il y a des fois où le monde qui t'entoure est gélatineux, et le moindre mouvement te demande un tel effort de volonté que tu as l'impression que ça n'en vaut pas la peine.

Tu existes de repas en repas, malgré le fait que la nourriture n'ait plus de sens, parce que tu n'as plus jamais faim et que tu as perdu le goût. C'est un effet secondaire de ton cocktail médical magique.

– Ce n'est que temporaire, a relativisé le docteur Poirot. Que temporaire.

Ce qui ne veut plus dire grand-chose pour toi, parce que le temps n'avance plus de manière linéaire. Il ne se déroule plus non plus sur le côté. Maintenant, il ne fait plus que tourner sur lui-même, comme un gamin qui joue à se donner le vertige.

Tu apprends à mesurer le temps en séances de thérapie.

Trois fois par jour, on vous rassemble en cercle, et, pendant une heure, on te force à écouter des choses tellement atroces que tu n'arrives plus à te les sortir de l'esprit. Une fille décrit, sans détour et en détail, comment elle a été violée à plusieurs reprises par son beau-frère, avant d'essayer de se trancher la gorge. Un garçon explique, étape par étape, ce que ça fait de s'injecter de l'héroïne et de se vendre dans la rue pour gagner de l'argent et pouvoir en racheter. Les démons que chevauchent ces jeunes sont terribles, et tu veux tourner le dos et t'enfuir, te couvrir les oreilles, mais tu es obligé d'écouter parce que c'est « thérapeutique ». Tu te demandes quel crétin fini a décidé que ce serait une bonne idée de torturer des ados perturbés en les forçant à écouter les cauchemars éveillés des autres.

Tu le dis à tes parents et, à ta grande surprise, ils sont aussi furieux que toi.

– Mon fils a quinze ans ! lance ton père au chef des pastels. Vous l'exposez à des horreurs auxquelles aucun enfant ne devrait être exposé – encore moins quand il ne va pas bien – et vous appelez ça une thérapie ?

Bien joué, papa. C'est le premier signe qu'il n'est peut-être pas un imposteur, après tout.

Les plaintes de tes parents portent leurs fruits. Un nouveau « facilitateur » reprend les rênes du groupe de thérapie pour limiter les débordements et empêcher la « thérapie rodéo » de devenir trop traumatisante pour de jeunes esprits impressionnables.

– Je ne suis pas là pour vous faire un lavage de cerveau, annonce-t-il. Je suis juste là pour vous aider à vous exprimer.

Il s'appelle Carlyle.

87 Tout ce à quoi nous avons travaillé

– Les rêves que tu fais me perturbent, déclare le capitaine. Ils puent la malveillance et la subversion.

Nous sommes assis dans son bureau, seuls tous les deux. Il fume une pipe rougeoyante où se consument des algues écrémées sur l'océan. Le perchoir du perroquet est vide.

– Mais les rêves vous éclairent, dis-je.

Le capitaine se penche vers moi. L'âcre fumée de sa pipe me pique les yeux.

– Pas ceux-ci.

Je m'attends toujours à ce que le perroquet donne son avis, oubliant qu'il n'est pas dans la pièce. J'ai tellement pris l'habitude de considérer le capitaine et le perroquet comme une équipe que ça me met mal à l'aise.

– Les démons masqués que tu évoques dans tes rêves de la Cuisine Blanc Plastique menacent de détruire tout ce à quoi nous avons travaillé, reprend le capitaine. Et nous aurons monté cette expédition en vain.

Je me demande si le perroquet a subi le même destin que son père et s'il a malgré lui dû se rendre à la coquerie, bien loin d'être aussi stérile et lumineuse que ma cuisine de rêve. Est-ce qu'il a décroché un rendez-vous avec la planche à découper ? Souvent, je me suis dit que j'aimerais que le perroquet disparaisse. Pourtant, l'idée même de son absence suffit à me donner un mauvais pressentiment.

Le capitaine n'a pas pu s'en débarrasser, parce qu'il est de mèche avec moi. Tant que je suis un élément clé des manigances du capitaine, comme de celles du perroquet, ils sont en sécurité tous les deux si je n'agis ni dans un sens ni dans l'autre. Parfois, j'aimerais qu'ils survivent tous les deux. Parfois, j'aimerais qu'ils meurent tous les deux. Mais je vis dans l'angoisse qu'il n'en reste plus qu'un.

– Écoute-moi bien, m'ordonne le capitaine. Tu ne dois pas te rendre dans la cuisine blanche. Ferme les yeux à l'éclat de sa lumière. Résiste à cet endroit par toutes les fibres de ton corps. Tout dépend du fait que tu restes ici avec nous. Avec moi.

88 Marée toxique

Tu ne dors pas vraiment : tu empruntes huit heures à la mort. Quand les médocs sont à bloc, et que tu n'as pas accès à ton cerveau, tu ne rêves pas non plus. Peut-être qu'aux premières heures du matin, juste avant de te réveiller, tu glisseras dans ton propre esprit inconscient, mais tu te réveilleras bien trop tôt.

Tu apprends à connaître le schéma de ce bombardement chimique. La torpeur, le manque de concentration, le sentiment de paix artificiel quand les médicaments arrivent dans ton système. La paranoïa et l'anxiété croissantes quand ils commencent à ne plus faire effet. Plus tu te sens mal, plus tu pénètres dans les eaux traîtres de tes propres pensées. Plus la menace est grande à l'intérieur, plus tu désires ces eaux troubles, comme si tu t'étais habitué aux terribles tentacules qui cherchent à t'entraîner dans leur étreinte pour t'écraser.

Parfois, tu comprends pourquoi tu as besoin du cocktail. D'autres fois, tu n'arrives même pas à concevoir que tu aies pu le penser. Et ça continue comme ça, croissant et décroissant, comme une marée, toxique et guérisseuse à la fois.

Quand la marée est haute, tu crois aux murs de cet endroit. Quand la marée est basse, tu te mets à croire à d'autres choses.

– Quand la chimie de ton cerveau commencera à se stabiliser, dit le docteur Poirot, la distinction entre ce qui est réel et ce qui ne l'est pas sera beaucoup plus claire.

Tu n'es pas tout à fait convaincu que ce soit une bonne chose.

89 Des rues vertes de sang

– Il regarde des cartes toute la journée, te dit Carlyle, le type de la thérapie. On l'appelle le navigateur.

Les yeux grands ouverts, le jeune en question est assis à la table dans le coin de la salle de jeu, où il examine attentivement une carte d'Europe. Tu ne peux pas t'empêcher de te montrer curieux.

– Pourquoi tu la regardes à l'envers ? lui demandes-tu.

Il ne lève pas les yeux de sa carte.

– Il faut casser les schémas connus pour voir ce qui est vraiment là.

C'est logique, en un sens. Tu es passé par là, donc tu vois ce qu'il veut dire.

Au feutre vert, il trace des lignes décidées entre les villes, comme s'il savait exactement ce qu'il faisait. La carte devient une folle toile de vert.

– Résous le schéma et tout se résoudra, dit-il. Ça vous donne le frisson, tellement ça vous rappelle vous-même.

Tu t'assois face à lui. Il est plus vieux que toi. Dix-sept ans, peut-être. Il porte un léger bouc qui essaie très fort de s'affirmer, mais à qui il faudra bien six mois pour exister.

Il finit par te regarder, avec la même intensité avec laquelle il examinait la carte.

– Je m'appelle Hal, dit-il en te tendant la main, sauf qu'il la retire avant que tu aies pu la serrer.

– Diminutif d'Haldol[1] ?

– Joli. Diminutif d'Harold, mais c'est une appellation parentale. Je ne suis pas plus Harold que je ne suis Seth, dieu égyptien du chaos. Même si Seth est mon deuxième prénom.

Il agite son feutre entre ses doigts et marmonne des mots qui riment avec « deuxième », ce qui le conduit bizarrement à le poser sur Vienne.

---

1. *L'Haldol est un neuroleptique.*

– Mozart ! s'exclame-t-il. Le violon était son instrument de prédilection. C'est dans cette ville qu'il est mort dans la pauvreté.

Il tient son feutre appuyé sur le point de la ville. De l'encre verte saigne sur la banlieue.

– C'est là que ça va commencer, déclare-t-il. Je pensais avoir trouvé hier, mais j'avais tort. Cette fois, j'ai raison.

– Qu'est-ce qui va commencer ?

– Peu importe, dit-il avant de marmonner. Peu importe, porte, porte-drapeau, porter le chapeau. Chapelier fou !

Il se lève d'un bond et demande au pastel le plus proche s'il peut mettre *Alice au pays des merveilles* – celui qui fait peur, avec Johnny Depp – parce qu'il y a quelque chose d'important dedans et qu'il doit le regarder sur-le-champ.

– On l'a pas, celui-là, lui répond le pastel. Tu ne veux pas la version Disney, en dessin animé ?

Hal fait un geste de dégoût.

– Pourquoi est-ce qu'il n'y a que des gens inutiles, ici ? lance-t-il avant de te regarder. À l'exception du camarade en présence.

Ça te fait du bien, pour une fois, de te sentir sorti des rangs des inutiles.

90 Continents de signification

Ils font de Hal ton camarade de chambre. Le précédent, dont tu as déjà oublié le nom et le visage, a quitté l'hôpital ce matin. Hal emménage alors que le lit n'est pas encore froid.

– Vous avez l'air de bien vous entendre, déclare un pastel. Hal n'a jamais pu partager une chambre avec qui que ce soit, mais toi, il t'aime bien. Va savoir pourquoi.

Tu ne sais pas s'il faut prendre ça comme un compliment ou comme une insulte.

Hal arrive avec un carton à dessin archi-bourré de cartes arrachées dans des atlas piqués à l'Association Automobile Américaine.

– Ma mère m'en apporte parfois de nouvelles, me confie-t-il. Chaque carte en plus est un pas dans la bonne direction.

Il a inscrit des choses mystérieuses sur les lignes qu'il trace entre les villes. Et il profère au hasard de profondes pensées avec une telle autorité que tu as envie de les noter et de les accrocher au mur, mais tu n'as droit aux outils pour écrire que dans la salle de jeu.

– L'homme est souvent perdu dans un manque d'existence logique technologique, physiologique, astrologique, dont la meilleure description serait un bon gros tas de rien avec un léger trait sensible de scotch, dit Hal.

Tu aimerais pouvoir te le rappeler pour pouvoir

le réciter à tes parents et leur prouver que, toi aussi, tu peux faire preuve de profondeur – mais ces jours-ci, les choses ne rentrent pas dans une oreille pour sortir par l'autre, elles se téléportent carrément, évitant l'espace qu'il y a entre les deux.

Hal parle de mathématiques, de perfection euclidienne et de juste milieu. Tu lui parles des lignes de signification invisibles que tu sens s'allonger et s'entortiller à travers et autour des gens dans ta vie. Il se met dans tous ses états, et toi aussi, du coup.

– Tu comprends ! lance-t-il. Tu vois le tableau dans son ensemble.

Et même si ton tableau n'est pas le même que le sien, ils ont l'air de se superposer bien comme il faut, comme les éléments d'une partition, incompréhensibles pour quelqu'un qui ne sait pas lire la musique, jusqu'à ce que tous les instruments se mettent à jouer.

– Tes œuvres sont une carte, te dit-il. Des lignes et des courbes qui contiennent des continents de signification, des points de commerce et de culture. Des routes d'échanges et de voyages dans chaque courbe.

Il suit du doigt les lignes de ta dernière création, scotchée au mur.

– Ce qu'on perçoit comme de l'art, l'univers le perçoit comme des directions, proclame-t-il.

Cependant, ni lui ni toi n'êtes sûrs d'où conduisent ces directions.

91 Pas du tout aux Jeux olympiques

Au déjeuner, tu finis ton assiette sans y penser. En fixant l'assiette vide, pendant quelques instants seulement, tu participes aux Jeux olympiques. Tu es lanceur de disque. Tu tournes et tournes sur toi-même, luttant contre l'atmosphère lourde de produits chimiques et tu lances violemment l'assiette, persuadé de remporter une médaille d'or. Elle finit contre un mur mais ne se fracasse pas en mille morceaux parce qu'elle est en plastique. C'est là que tu te rends compte que tu n'es pas du tout aux Jeux olympiques. Quelle déception. Persuadés que tu viens de faire une crise de violence, des pastels t'encadrent en une seconde, prêts à empêcher la suivante.

– On ne peut pas casser les murs comme ça, t'explique calmement Hal, assis à une autre table de la salle à manger. On ne peut pas non plus briser les vitres. J'ai tenté le coup. Tenté, tancé, lancé et délacé. On n'a même pas droit aux lacets. Des lacets ! Ça, c'est parce qu'ils savent à quel point je hais ces putains de pantoufles.

92 Le plus grand inconnu

Depuis que je suis sorti du canon à peu près intact, les autres marins me dévisagent avec respect.

– Il est vraiment spécial, celui-là, déclare le capitaine.

– Il l'est, il l'est, approuve le perroquet.

Ces deux-là se jouent un numéro, faisant semblant de bien s'entendre, uniquement pour rendre l'ultime trahison encore plus douce. Même si je ne fais confiance à aucun d'eux, je sais qu'il faudra bien que je finisse par choisir mon camp.

– Sois mon second œil, me dit le capitaine, et tu auras droit à des richesses et des aventures grandioses qui dépassent l'imagination.

– Sois mon second œil à moi et je t'offrirai ce que le capitaine ne te donnera jamais, renchérit le perroquet. Le moyen de quitter ce navire.

Je n'arrive pas à savoir laquelle de ces deux propositions est la meilleure, parce que j'ignore lequel de ces inconnus est le plus inquiétant : les aventures du capitaine ou la vie à terre.

J'essaie de présenter ce dilemme à Carlyle, mais, comme je ne sais pas à qui il est véritablement fidèle, je dois formuler ma question sans éveiller ses soupçons.

– Si deux créatures tout aussi redoutables attaquent notre navire en même temps de deux côtés opposés, comment choisir laquelle abattre, vu que nous n'avons qu'un canon ?

– Je ne sais pas, me répond Carlyle. Heureusement pour moi, ce n'est pas moi qui prends les décisions ici.

– Mais si c'était à toi de décider…

Il cesse un instant de laver le pont pour réfléchir.

– Si c'était le cas, ça se passerait beaucoup mieux, affirme-t-il.

Puis il ajoute :

– Ou bien pire.

Ça me rend dingue que Carlyle refuse d'exprimer la moindre opinion. Même quand ça le concerne.

– Si ce que tu recherches, c'est vision et sagesse, alors tu sais à qui poser la question, conclut-il.

Puis il se tourne vers la proue, laissant son regard compléter sa pensée.

93 Pas d'autre issue

Calliope n'a pas de réponse à mon dilemme des deux monstres.

– Je me préoccupe des futurs, pas des hypothèses, me déclare-t-elle, presque insultée que je lui aie exposé mon problème. Débrouille-toi tout seul avec ça.

Je m'apprête à lui dire la vérité à ce sujet, mais

je comprends qu'elle a raison. Même si je lui explique que les bêtes sont en réalité le capitaine et l'oiseau, sa réponse ne changera pas. Il n'y a que moi qui puisse prendre cette décision. Il n'y a pas d'autre issue.

La tempête se pavane toujours à l'horizon, mais on ne se rapproche pas d'elle et le capitaine se montre de plus en plus frustré.

– Le courant de l'océan fait comme un tapis de course sous la quille, m'explique-t-il. Il nous ramène en arrière aussi vite que le vent nous pousse vers l'avant. Nous naviguons à vive allure, et pourtant nous n'avançons pas.

– Il nous faut un vent plus puissant, lui dis-je.

– Ou un vaisseau plus léger, me reprend-il en me jetant un mauvais regard.

Il me considère encore comme le responsable de la transmutation de notre navire en cuivre. Mais il se radoucit et pose une main sur mon épaule.

– Cependant plus robustes que du bois sommes-nous désormais – et le vert pâle de l'ensemble offre un meilleur camouflage sur fond de ciel et d'océan. Il nous protège des détestables yeux perçants des monstres à l'affût.

94 Masse critique

Aujourd'hui, tu es à l'hôpital. Ce matin, en tout cas. À cette heure. Cette minute. Qui sait où tu seras dans trois minutes. Cela dit, tu as commencé à remarquer que, petit à petit, l'impression d'être à l'extérieur de toi-même diminue chaque jour. Tu as atteint une masse critique et, désormais, ton âme s'effondre sur elle-même. Tu es de retour dans le vaisseau de ton corps.

Juste un. Juste toi. Juste un individu.

Moi.

Je ne sais pas exactement quand ça se produit. C'est comme le mouvement de l'aiguille des heures, trop lent pour être visible à l'œil nu, mais si on regarde ailleurs pendant un moment, comme par magie, l'aiguille fait un bond d'un chiffre à l'autre.

Je suis là, dans la Cuisine Blanc Plastique, mais elle n'est pas aussi blanche que dans mes souvenirs, et la table sur laquelle j'étais posé s'est adoucie en lit. Mon corps est comme du caoutchouc et mon cerveau comme du chewing-gum. La lumière au-dessus de moi me fait mal aux yeux. Qu'est-ce que les gens ont si désespérément besoin de voir qui exige autant de lumière ? Et pourquoi ai-je encore l'impression qu'on est sur le point de me dévorer ?

Personne ne vient, et il ne se passe rien pendant

une éternité infinie. Je finis par apercevoir un interrupteur à l'autre bout de la pièce. Je peux éteindre la lumière. Je peux, mais je ne le peux pas, parce que je suis le morceau d'ananas dans la gélatine. Rien ne pourrait me pousser à sortir de ce lit, à part une envie pressante d'aller aux toilettes. Comme ce n'est pas ce que je ressens pour l'instant, je n'arrive pas à bouger. Apparemment, Hal non plus. Impossible de savoir s'il dort ou s'il est juste prisonnier du même moule de Jell-O à l'autre bout de la pièce. Je somnole et je me réveille, incapable de percevoir la différence. Puis le sol se met à rouler sous moi et je me détends, sachant que bientôt je serai de retour en mer, où je fais sens, même si rien d'autre n'en a.

95 Les moulins de mon esprit

Comment expliquer le fait d'être ici et là en même temps ?

C'est un peu comme dans ces moments où tu penses à quelque chose d'important qui s'est profondément gravé dans ta mémoire. Comme la fois où tu as marqué le but décisif pendant les éliminatoires. Ou la fois où tu as été renversé par une voiture alors que tu étais à vélo. Bon ou mauvais souvenir, tu le revis forcément dans ta tête de temps en temps – et parfois, après être allé là-bas, le retour est un choc. Tu dois te rappeler que tu n'y es plus.

Maintenant, imagine que ce soit tout le temps comme ça – que tu ne saches pas vraiment avec certitude quand tu seras ici ou là, ou quelque part entre les deux. Tout ce que tu as pour déterminer ce qui est réel, c'est l'esprit… Alors que se passe-t-il quand ton esprit se change en menteur pathologique ?

Il y a les voix, et les hallucinations visuelles quand ça va très mal – mais « être là » n'a rien à voir avec les voix ou les hallucinations. Ça touche au fait de croire des choses. D'être face à une réalité et de croire qu'elle est tout à fait autre chose.

Don Quichotte – le célèbre fou littéraire – s'est battu contre des moulins à vent. Les gens pensent qu'il voyait des géants quand il les regardait, mais ceux d'entre nous qui sont allés là-bas connaissent la vérité : il voyait des moulins à vent, comme tout le monde, mais il *croyait* que c'étaient des géants. Le plus inquiétant, c'est de ne jamais savoir ce qu'on va soudain se mettre à croire.

96 Divin dealer

Mon amie Shelby vient me rendre visite avec mes parents. Elle avance lentement vers moi à travers la gélatine. C'est incroyable qu'elle arrive à se mouvoir là-dedans.

– Je suis déjà venue te voir – tu te rappelles ? Est-ce que tu sais qui je suis ?

J'ai envie d'être fâché qu'elle me pose cette question, mais je n'arrive pas à ressentir de la colère. Je n'éprouve plus rien.

– Non et oui, lui dis-je alors. Non, je ne m'en souviens pas, et oui, je sais qui tu es.

– Tu étais carrément ailleurs, la dernière fois.

– Pas cette fois ?

– Tout est relatif.

Je reste assis sans rien dire. Ça doit être bizarre pour elle. Moi, je ne le ressens pas. Je me sens patient. Je peux attendre durant l'éternité.

– Je suis désolée, dit-elle.

– OK.

– Désolée d'avoir cru que tu… tu sais.

– Cru que je… ?

– Que tu prenais de la drogue.

– Oh. Ça.

Je rassemble des fragments de notre dernière conversation au lycée. J'ai l'impression que c'était il y a plusieurs vies.

– C'est vrai, j'étais shooté, lui dis-je. Et Dieu était mon dealer.

Elle ne comprend pas.

– Je planais sur les produits chimiques de mon propre cerveau. La drogue que je prenais était déjà en moi.

Elle fait « oui » de la tête comme si elle avait compris et change de sujet. Ça me va.

– Max et moi, on continue à bosser sur le jeu.

– C'est bien.

– Quand tu sortiras, on te montrera ce qu'on a fait.

– C'est bien.

Elle a les larmes aux yeux, maintenant.

– Tiens le coup, Caden.

– OK, Shelby. Je vais tenir le coup.

Je crois que mes parents se joignent à nous pour une partie d'Apples to Apples, mais je ne crois pas que la partie se déroule bien.

97 Est-ce que je peux te faire confiance ?

La silhouette de la fille se détache devant l'immense baie panoramique qui s'étend du sol au plafond et d'un bout à l'autre d'une pièce que l'hôpital a baptisée la « Vista Lounge ». Elle a été conçue pour apporter aux patients une impression d'ouverture et de liberté dans ce milieu stérile et confiné. Ça ne marche pas.

La fille est presque toujours là. Elle se tient comme un monolithe et regarde par la fenêtre géante. Une sombre silhouette contre le monde extérieur lumineux, qui fixe toujours l'horizon.

J'ai presque peur d'aller vers elle. Les premières fois que je l'ai vue, j'ai gardé mes distances – mais là, l'impression d'être un morceau d'ananas figé dans la gélatine n'est pas aussi forte qu'avant. Je suis ici – pas Ailleurs – et je décide d'en profiter. Faire un pas en avant et avancer jusqu'à elle me demande un prodigieux effort de volonté. Quelques instants plus tard, je suis suffisamment près d'elle pour qu'elle me distingue du coin de l'œil.

Elle ne bouge pas, ne fait pas mine de reconnaître ma présence. Je ne pourrais pas dire de quelle origine elle est. Elle a des cheveux châtains soyeux et une peau magnifique de la couleur du chêne poli. Je n'ai jamais vu personne se tenir aussi raide pendant si longtemps.

Je me demande si ça vient de son traitement ou si ça vient d'elle. Je trouve ça fascinant.

J'ose lui demander :

– Qu'est-ce qu'il y a, dehors ?

– Tout ce qu'il n'y a pas à l'intérieur, répond-elle froidement, avec un léger accent.

Cet accent me suffit pour deviner qu'elle vient d'Inde, ou peut-être du Pakistan.

La fenêtre offre une vue sur une série de collines ondoyantes et une rangée de maisons à flanc de coteau qui s'allument la nuit comme une guirlande de Noël. Derrière les collines, il y a la mer.

– J'ai vu un faucon plonger et s'envoler avec un bébé lapin, m'annonce-t-elle.

– Eh bien, ce n'est pas le genre de choses qu'on voit tous les jours.

– Je l'ai senti mourir, poursuit-elle en touchant son corps à l'endroit où pourrait se trouver son foie. Je l'ai senti ici.

Puis elle lève la main et touche un côté de sa nuque.

– Et ici.

Elle reste un instant silencieuse avant d'ajouter :

– Le docteur Poirot me dit que ces choses ne sont pas réelles. Et que, lorsque j'irai mieux, je le saurai. Tu y crois ? Pas moi.

Je ne lui réponds pas, parce que je ne suis pas sûr de pouvoir me fier à ce que raconte le perroquet.

– Le faucon était mon espoir, et le lapin était mon âme.

– C'est très poétique.

Elle se tourne enfin vers moi. Ses yeux noirs brûlent de fureur.

– Ce n'était pas censé être poétique. C'était censé être vrai. Tu travailles pour Poirot, n'est-ce pas ? C'est lui qui t'envoie. Tu es l'un de ses yeux.

– Poirot peut aller se faire voir. Je suis là parce que…

Mais je n'arrive pas à aller au bout de ma pensée, alors c'est elle qui la complète :

– Parce que tu le dois. Comme moi.

– Ouais. Exactement.

Nous sommes enfin parvenus à un accord. Il n'est pas tout à fait confortable, mais au moins, on est redescendus d'un cran, niveau malaise.

– Les autres parlent de moi, n'est-ce pas ? me demande-t-elle en se remettant à contempler l'horizon. Je le sais. Ils disent des choses horribles derrière mon dos. Tous autant qu'ils sont.

Je hausse les épaules. Dans l'ensemble, ceux qui sont ici n'ont pas l'air de remarquer quoi que ce soit tant que ça n'envahit pas ce qu'ils considèrent comme leur espace vital. Bien sûr, pour certains d'entre eux, l'espace vital peut s'étendre de la terre à la lune.

– Je ne les ai jamais entendus dire quoi que ce soit.

– Si c'est le cas, tu me le diras ? Est-ce que je peux te faire confiance ?

– Je ne peux même pas me faire confiance à moi-même.

Ça la fait sourire.

– Admettre que tu ne peux pas te faire confiance te rend d'autant plus digne de confiance.

Elle se tourne de nouveau vers moi. Ses yeux examinent mon visage, de bas en haut, puis d'un côté vers l'autre, comme si elle vérifiait la distance entre mes oreilles.

– Je m'appelle Callie.

– Caden.

Et je reste avec elle, à regarder par la fenêtre, à attendre que des faucons tuent des lapins.

98 Potentiel décomposé

Avant, j'avais peur de mourir. Maintenant, j'ai peur de ne pas vivre. Il y a une différence. On traverse la vie avec un avenir en tête, mais parfois, cet avenir n'arrive jamais. Je parle des futurs personnels. Du mien, en particulier.

Des fois, j'imagine que, dans dix ans, des gens qui me connaissent déclareront des choses comme :

– Il avait un tel potentiel…

Ou :

– Quel gâchis !

Je pense à tout ce que je veux faire, à tout ce que je veux devenir. Artiste révolutionnaire. Entrepreneur. Célèbre game designer.

Les fantômes du futur secouent la tête et se lamentent de leurs lugubres voix :

– Ah, il avait un tel potentiel…

La peur de ne pas vivre est l'angoisse profonde, constante, de voir son propre potentiel se décomposer en une irréversible déception quand « ce qui devrait être » est broyé par ce qui est. Parfois, j'en viens à penser que ce serait plus simple de mourir plutôt que d'affronter cela, parce qu'on attache beaucoup plus de valeur à « ce qui aurait pu arriver » qu'à « ce qui aurait dû arriver. » On place les enfants morts sur un piédestal, alors que les enfants malades mentaux, on les cache sous le tapis.

99 Courir sur les anneaux de Saturne

Dans le bureau de Poirot, il y a une affiche visant à motiver les patients. On y voit un coureur olympique qui rompt le ruban d'arrivée, avec la légende suivante :

« Tu n'es peut-être pas le premier, tu n'es peut-être pas le dernier, mais tu franchiras la ligne d'arrivée. »

Ça me fait penser à l'équipe d'athlétisme dont je n'ai jamais fait partie. Son poster est mensonger. On ne peut pas franchir la ligne d'arrivée si on laisse tomber avant la première épreuve.

Comme il voit que je fixe l'affiche, Poirot me demande :

– Ça te parle ?

– Si c'était le cas, vous changeriez sans doute mon traitement.

Ça le fait ricaner. Il me demande comment je m'en sors. Je lui réponds que ça craint et il s'en excuse, sans rien faire pour rendre les choses moins craignos.

Il me fait remplir un formulaire qui a l'air plus qu'inutile.

– C'est pour l'assurance, m'explique-t-il. Ils adorent la paperasse.

Vu le dossier sur moi qu'il a devant lui, lui aussi doit nourrir un fétichisme de la paperasse.

– Tes parents m'ont dit que tu es un véritable artiste.

– Si on veut.

– Je leur ai demandé de t'apporter quelques fournitures. Ce qui peut s'avérer dangereux ne peut être autorisé, bien sûr – l'équipe déterminera ce qu'on pourra ou non te donner. Je suis sûr que tu trouveras le moyen de t'exprimer de manière créative.

– Chic alors.

Il saisit ma réaction au vol comme une odeur dans l'air et note quelque chose. Ça me vaudra sans doute un petit ajustement dans mon cocktail. En plus de l'occasionnelle injection d'Haldol, j'ai désormais droit à quatre pilules, deux fois par jour. Une pour stopper mes pensées, une autre pour stopper mes actions. Une troisième pour s'attaquer aux effets secondaires des deux premières.

Et une quatrième pour que la troisième se sente moins seule. Le tout laisse mon cerveau quelque part en orbite au-delà de Saturne, où il ne dérange personne, surtout pas moi.

À mon avis, ce n'est pas demain la veille qu'un coureur partant d'aussi loin franchira la ligne d'arrivée.

100 Ses extrémités incrustées

– Je me suis concentrée sur mes jambes, me dit Calliope alors qu'elle me tient dans son étreinte froide et familière au-dessus de la mer.

Je porte les marques de la dureté de ses mains de cuivre, qui ont encore plus verdi que le reste du navire. Ce qui avait commencé par des traces d'oxydation au coin de ses yeux et dans les plis de ses cheveux de cuivre en cascade s'est étendu sur elle, ternissant son éclat en pâle acceptation.

– Tu n'as pas de jambes, dis-je.

– Maintenant, je crois que j'en ai. Des jambes et des pieds. Des orteils et des ongles. À force de concentration, ça s'est réalisé.

Puis elle ajoute en chuchotant :

– Tu ne dois le dire à personne, surtout pas au capitaine. Il n'approuverait pas.

– Je te rappelle qu'il a peur de toi.

– Il a peur de tout ce qu'il ne peut pas contrôler – et il

serait bien capable de me trancher les jambes s'il pensait que ça m'empêcherait de l'abandonner.

Elle bouge, sans jamais relâcher son étreinte.

– Si j'ai des pieds, ils sont incrustés derrière moi, dans le gaillard d'avant. Trouve l'endroit juste en dessous du pont, où tribord et bâbord se rejoignent pour former la proue. Trouve cet endroit, et dis-moi si j'ai des jambes et si tu peux les libérer.

101 Un morceau d'Azur

– Callie ne reste pas devant la fenêtre parce que ça lui plaît. Elle le fait parce qu'elle en a besoin.

C'est la fille aux cheveux bleus qui me l'apprend. L'assembleuse perpétuelle serait prête à donner sa vie pour préserver son nouveau puzzle de paysage garanti sans vomi. Elle aime me parler seulement quand elle a quelque chose de méchant à dire sur quelqu'un d'autre.

– On partage la même chambre, Callie et moi, et crois-moi, elle est complètement tarée. Elle pense que le monde extérieur disparaît quand elle ne le regarde pas.

J'observe la fille aux cheveux bleus essayer de faire rentrer une pièce de puzzle à un endroit où ça ne peut manifestement pas marcher. Puis elle se touche deux fois le nez et essaie de nouveau de placer la même pièce au même endroit, puis elle se touche encore deux fois le nez. Ce n'est qu'après avoir répété ce rituel trois fois de suite qu'elle passe à une autre pièce.

– Callie ne pense pas que le monde va disparaître. Elle a peur qu'il disparaisse. C'est différent, tu comprends. C'est la peur qu'elle essaie d'éviter.

– C'est stupide dans les deux cas.

J'ai envie de me défouler sur elle. De lui dire que c'est elle qui est stupide. Ou de renverser la table pour envoyer les pièces de puzzle dans toutes les directions. Mais je ne le fais pas – parce que ce n'est pas une question de stupidité. Je soupçonne Callie d'être brillante. Peut-être que la fille aux cheveux bleus l'est aussi. Non, c'est une question d'intelligence, de rétroviseur tombé par terre. De ce putain de voyant « diagnostic moteur » inutile, alors que les seules personnes qualifiées pour regarder sous le capot n'arrivent pas à ouvrir ce foutu machin.

Non, je ne me déchaîne pas. Je me contente de lui demander :

– Tu as peur qu'il arrive quoi, si tu ne te touches pas deux fois le nez ?

Elle braque ses yeux sur moi, comme si je l'avais giflée, mais elle comprend que je ne me moque pas d'elle, que je lui ai posé la question pour de vrai. J'ai sincèrement envie de le savoir. Elle baisse le regard sur son puzzle, mais n'essaie pas de placer de pièce.

– Si je ne le fais pas, dit-elle doucement, j'ai l'impression que je tombe. Si je ne le fais pas, mon cœur se met à battre tellement vite que j'ai peur qu'il explose. Si je ne le fais pas, je ne peux plus respirer, comme si tout l'air avait été aspiré.

Puis, honteuse, elle se touche deux fois le nez et essaie de caser une autre pièce.

Je lui murmure :

– Tu n'es pas tarée.

– Je n'ai jamais dit que je l'étais.

Je me lève pour partir, mais elle m'attrape par le poignet et le serre, me forçant à ouvrir la main. Puis elle me fourre une pièce de puzzle dans la paume. Elle est bleu azur. Un morceau de ciel. Aucun signe particulier permettant d'identifier à quel endroit du ciel elle appartient. Le genre de pièce le plus difficile à placer.

– Tu peux l'emprunter, me dit-elle. Rapporte-la avant que j'aie fini, OK ?

Puis elle ajoute :

– C'est comme ça que je m'appelle : Azur. C'est débile comme prénom, hein ?

Même si cette pièce de puzzle ne m'est d'aucune utilité, je la prends et je la remercie – parce que ce qui compte, ce n'est pas qu'elle soit inutile, ce qui compte, c'est qu'Azur ait choisi de s'en séparer.

– Je la garderai précieusement, lui dis-je.

Elle fait « oui » de la tête et retourne à son rituel.

– Callie t'apprécie. Ne gâche pas tout en faisant l'abruti.

102 Durs ongles

Hal ne reçoit pas souvent de visiteurs. Et quand c'est le cas, il n'y a que sa mère. Sa mère est une très belle femme. Elle semble à peine assez âgée pour avoir un fils de dix-sept ans. Quand elle arrive, on dirait qu'elle sort du salon de coiffure, mais je pense qu'elle doit toujours donner cette impression.

Non seulement elle se démarque des autres parents, mais elle s'en détache. Elle semble s'envelopper d'une aura protectrice, comme une combinaison spéciale que personne d'autre ne distingue. Cet endroit ne peut pas l'affecter. Les profonds sophismes sauvages d'Hal ne peuvent pas l'affecter.

Pendant sa dernière visite, je l'ai entendue se plaindre d'une mouche, visiblement attirée par son parfum, qui ne voulait pas la laisser tranquille.

– Les mouches forment une affreuse police secrète qui nous déchire comme si nous étions des charognes, lui livre Hal. Nos pensées ne sont que de la peau.

Imperturbable, elle sirote un Coca Zero et parle de la météo. Il fait « froid pour la saison ». Je n'arrive même pas à me rappeler en quelle saison on est ; on ne doit pas être en hiver, seule période où il ne peut pas faire froid pour la saison.

Les ongles de la mère d'Hal sont trop longs pour faire quoi que ce soit d'efficace, et ils sont toujours vernis avec une telle minutie qu'ils parviennent presque à détourner l'attention de sa poitrine, qui, comme une sculpture de la Renaissance, a manifestement été façonnée par des maîtres en la matière.

Un jour, j'ai demandé à Hal ce que sa mère faisait comme métier.

– Collectionneuse, m'a-t-il répondu, sans me donner plus de précisions.

Ce n'est pas elle qui a élevé Hal. Des grands-parents se sont occupés de lui jusqu'à leur mort, puis il a été placé en famille d'accueil.

– On a estimé qu'elle n'avait pas la carrure pour être une bonne mère, alors qu'elle va à la salle de sport tous les jours, m'a une fois confié Hal.

Il m'a également révélé que la première carte qu'il a défigurée était une carte de notre État. Il avait tracé des lignes entre tous les endroits où il avait vécu. Il avait trouvé les schémas saisissants.

Quand la mère d'Hal est avec lui, elle parle par petites phrases bien rodées. Elle pose des questions comme une animatrice de talk-show et abreuve Hal d'infos comme une présentatrice télé. Elle tapote si durement ses ongles sur la table qu'au bout d'un moment, c'est le seul son que je perçois dans la salle de jeu et que je dois quitter la pièce, parce que je sens ses ongles creuser mon cerveau, puis je commence à croire que c'est vraiment le cas et ça me gâche le reste de ma journée.

On pardonne souvent beaucoup aux gens très beaux – et peut-être que c'est comme ça qu'elle s'en est sortie dans la vie –, mais moi, je ne lui pardonne rien et je ne sais même pas quelles horreurs elle a pu commettre, à part faire preuve d'absence de carrure parentale. Mais ce qui me met le plus en colère, c'est qu'elle a le culot de me faire encore plus apprécier mes parents.

103 Mantras magiques et caniches en caoutchouc

Mon père a l'agaçante manie de faire toujours le même commentaire quand il se passe quelque chose de grave :

– Cela aussi passera, déclare-t-il.

Ce qui m'énerve, c'est qu'il a toujours raison. Ce qui m'énerve encore plus, c'est que, très content de lui, il me le rappelle systématiquement plus tard, quand c'est effectivement passé :

– Je te l'avais bien dit.

Il ne me le répète plus, parce que ma mère lui a déclaré que c'était d'une platitude absolue. Peut-être, n'empêche que maintenant, c'est moi qui me le dis. Peu importe mon mal-être, je m'oblige à me le dire, même si je ne suis pas prêt à le croire. Cela aussi passera. C'est fou comme ce genre de petites choses peut faire une telle différence.

C'est comme la vieille pub de Nike. « Just do it. » Ma mère aime bien me raconter qu'à la naissance de Mackenzie, elle avait pris énormément de poids, et que faire du sport l'intimidait tellement qu'elle ne savait par où commencer, alors elle continuait à manger et elle ne faisait que grossir. Et puis elle s'est dit : « Just do it », et c'est devenu le mantra magique qui lui a permis de se remettre à faire du sport régulièrement. Elle a repris son poids normal avant les deux ans de ma sœur. Mais ça me fait aussi penser à la secte bizarre qui a fini par un suicide collectif où ses membres portaient tous des Nike toutes neuves en guise d'hommage tordu au « Just do it ».

J'imagine qu'on donne même au plus simple slogan la forme qu'on veut, comme un animal en ballons – on peut le retourner sur lui-même ou le changer en nœud. À la fin, on peut prendre la mesure de qui on est en observant la forme de nos animaux de baudruche.

104 Mouton mutin

Une proue ne voit que ce qui se trouve à l'avant du navire, rien de ce qu'il y a à l'intérieur, donc Calliope ne peut que deviner l'endroit où ses jambes – si elles existent – sont encastrées dans le gaillard d'avant. Elle pense que je peux m'y rendre en passant par les ponts inférieurs, mais elle se trompe. Le seul moyen d'atteindre le gaillard d'avant est de passer à travers une grille du pont principal. La grille est verrouillée par un cadenas en métal dont l'éclat offre un contraste moqueur avec le manteau de vert mat couvrant le reste du navire. Je regarde à travers la grille, mais je ne vois rien, à part l'obscurité.

– Tu cherches quelque chose de spécial, de spécial ?

La voix perçante du perroquet me fait sursauter. En suivant son ramage, je me penche par-dessus la proue et le trouve perché sur la tête de Calliope. Elle n'essaie pas de s'en débarrasser. Elle n'essaie pas de l'attraper. Je me demande s'il sait que Calliope s'est animée. Si elle reste aussi immobile, c'est peut-être parce qu'elle ne veut pas qu'il l'apprenne.

– Rien de spécial, dis-je au perroquet, sachant que je ne m'en tirerai pas sans lui livrer de réponse crédible.

Je regarde à travers la grille au-dessus de l'endroit qui m'intéresse.

– Je me demandais juste ce qu'il y a là-dessous.

– L'arrimage, me répond le perroquet. Arrimage, doux rivages, verrouillage, c'est de ton âge, lance-t-il en singeant la voix du navigateur.

Puis il rit, content de son imitation. C'est pourtant loin d'être parfait. Il a peut-être la bonne intonation, mais pas la cadence. Cadence, Caden, attend, mouton. Ça s'en approche déjà davantage.

– Reste sur le qui-vive ! me rappelle le perroquet.

Ne te laisse pas distraire par les objets brillants et n'oublie pas ce que je t'ai dit au sujet du capitaine. Ce qu'il faudra peut-être faire.

– Mouton, mutinerie, destinée, désespéré, conclus-je, ridiculisant sa propre imitation.

– Très bien, très bien, dit-il. Je crois en toi, marin Bosch. Je crois que tu sauras faire ce qu'il faut, quand il s'agira de faire ce qu'il faut.

Puis il s'envole vers le nid-de-pie.

Ce soir-là, le perroquet s'assure qu'il y ait du mouton au menu, juste pour me rappeler notre conversation. Mais je ne sais pas où on trouve du mouton en mer et j'ai peur que ce soit tout à fait autre chose.

105 Plus aligné

– Il y a de nombreuses façons de voir le monde, me dit le docteur Poirot, un jour où je suis moins dans le brouillard, sachant que je serai capable de digérer ses paroles plutôt que de me contenter de les répéter. Nous avons tous nos constructions. Certains considèrent le monde comme un lieu maléfique, d'autres plutôt comme un endroit positif. Certains voient Dieu dans les plus petites choses, d'autres y voient le vide. Est-ce que ce sont des mensonges ? Est-ce que c'est vrai ?

– Pourquoi vous me posez la question ?

– Je ne fais que mettre en évidence le fait que ta construction ne s'aligne plus sur la réalité.

– Et si elle me plaît, à moi, ma « construction » ?

– Elle peut être très séduisante, très séduisante. Mais le prix à payer pour la vivre est très élevé.

Il reste un instant silencieux, laissant s'ancrer ses mots, mais dernièrement, les pensées ont tendance à flotter plutôt qu'à s'ancrer.

– Tes parents et moi – et toute l'équipe ici – souhaitons ce qu'il y a de mieux pour toi. Nous sommes là pour t'aider à aller mieux. J'ai besoin de savoir que tu en as conscience.

– Peu importe ce que je pense. Vous le ferez quand même.

Poirot fait « oui » de la tête. J'ai l'impression qu'il accompagne son hochement de tête d'un sourire ironique, sauf qu'une petite voix dans ma tête me souffle qu'il est malveillant. Les médicaments peuvent assourdir les voix, mais pas les étouffer complètement.

– Je pense que vous voulez m'aider, lui dis-je, mais dans cinq minutes, je ne le croirai peut-être plus.

Il l'accepte.

– Ton honnêteté t'aidera à guérir, Caden.

Et ça me fout en rogne, parce que je ne m'étais pas rendu compte que j'étais honnête.

De retour dans ma chambre, je demande à Hal de me

donner son point de vue sur le sujet. Est-ce qu'il croit que tout ce qu'ils font ici, c'est pour notre propre bien ?

Hal est long à répondre. Depuis la dernière visite de sa mère, il se montre plus asocial que d'habitude. Apparemment, c'est un schéma. On a augmenté ses doses d'antidépresseurs, mais ça n'a pas l'air de le rendre moins déprimé ; ça l'aide juste à oublier qu'il l'est.

– Ce qu'ils font ici n'a aucune répercussion sur le prix du thé pour les Chinois, lâche-t-il enfin. Ni, à cet égard, sur le prix des chinois pour les Danois.

– Ni sur le prix des danois pour les Suisses.

Il me lance un regard perçant et me menace du doigt :

– Ne fais pas entrer la Suisse dans l'équation si tu n'es pas prêt à en assumer les conséquences.

Et comme je ne le suis pas, je ne suggère aucune autre nation.

106 La peau de qui on était

Callie et moi ne sommes pas dans le même groupe de thérapie. J'ai demandé à en changer pour être avec elle, mais je ne crois pas que ce genre de demande soit honorée.

– Je suis sûre que c'est pareil que dans ton groupe, me dit un jour Callie au petit-déjeuner. Sauf que dans le mien, tout le monde a déjà fait un séjour ici. Nous sommes sans doute un peu moins naïfs. Nous étions tous suffisamment arrogants pour croire que nous en avions fini avec cet endroit. Maintenant, nous sommes plus modestes. Ou plus dégoûtés. Ou les deux.

– Hal est dans mon groupe, et ce n'est pas un nouveau venu, lui fais-je remarquer.

– Il est peut-être déjà venu plusieurs fois, reprend Callie, mais je crois qu'il n'est jamais vraiment arrivé au bout de la première.

Dès que je le peux, je rejoins Callie devant la baie vitrée de la Vista Lounge. Quand mes pieds me permettent de rester en un même endroit.

Aujourd'hui, pendant qu'elle se tient vaillamment debout à observer le monde, je dessine au hasard ce qui me passe par la tête. Les règles ont été assouplies : j'ai le droit d'avoir des feutres en dehors de la salle de jeu. Je pense que c'est un signe que je fais des progrès. Mais pas des crayons. Les feutres risquent moins de causer des blessures, qu'elles soient volontaires ou accidentelles.

Parfois, on discute, Callie et moi, parfois non. Parfois, je lui tiens la main – ce qu'on n'a, à proprement parler, pas le droit de faire. Pas de contact physique autorisé. Ici, les interactions humaines doivent se faire verbalement, ou pas du tout.

– C'est bien que tu fasses ça, me dit-elle alors que je lui prends la main, un jour. Ça m'évite de tomber.

Tomber de quoi, je ne sais pas. Je ne le lui demande pas. Elle me le dira si elle en a envie.

Elle a les mains froides. Elle m'explique que son sang circule mal dans ses extrémités.

– C'est génétique, ajoute-t-elle. C'est pareil pour ma mère. Elle peut rafraîchir une boisson rien qu'en te l'apportant.

La froideur de ses mains ne me dérange pas. J'ai trop chaud d'une manière générale. Et puis sa main se réchauffe rapidement dans la mienne. C'est bon de savoir que j'ai cet effet-là sur elle.

– C'est la troisième fois que je viens ici, me confie-t-elle. Mon troisième épisode.

– Épisode.

– C'est comme ça qu'ils appellent ça.

– Ça fait plus mini-série.

Elle sourit, mais ne rit pas. Callie ne rit jamais, ce que compense la sincérité de son sourire.

– Ils me disent que quand je serai prête à arrêter de regarder par cette fenêtre, je serai prête à rentrer chez moi.

– Tu sens que c'est pour bientôt ?

Égoïstement, j'aimerais qu'elle me dise « non ». Elle ne me répond pas. Elle dit juste :

– Plus que tout, j'ai envie de sortir d'ici… Mais parfois, c'est plus dur chez moi. C'est comme de sauter dans la froideur de l'océan par une très chaude journée d'été.

Tu en meurs d'envie, sauf que tu ne veux pas sentir le choc de l'eau froide.

– J'aime bien cette sensation, moi.

Elle se tourne vers moi, me fait un grand sourire et presse ma main.

– C'est parce que tu es bizarre.

Puis elle se remet à contempler la vue, qui ne change pas aujourd'hui. Pas un seul faucon dans le ciel à la recherche d'un lapin.

– À la maison, ils s'attendent à ce que tu sois guéri, reprend Callie. Ils disent qu'ils comprennent, mais les seuls qui comprennent vraiment sont ceux qui sont passés par Cet Endroit. C'est comme un homme qui dit à une femme qu'il sait ce que c'est que d'accoucher.

Elle se tourne à nouveau vers moi, délaissant un instant sa vue.

– Vous ne le saurez jamais, alors ne faites pas semblant.

– Je ne l'ai jamais fait, moi. Enfin, je veux dire, je ne le saurai jamais. Mais je pense que je sais à peu près ce que c'est que d'être toi.

– Je te crois. Sauf que tu ne seras pas avec moi à la maison. Il n'y aura que mes parents et mes sœurs. Ils sont tous persuadés que la médecine devrait faire des miracles et ils s'énervent contre moi quand ce n'est pas le cas.

– Ça ne doit pas être facile.

– Mais si je supporte tout ça, je vais finir par m'adapter. Je vais me retrouver comme j'étais avant. On y arrive, tu sais. À se retrouver. Même si c'est chaque fois un peu plus difficile. Les jours passent. Les semaines. Puis on se force à rentrer dans la peau de qui on était avant tout ça. On recolle les morceaux et on reprend le cours de la vie.

Ça me fait penser à Azur, la fanatique de puzzles, et à la pièce qu'elle m'a confiée. Je la garde dans ma poche comme un pense-bête, même si je ne sais plus ce qu'elle est censée me rappeler.

107 L'orbite de l'œil mort

Le navigateur a beau être brillant, je n'ose pas lui poser de questions sur le gaillard d'avant et la manière d'y accéder, parce qu'il est curieux, aussi. Il voudra savoir pourquoi je le lui demande. Je ne lui ai pas raconté que je passais du temps avec Calliope parce que je sais qu'il ne peut pas garder un secret. Il le laisserait échapper avec tant de rimes et d'allitérations que tout le monde serait au courant. Et puis le navigateur est plus lunatique que d'habitude. Il a commencé à me mettre à distance, moi aussi. Soi-disant que je serais suspicieux et pernicieux.

Alors c'est Carlyle que je vais trouver à minuit pour l'interroger sur le gaillard d'avant. Il passe son balai vers la poupe en allant vers le mât d'artimon, débarrassant le pont de sa crasse et de ses cerveaux, à l'occasion.

– Le gaillard d'avant ? demande-t-il. Qu'est-ce que tu lui veux ?

– Juste savoir ce qu'il y a là-dessous.

Il hausse les épaules.

– On y stocke les cordes d'amarrage. Mais ça fait si longtemps qu'on n'a pas vu un port que ça ne m'étonnerait pas qu'elles aient évolué en forme de vie supérieure.

– Si je voulais y aller, où est-ce que je trouverais la clé ?

– Et pourquoi voudrais-tu y aller ?

– J'ai mes raisons.

Il soupire et jette un coup d'œil autour de lui pour s'assurer que personne ne nous observe. Il respecte ma vie privée sur ce point et ne me demande plus d'exposer mes raisons.

– Il n'existe qu'une clé pour ce cadenas, et c'est le capitaine qui l'a.

– Où est-ce qu'il la cache ?

– Ça ne va pas te plaire, me prévient Carlyle.

– Dis-le-moi quand même.

Pendant un moment, Carlyle réfléchit en contemplant la mousse grise de son seau, puis il déclare :

– Derrière le noyau de pêche, dans l'orbite de son œil mort.

108 Monter ou se noyer ?

Aussi rationnel que paraisse le monde, on ne sait jamais vraiment quels trucs tordus attendent au tournant. Un jour, voilà ce que j'ai vu aux infos : à Manhattan, une dame de la haute société prend un ascenseur pour descendre d'un appartement-terrasse au parking en sous-sol, soixante-sept étages plus bas – soixante-huit, si on compte la mezzanine –, pour prendre sa Mercedes et se rendre dans une galerie de Madison Avenue, ou je ne sais quel autre passe-temps de ce genre de personne.

Ce qu'elle ignore, c'est qu'une canalisation d'eau a explosé il y a quelques minutes à peine, près de son immeuble. Alors quand l'ascenseur arrive au sous-sol et que les portes commencent à s'ouvrir, l'ascenseur est inondé d'eau glacée. Qu'est-ce qu'elle peut faire ? Il n'y a même pas de scénario catastrophe pour cette situation, parce que ça dépasse complètement l'entendement.

En cinq secondes, elle a de l'eau jusqu'à la taille, puis jusqu'au cou, et puis elle se noie. Elle ne saura jamais ce qui a bien pu arriver ni comment une chose aussi atroce est possible. Imaginez : se noyer dans l'ascenseur d'un gratte-ciel. Ça cloche à tous les étages (sans compter la mezzanine).

Le truc bizarre là-dedans, c'est que lorsque j'entends des histoires pareilles, je ressens une espèce d'affinité avec le Tout-Puissant, parce que ça prouve que même Dieu a des épisodes psychotiques.

109 Quand l'encre fait des *siennes*

Je monte au nid-de-pie pour réfléchir aux obstacles et aux conséquences liés à l'obtention de cette clé du boss particulière. À mon avis, c'est mission impossible. Assis au bar, je sirote mon cocktail et fais part de mon dilemme à la barmaid, parce que les barmen sont réputés pour être de bon conseil et que je sais que le personnel du nid-de-pie n'éprouve ni affection ni loyauté envers le capitaine. J'en ai rencontré plusieurs là-haut. Ils se relaient, parce que le nid-de-pie est ouvert vingt-quatre heures sur vingt-quatre. La barmaid d'aujourd'hui est une femme mince aux yeux trop petits pour son visage. Elle compense avec du mascara et du fard à paupières turquoise qui donnent à ses yeux un petit air de plumes de paon.

– Tu ferais mieux d'oublier, me conseille-t-elle. Littéralement, je veux dire. Moins tu t'en souviendras, moins ça te paraîtra important, et moins ça te paraîtra important, moins tu seras inquiet.

– Je ne veux pas être moins inquiet. En tout cas, pas avant d'avoir cette clé.

Elle soupire.

– Désolée, j'aurais aimé pouvoir t'aider.

Elle semble un peu contrariée que je ne suive pas ses conseils. Ou peut-être qu'elle est contrariée que je traîne au bar. Le personnel du nid-de-pie n'a pas l'air d'apprécier que je reste là trop longtemps. Comme dans tout autre établissement de ce genre, on cherche à faire tourner la clientèle le plus vite possible. Je préfère prendre mon temps.

Sur le tabouret à côté de moi se tient le fort-à-bras. Il n'a pas de cocktail, il est là pour papoter avec la barmaid. Ça ne semble pas la déranger qu'il soit là, lui. Les tatouages lubriques sur ses bras me dévisagent avec tout un éventail d'expressions allant de la curiosité au mépris, puis la tête de mort avec un penchant pour les comédies musicales entonne un vibrant « *Hello, Dolly !* », qui est justement le prénom de la barmaid. Tous les autres crânes se mettent aussitôt à râler.

Je demande au fort-à-bras :

– Comment faites-vous pour supporter que votre encre fasse des siennes ?

Il me fixe un moment comme si je débarquais de la planète Mars, puis il me répond assez lentement :

– Je n'y fais… juste… pas attention.

J'imagine que « ne pas faire attention » demande une sacrée discipline. Quand mes voix deviennent incontrôlables, c'est comme si je me retrouvais au beau milieu de la Bourse de New York. Lui, au moins, il peut les étouffer un peu en portant des manches longues et plusieurs épaisseurs de vêtements.

– Vous avez déjà vu le capitaine, ici ?

Mais le fort-à-bras a l'air de m'ignorer, maintenant, alors je pose la question au squelette avec une rose à la bouche, en me disant que c'est peut-être le plus doux de la bande.

– Est-ce que le capitaine monte parfois au nid-de-pie ?

– Jamais, me répond le tatouage, sans desserrer les dents. Si ça ne tenait qu'à lui, personne n'y viendrait. Le capitaine n'aime pas qu'un autre que lui joue avec l'esprit des marins.

– Alors pourquoi est-ce qu'il ne ferme pas carrément l'endroit ? C'est vrai, c'est le capitaine, il fait ce qu'il veut sur ce bateau, pas vrai ?

– Ha ! s'exclame le crâne aux yeux en dés. On voit bien que tu n'y connais rien.

– Il y a des choses que même le capitaine ne contrôle pas, explique le crâne à la rose.

– Quel genre de choses ?

Et le squelette en représentation de se mettre à chanter :

– Fronts de tempêtes qui s'attardent au loin

Endroit plastique blanc où meurt toute pensée

Mousses et cocktails et ailes de perroquet colorées

Voici quelques-unes des choses qu'il préfère le moins...

Les autres crânes grognent et je souris. Si le capitaine

n'est pas tout-puissant, obtenir cette clé n'est peut-être pas aussi impossible que je le pensais.

110 Puissants symboles

Hal et moi sommes assis dans la salle de jeu. Il est absorbé par ses cartes et je suis absorbé par mes dessins, essayant d'être ici et pas ailleurs.

– Je me suis composé une langue du chaos, dit-il. Pleine de symboles et de signaux, de sigils et de cymbales. Mais à cause de sa nature chaotique, je n'arrive pas à m'en souvenir.

– Les cymbales, c'est pour te réveiller quand tu deviens trop ennuyeux ?

Il me pointe du doigt.

– Méfie-toi, ou je te marquerai dans ton sommeil d'un sigil de perte de cheveux et tu deviendras comme ton père.

Les sigils, si je me rappelle bien une série de comics lue autrefois, sont des symboles de magie médiévale qui remontent au temps où si peu de gens savaient lire que le fait même d'en être capable frisait la magie. Un homme qui savait lire était considéré comme un génie. Un homme qui y arrivait sans bouger les lèvres était proclamé tantôt divin, tantôt démoniaque, en fonction des arrière-pensées de celui qui le proclamait.

Ce jour-là, c'est Hal qui s'occupe de toutes les proclamations, comme d'habitude.

– Les symboles ont du pouvoir ! annonce-t-il. Tu vois une croix, tu ressens quelque chose. Tu vois une svastika, tu ressens autre chose. Pourtant, la svastika est aussi un symbole indien signifiant « cela est bon », ce qui montre que les symboles peuvent être mortellement corrompus. C'est pour cela que j'invente les miens. Ils ont du sens pour moi et c'est tout ce qui m'importe.

Il dessine une spirale transpercée par une sinusoïde. Il dessine deux points d'interrogation à des angles bizarres qui se coupent chacun en deux. Il a raison – ils sont puissants. Il les a rendus puissants.

Je lui demande :

– Qu'est-ce qu'ils signifient ?

– Je t'ai dit : j'ai oublié cette langue.

Puis il regarde mon carnet de croquis et remarque que j'ai copié ses symboles, auxquels je fais des ajouts, les transformant en formes qui se combattent. J'ai corrompu ses symboles. Je me demande comment il va réagir.

– Ton nom de famille, c'est Bosch. Vous avez un lien de parenté ?

Je suppose qu'il me demande si je descends de Jérôme Bosch – artiste qui a peint des tableaux assez étranges qui me terrorisaient quand j'étais petit et qui, les mauvais jours, dansent encore autour de mon crâne.

– Peut-être. Je ne sais pas.

Il hoche la tête, à l'aise avec l'incertitude, et déclare :

– Ne me mets pas dans ton Jardin des délices et je ne tracerai pas de symboles de mort sur ton front.

Et voilà comment Hal et moi parvenons à un accord.

111 Chaud pour toi

J'ouvre les yeux au beau milieu de la nuit, dans la torpeur familière d'un état de semi-conscience se cumulant à l'effet des médicaments. Ma tête est un aéroport pris dans le brouillard. Toutes les pensées sont clouées au sol. Mais je sens tout de même qu'on m'observe. Je me force à sortir de ma brume pharmacologique et me roule sur le côté pour découvrir qu'il y a quelqu'un à côté de mon lit. Dans la faible lumière provenant du couloir, je distingue un pyjama vert couvert d'hippocampes, version dessin animé. J'entends un léger bruit, mais il me faut un petit moment pour comprendre que cette personne claque des dents.

– J'ai froid, souffle Callie. Et tu as toujours si chaud.

Elle ne bouge pas, elle reste là, à claquer des dents. Je regarde à l'autre bout de la pièce, où Hal ronfle profondément. Callie attend que je l'invite. Je soulève ma couverture. Cette invitation lui suffit et elle grimpe dans mon lit.

Elle est vraiment gelée. Pas seulement ses mains et ses pieds, mais son corps tout entier. Je remonte les couvertures sur nous et elle me tourne le dos : c'est plus simple pour la serrer contre moi et partager ma chaleur corporelle. On est collés comme deux cuillères dans un tiroir. Je sens les reliefs de sa colonne vertébrale contre ma poitrine. Et son cœur qui bat, beaucoup plus vite que le mien. J'imagine que nos corps forment un symbole, aussi puissant que ceux d'Hal – et je pense que les plus importants symboles doivent être fondés sur les différentes façons dont deux personnes peuvent s'enlacer.

– Ne va pas te faire des idées, me dit-elle.

Assommé, je répète :

– Pas d'idées.

Même si j'en avais envie, je ne pourrais pas avoir ce genre « d'idées ». Quand les médicaments sont aussi fortement dosés, ils empêchent toute excitation. Ça m'arrange plutôt – à ce moment-là, en tout cas – parce qu'il n'y a pas d'attentes et pas le plus léger soupçon de malaise. Il n'y a qu'une chose qui compte : lui tenir chaud.

Je ne peux pas m'empêcher de m'inquiéter. Je sais qu'il y a plusieurs pastels de service et qu'ils font régulièrement des rondes, vérifiant chaque chambre. Il y a des caméras de surveillance partout, aussi. L'hôpital fait tout ce qu'il peut pour surveiller les moindres aspects de notre comportement, mais il reste de la place pour l'erreur humaine. Ce que prouve la présence de Callie ici.

Je lui demande :

– Et s'ils nous voient ?

– Qu'est-ce que tu veux qu'ils fassent ? Qu'ils nous jettent dehors ?

Après tout, je me fiche de ce qu'ils voient, de ce qu'ils disent ou de ce qu'ils font. Que ce soit Poirot, les pastels ou même mes parents. Ils n'ont rien à faire dans cet instant. Ils n'ont pas le droit.

Je la serre plus fort contre moi, jusqu'à ce que j'aie très légèrement froid, ce qui veut dire qu'elle prend de ma chaleur. Au bout d'un moment, elle arrête de claquer des dents et nous restons allongés, respirant à l'unisson.

– Merci, dit-elle enfin.

– Tu peux venir dès que tu as froid.

Je m'apprête à l'embrasser gentiment sur l'oreille, mais je me pelotonne un peu plus contre elle et lui glisse :

– J'aime être chaud pour toi.

Ce n'est qu'après l'avoir dit que je me rends compte du double sens. Je lui laisse imaginer que je l'ai fait exprès.

Elle ne dit rien. Sa respiration ralentit, je m'assoupis, et quand j'ouvre de nouveau les yeux, je suis seul dans mon lit, à me demander si tout cela est bien arrivé. Est-ce que mon esprit m'a encore joué un tour ?

Ce n'est que le matin que je trouve sa pantoufle par terre, près de mon lit – pas laissée là par hasard, ni par négligence, mais exprès, par espièglerie.

Au petit-déjeuner, je la lui apporterai, m'agenouillerai

devant elle et la lui enfilerai. Et, tout comme dans le conte de fées, elle lui ira parfaitement.

112 Angoisse existentielle abstraite et angulaire

En groupe, Carlyle nous distribue des feuilles de papier à dessin et des feutres.

– On va laisser nos bouches se reposer, annonce-t-il. Il y a d'autres façons de s'exprimer. Aujourd'hui, nous allons profiter de l'expression non verbale.

Le gamin flippant que tout le monde surnomme Sac d'os fixe Azur et lui adresse un geste non verbal sexuellement explicite, qui lui vaut une réponse tout aussi non verbale d'Azur par un geste impliquant un doigt précis. Sac d'os ricane et Carlyle fait semblant de ne pas avoir vu l'échange.

– Aujourd'hui, le but est de dessiner ce que vous ressentez. Vous n'êtes pas obligés de l'exprimer de manière littérale et il n'y a pas de bonne ou de mauvaise façon de faire. Ni bien ni mal.

– C'est des conneries pour les gosses de maternelle, déclare Alexa, la fille aux pansements sur la gorge.

– Seulement si c'est comme ça que vous le prenez, lui répond Carlyle.

Certains fixent leur feuille, comme si sa criante blancheur envahissait déjà leur esprit fragile. D'autres scrutent les murs vert pâle qui les entourent, comme si les réponses s'y trouvaient. Sac d'os affiche un sourire maléfique et se met au travail. Je sais exactement ce qu'il va dessiner. Tout le monde le sait. Et personne ne prétend lire les pensées, aujourd'hui.

Cet exercice ne me pose aucun problème. C'est ce que je fais la plupart du temps, de toute façon. Parfois avec plus de ferveur et d'urgence qu'à d'autres moments. Carlyle le sait et c'est peut-être pour ça qu'il a choisi un projet artistique, cette fois.

En quelques minutes, mon papier reflète un paysage intérieur irrégulier fait de saillies prononcées et de profondes crevasses. Aucune impression de gravité ni de perspective. Uniquement de l'angoisse existentielle abstraite et angulaire. Ça me plaît. Et ça me plaira jusqu'à ce que je déteste.

Les autres ne sont pas aussi rapides.

– Je n'y arrive pas, se plaint Azur. Ma tête ne voit pas les sentiments comme des images.

– Essaie, l'encourage gentiment Carlyle. Tout ce que tu traces sera bienvenu. On n'est pas là pour te juger.

Elle regarde à nouveau sa feuille blanche et me la tend.

– Fais-le, toi.

– Azur, tu passes à côté de l'exercice, là… dit Carlyle.

Je prends quand même la feuille, me concentre sur Azur un moment et me mets au travail. À grands traits, je dessine une forme abstraite, entre amibe et raie manta avec des yeux et des bouches dans des endroits inattendus. Ça me prend environ une minute. Quand c'est fini, Azur me regarde les yeux écarquillés, bouche bée. Je m'attends à ce qu'elle m'adresse un geste à un doigt, mais elle me demande :

– Comment tu as fait ?

– Quoi ?

– J'ai vraiment aucune idée de ce que ça représente, mais c'est exactement ce que je ressens en ce moment.

– Azur, intervient Carlyle. Je ne pense pas que…

– Je me fiche de ce que vous pensez ou pas, le coupe Azur. Il m'a comprise.

– À moi, fait Sac d'os.

Il retourne le phallus qu'il était en train de dessiner pour que je travaille de l'autre côté de sa feuille.

Je jette un regard à Carlyle. Il hausse les sourcils, puis les épaules.

– Vas-y, dit-il.

J'apprécie que Carlyle se laisse porter par le courant plutôt que de le combattre. Il a le pied marin.

Pour Sac d'os, je me lance dans un gribouillis qui se change en porc-épic vaguement suggestif. Quand j'ai fini, il se marre.

– Tu es un véritable *ârrrtiste* de l'âme, mec.

D'autres attendent impatiemment leur tour. Même les membres de l'équipage qui sont complètement à la masse me regardent comme si mes dessins allaient leur sauver la vie.

Carlyle s'adosse à la cloison de cuivre vert de la salle des cartes.

– Bien. Caden peut dessiner à votre place, mais quand il aura fini, vous devrez expliquer ce que ça vous évoque.

Chacun m'assaille de son parchemin et je traduis fiévreusement les sentiments en lignes et en couleurs. Au maître des traditions, j'offre une chose-ou-une-autre couverte d'épines et d'yeux. À Alexa et son ras-de-cou qui l'étouffe, j'offre un cerf-volant à tentacules pris dans un courant ascendant. Le seul à ne pas me confier son parchemin est le navigateur. Il trace sa propre carte en silence.

Les autres déclarent tous que je les ai compris, et, pendant qu'ils comparent leurs mois intérieurs, je m'approche de Carlyle, un peu inquiet.

– Est-ce que tu crois que le capitaine va apprécier ?

Carlyle soupire.

– Vivons l'instant présent, d'accord ?

Même si ça me rend nerveux, je veux bien essayer.

113 Qui ils étaient

Vincent Van Gogh s'est coupé l'oreille, l'a envoyée à la femme qu'il aimait, et a fini par s'ôter la vie. Malgré une vision artistique si incroyablement novatrice qu'il a fallu des années au monde pour l'apprécier, son œuvre n'a pas pu le sauver des profondeurs de son esprit torturé. Voilà qui il était.

Michel-Ange – qui est peut-être le plus grand artiste que l'humanité ait jamais connu – était si pathologiquement obsédé par son David qu'il ne s'est pas baigné et qu'il n'a pas pris soin de lui pendant des mois. Il a gardé si longtemps ses bottes de travail que, lorsqu'il les a enlevées, la peau de ses pieds est partie avec. Voilà qui était Michel-Ange.

Il n'y a pas longtemps, j'ai vu un reportage sur un artiste schizophrène qui vivait dans la rue à Los Angeles. Il peignait de magnifiques chefs-d'œuvre abstraits et on le comparait aux grands maîtres de la peinture. Maintenant, ses œuvres se vendent des dizaines de milliers de dollars parce qu'un riche a attiré l'attention des médias sur lui. L'artiste a enfilé un costume et une cravate pour le vernissage et, quand ça a été fini, même si les portes lui étaient grandes ouvertes, il est retourné vivre dans la rue. Parce que voilà qui il était.

Et moi, qui suis-je ?

114 Joyeux gobelet en carton

– Pardon, je n'ai pas saisi.

– Je t'ai demandé si tu avais noté un quelconque changement dans ce que tu ressens, Caden.

– Changement dans ce que je ressens.

– Oui. Tu as remarqué quoi que ce soit ?

Le docteur Poirot a cette fâcheuse tendance à hocher la tête, même quand je ne parle pas, et du coup j'ai du mal à savoir si je lui ai répondu ou pas.

– Si j'ai remarqué quoi ?

Pensif, il tapote son stylo sur le bureau pendant un moment. Ça me distrait et j'en oublie non seulement le sujet de cette conversation, mais aussi le sens. C'est un de ces jours-là. De quoi parlait-on ? Du dîner, peut-être ?

Je réponds :

– Mouton.

– Mouton, répète Poirot. Pourquoi mouton ?

– Je n'en suis pas sûr, mais je pense qu'on mange les marins qui n'ont plus de cerveau.

Il réfléchit très sérieusement à ma réponse, puis il attrape son petit carnet et griffonne une nouvelle ordonnance pour moi.

– J'aimerais ajouter du Risperdal à ton traitement médicamenteux, dit-il. Je pense que ça permettrait de te garder parmi nous une bonne partie du temps.

– Pourquoi on ne combinerait pas l'Ativan, le Risperdal, le Seroquel et le Dépakote en une seule pilule ? AtiRisper-Quellakote.

Le docteur glousse, puis arrache son ordonnance, mais il n'est pas idiot et ce n'est pas à moi qu'il la confie. Il la met dans mon dossier, qui sera remis aux pastels, qui l'apporteront à la pharmacie, et une nouvelle pilule atterrira dans mon joyeux petit gobelet en carton avant le dîner.

115 Double, double, peine et trouble, feu, brûle et chaudron bouillonne

Une pilule est composée à près de 99 % de choses qui n'ont rien à voir avec le médicament. On y ajoute des ingrédients supplémentaires pour la couleur, l'enrobage, et pour qu'elle ne se désagrège pas. Des trucs comme de la gomme xanthane, obtenue à partir d'une bactérie, du Carbopol, polymère acrylique comme la peinture pour la maison, et de la gélatine, élaborée à partir de cartilage de bœuf.

Quelque part au plus profond des recoins secrets de Pfizer ou de GlaxoSmithKline, ou d'une autre de ces grandes entreprises pharmaceutiques, j'imagine qu'il existe un antre sous haute sécurité où trois sorcières bossues remuent un énorme chaudron industriel de cochonneries que je préfère ignorer, mais qu'il faut que j'ingère tous les jours.

Et les versions génériques ne sont même pas mijotées par de vraies sorcières.

116 Dirty Martini

Ça finit par arriver.

Mon cerveau s'échappe à travers ma narine gauche et devient sauvage.

Je suis à l'extérieur de mon corps et je détale sur le pont au beau milieu de la nuit. Le navire est pris dans la brume. Aucun indice des étoiles ni de ce qui nous attend – ou peut-être que c'est juste que ma représentation mentale ne peut voir aussi loin. Les autres cerveaux crachent quand je m'approche. Je comprends alors que nous sommes des créatures solitaires. Solitaires et méfiantes. D'aussi près, je vois sur le pont le calfatage noir et collant entre les planches de cuivre. Cette boue bouillonne d'intentions que je préfère ignorer.

Mes pattes violettes et noueuses sont comme des racines et étincellent d'intelligence, à moins que ce ne soit qu'une série de courts-circuits. Ces pattes dendritiques tordues se prennent dans le calfatage, qui commence à m'entraîner vers le bas, comme si j'étais un dinosaure pris dans le goudron. Je sais que si je n'arrive pas à me libérer, je serai absorbé dans l'étroit interstice entre les planches de cuivre et écrasé – digéré par l'étrange substance. Grâce à un formidable effort de volonté, je réussis finalement à me dégager.

Où aller ?

Il ne faut pas que Calliope me voie dans cet état. Je suis horrible. Alors je me dirige vers la poupe et me faufile comme un lézard le long de la cloison jusqu'au bureau du capitaine, m'aplatissant au maximum pour me glisser sous la porte. S'il est vrai que je joue un rôle essentiel dans cette mission, il m'aidera. Il trouvera un moyen d'arranger ça.

Le capitaine est assis à son bureau et cherche dans l'un de mes dessins des symboles et des signes à la lueur d'une bougie à moitié fondue. Quand il me découvre en relevant la tête, son regard se change en lance-flammes.

– Sortez-moi cette chose de là ! beugle-t-il.

Il ne me reconnaît pas. Bien sûr qu'il ne me reconnaît pas – pour lui, je ne suis qu'une de ces inutiles vermines dont son navire est infesté. Je tente de m'expliquer, mais je n'y arrive pas. Je n'ai pas de bouche.

J'entends des pas. Une porte s'ouvre en grinçant et des mains, des dizaines de mains, des centaines de mains m'attrapent. Je gigote et me tortille. Je ne peux pas les laisser me capturer ! Les mains saisissent et griffent mais je parviens à leur échapper et me sauve par la porte, dévalant l'escalier pour me retrouver dans… l'humidité. Le pont est plein d'eau savonneuse et Carlyle pousse son balai vers moi. Les franges sont gigantesques ! Un mur de serpents marron dégoûtants. Je me prends un coup de balai et file à travers la marée glissante, essayant de me retenir à quelque chose, en vain. Je vois le trou d'évacuation devant moi, mais ne peux rien faire. Peu après, je suis en chute libre. Puis je me retrouve dans la mer froide, submergé sous les vagues.

J'ai mal. J'ai mal partout – et je sais que c'est comme ça que je vais mourir. Mon corps, sur le bateau, exécutera les mouvements du vivant, mais moi, je ne serai plus.

Au milieu de cette crise de panique, je sens quelque chose. Quelque chose d'énorme. Qui bouge sous moi. De dures écailles frôlent mes terminaisons nerveuses à vif. C'est une des créatures que le capitaine a évoquées. Elle est là et elle est réelle. Je recule, terrorisé. Elle disparaît en un instant… mais c'est pour mieux reprendre de l'élan en remontant – bouche ouverte, cette fois. J'agite les pattes, me débats et remonte enfin à la surface.

Je ne vois rien. Ni mer ni navire. Le brouillard est épais comme du coton.

Je sens la poussée d'eau que provoque la créature en montant vers moi.

C'est alors que, surgi de nulle part, le perroquet fond sur moi, les ailes écartées, et me saisit, ses serres se plantant dans les crêtes et circonvolutions de ma matière grise. Il me tire de l'eau et nous montons en flèche.

– Inattendu, inattendu, commente-t-il. Mais pas irréversible.

Nous montons bien au-dessus du navire, à l'abri du danger, hors de la dense accumulation de brume. Tout ce que je vois du navire est le grand mât et le nid-de-pie pointant dans la brume, mais le ciel au-dessus est dégagé. Il y a autant d'étoiles que dans la Voie lactée vue de l'espace. En quelques secondes, je suis passé de la terreur absolue à l'émerveillement absolu.

– Je peux t'offrir le don d'horizons illimités, crie le perroquet, mais seulement si tu fais ce qui doit l'être. Il est temps. Supprime le capitaine, et tout ce que tu vois d'un horizon à l'autre t'appartiendra.

J'ai envie de lui parler de la créature sous les vagues, mais je ne peux pas du tout communiquer. J'ai envie de croire que le perroquet sait lire dans mes pensées, mais ce n'est pas le cas.

– Tout est bien, déclare-t-il.

Puis il me lâche. Je tombe vers le navire dans le brouillard. Le nid-de-pie enfle sous moi, m'enveloppe et je plonge dans un liquide amer. Je suis au fond d'un immense verre à cocktail, désespérément échoué là, comme une olive dans un Dirty Martini.

Tout autour de moi, des yeux m'observent. L'arrondi du verre déforme trop les visages pour que je puisse les reconnaître.

J'entends un barman déclarer :

– Tu sais, on a mis le cerveau d'Einstein dans un bocal de formol. Si c'était bon pour lui, ce sera bon pour toi.

117 Pendant que tu étais parti

– Ça arrive, des fois, me dit Carlyle.

Il n'a pas son balai à franges : ça m'aide à savoir où je suis. L'horloge indique que la thérapie de groupe est finie depuis longtemps, mais parfois, Carlyle reste dans la salle à manger pour discuter. Pour aider.

Je répète :

– Ça arrive, des fois.

Je n'ai pas participé au groupe, aujourd'hui. J'avais d'autres soucis.

– Chacun réagit différemment aux médicaments.

C'est pour cette raison que Poirot passe son temps à les ajuster. Pour trouver le bon cocktail.

– Le bon cocktail.

J'ai conscience que je ne fais que répéter. Je le sais, mais je n'arrive pas à faire autrement. Mes pensées sont en caoutchouc et tout ce qui entre dans ma tête rebondit et me ressort par la bouche.

J'ai fait une « réaction paradoxale » au Risperdal. Ni Poirot ni les pastels n'ont vraiment voulu m'expliquer ce que c'était. Carlyle s'est montré plus ouvert.

– Je ne suis pas censé t'embêter avec les détails, mais tu as le droit de savoir ce qui s'est passé. Ton pouls s'est emballé et tu as été pris de tremblements. Ça peut te sembler terrible, mais ce n'était pas grave, en fait.

Je n'ai aucun souvenir de ces choses-là. J'étais Ailleurs.

Carlyle pousse une assiette vers moi, me rappelant que je dois manger.

Alors je mange, en essayant de me focaliser sur le fait de mâcher et d'avaler, mais même quand je tente de me concentrer, mon esprit s'évade. Je pense à Calliope, que je n'ai pas vue depuis des jours. Il faut que j'aille à la proue. Je pense aux barmen et me demande quelles substances diaboliques ils vont verser dans mon cocktail. Rate de caméléon. Testicule de tarentule. Au bout d'un moment, je me rends compte que je suis assis, fourchette en l'air, avec de la nourriture qui dégouline d'un côté de ma bouche. Si ça se trouve, ça fait des heures que je suis dans cette position, mais sans doute pas, parce que Carlyle ne m'aurait pas laissé comme ça plus de quelques secondes. Il me rappelle de mâcher et d'avaler. Puis il me rappelle encore de mâcher et d'avaler. C'est une régression. Nous le savons tous les deux.

Carlyle me prend ma cuillère et la pose.

– Tu mangeras peut-être davantage plus tard, dit-il, comprenant que ce repas ne se fera pas.

– Je mangerai peut-être davantage plus tard.

J'ai bien remarqué que, par magie, la fourchette s'est transformée en cuillère.

118 Zimple phyzique

Le navire monte et descend, monte et descend. Une lanterne suspendue au plafond bas de ma cabine se balance en suivant le mouvement et les ombres s'approchent de moi puis s'éloignent, et semblent chaque fois se rapprocher un peu plus.

Le capitaine supervise lui-même le retour de mon cerveau dans ma boîte crânienne. Pour décrire l'opération, l'idée de remettre du dentifrice dans son tube serait encore bien loin du compte.

– On accomplit zezi en créant un vide à l'intérieur du crâne, explique le médecin du bord. Puis le zerveau zerrant est introduit par la narine gauche, moment zauquel il est azpiré pour remplir le vide. Pure et zimple phyzique.

Le médecin du bord, que je n'ai jamais vu et ne reverrai jamais, ressemble à Albert Einstein et parle curieusement comme lui. Il paraît que le cerveau du savant serait dans un bocal. Une fois l'opération terminée, je me sens encore un peu hors de mon corps. Le capitaine me regarde et secoue la tête, déçu.

– Quand on se couche avec les chiens, on attrape la rage, me lance-t-il sans compassion aucune.

Je ne crois pas que ce soit l'expression exacte, mais je vois ce qu'il veut dire.

– Si tu choisis de faire confiance à l'oiseau et à ces satanés barmen, voilà ce qui t'attend. C'est à moi que tu dois faire confiance, pas à leurs mixtures qui t'aspirent le cerveau. Je pensais que tu aurais compris, depuis le temps !

Le capitaine se dresse au-dessus de moi. Diminué comme je le suis, il me semble tellement hors du commun. Il me tourne le dos, prêt à partir, mais je ne veux pas qu'il s'en aille. Je ne vois pas le navigateur et, là, je ne veux pas me retrouver tout seul.

– Je l'ai senti passer près de moi… lui dis-je.

Le capitaine se retourne lentement vers moi et m'observe.

– Qu'est-ce qui est passé près de toi ?

– Quelque chose de gigantesque. Avec des écailles.

Comme du métal. Puis ça a plongé dans les profondeurs avant de se lancer à la surface. J'ai senti sa faim. Ça voulait me dévorer.

Je n'ose pas lui avouer que le perroquet m'a sauvé avant que la créature ne m'avale.

Le capitaine s'assoit au bord de mon lit.

– Ça, c'est le Serpent abyssal – un adversaire très redoutable. Maintenant qu'il a posé les yeux sur toi, il te traquera jusqu'à ce que l'un de vous deux ne soit plus. Il ne te laissera jamais en paix.

Et même si ce n'est pas une bonne nouvelle, le capitaine sourit.

– Que le Serpent abyssal te considère digne de son attention est bon signe pour toi. Ça signifie que tu vaux bien plus qu'on pourrait le penser au premier regard.

Je détourne les yeux et m'allonge face au mur, essayant d'échapper à la promesse du serpent.

– Si ça ne vous dérange pas, lui dis-je, il y a certains regards que j'aimerais mieux ne pas croiser.

119 Petit moulin à paroles

Mon niveau d'anxiété atteint un nouveau sommet et je tourne autour du poste des infirmières, ce qui rend Dolly, l'infirmière de service ce matin, nerveuse.

– Dis donc, mon grand, tu ne devrais pas être à ton groupe, là ?

– Je ne crois pas.

– Et tu n'as pas mieux à faire ?

– Je ne crois pas.

Elle se plaint à l'autre infirmière que notre emploi du temps à nous, patients, ne soit pas assez structuré et, à la fin, elle finit par demander à l'aide-soignant aux tatouages de me conduire ailleurs.

– Tu n'as pas envie de regarder la télé dans la salle de jeu ? Y a des copains à toi qui matent *Charlie et la chocolaterie*. Le premier – pas celui qui fait flipper avec Johnny Depp.

Sa proposition m'agace aussitôt.

– D'abord, ce n'est pas parce qu'on a des Oompa-Loompa qui s'agitent dans le cerveau qu'on est tous amis. Et ensuite, le film d'origine s'appelle *Willy Wonka et la chocolaterie* – même si, techniquement, ce n'est pas vrai, puisqu'il y a d'abord eu le livre et que c'était Charlie dans le livre, vous avez quand même tort, n'empêche.

Il ricane, ce qui m'énerve encore plus.

– Eh ben, on est un vrai petit moulin à paroles aujourd'hui !

Pour qui il se prend, lui ? Un instit de maternelle pour Hells Angels ? Je lui balance :

– J'espère que vos crânes vous dévoreront dans votre sommeil.

Ça, ça ne le fait pas rire, et je sens que je peux considérer ça comme une petite victoire.

120 Pas ce qu'indiquent les cartes

La mère d'Hal le gratifie d'une de ses visites surprises. Je n'y assiste pas, parce que je ne suis pas dans la salle de jeu. Je n'arrive même pas à rester assis assez longtemps pour dessiner – j'arpente à nouveau le pont pour contrebalancer les mouvements de l'océan. On me donnerait un Ativan de plus si je le demandais, mais je ne le fais pas. Le barman est bien trop généreux avec les cocktails et l'idée de grimper jusqu'au nid-de-pie ne fait que m'angoisser davantage.

Quand nous sommes tous deux de retour dans notre chambre, Hal me fait part de son aventure maternelle. Sa mère est restée plus longtemps, cette fois. Elle a même joué aux échecs avec lui. C'est ce qu'on appelle communément une « alerte rouge ».

– Alors, qu'est-ce que ça cache ? je lui demande.

– Elle part vivre à Seattle. Elle est enchantée et voulait me l'annoncer.

– Pourquoi Seattle ?

– Elle est dans un processus d'acquisition d'un nouveau mari, et c'est là qu'il habite.

Je n'arrive pas bien à savoir ce qu'Hal en pense.

– C'est bien, non ? Tu iras là-bas quand tu auras fini ici ?

Hal fixe le plafond, allongé sur son lit.

– Ce n'est pas ce qu'indiquent les cartes.

– Elle ne va pas t'emmener ?

– Je ne distingue pas de voie vers le Pacifique nord-ouest.

Il reste un instant silencieux avant d'ajouter :

– Son fiancé me trouve « rebutant ».

Je m'apprête à lui dire que c'est sa mère et qu'elle ne peut pas l'abandonner comme ça, mais je me rappelle qu'on lui a déjà retiré la garde d'Hal.

Il se tourne vers la cloison. Je sens le navire monter et descendre, chevauchant une lente et puissante houle.

– Ce n'est pas grave, me dit Hal. De meilleures destinations m'attendent.

121 Anciens et nouveaux visages

Le lendemain matin, il y a de nouveaux visages dans le groupe et d'anciens visages en moins. La remise de diplômes ne se fait pas le même jour pour tout le monde et la population est en roulement permanent. Des fois, les adieux sont chaleureux, parfois les sorties se font en douce. Tout dépend de ce que chacun veut.

– Ils font entrer ou sortir les gens à coups de rayons, m'explique un nouveau qui s'appelle Raoul. Je les ai vus.

Plutôt que de réfuter la réalité selon Raoul, je lui dis

que je ne suis pas autorisé à discuter avec des gens dont le prénom comporte trop de voyelles consécutives.

Aujourd'hui, Azur, qui arrive à la fin de son puzzle, a l'air un peu moins en colère.

– Il y a une raison à tout cela, déclare-t-elle.

Elle fixe Carlyle comme pour rechercher son approbation. Puis elle ajoute :

– Ma mère dit que Dieu ne nous donne jamais rien qu'on ne puisse surmonter.

Ce à quoi Hal répond :

– Ta mère a la tête dans le cul.

– Hé ! aboie Carlyle.

Hal est exclu du reste de la session. Règle numéro un : les remarques désobligeantes valent d'être exclu sur-le-champ. Sauf, bien sûr, si on cherche à se faire virer avant la fin. Dans ce cas ce n'est pas une punition, mais une agréable occasion de se montrer grossier.

– Caden, reprend Carlyle, en quête de modérés parmi les extrémistes. Que penses-tu de ce qu'Azur vient de nous dire ?

– Qui, moi ?

Je m'attends à une repartie mordante du style :

« Non, le Caden qui se cache dans le conduit d'aération. »

Mais il se contente de répondre :

– Oui, toi.

Comme si je n'essayais pas simplement de gagner du temps et que je croyais vraiment qu'il s'adressait au Caden du conduit. Parfois, Carlyle manque vraiment de repartie.

– Je ne pense pas que Dieu nous ait « donné » ça, pas plus qu'il ne donne le cancer à des petits enfants ou qu'il ne fait gagner les pauvres à la loterie. S'il doit nous offrir quelque chose, c'est le courage de faire face.

– Et pour ceux qui n'ont pas le courage de faire face ? demande Raoul.

Je prends un air sérieux, en ouvrant de grands yeux émus.

– Facile. Ça, ce sont les gens que Dieu déteste vraiment carrément.

J'espère un instant que Carlyle va me virer du groupe, mais je n'ai pas cette chance.

122 Histoire de la folie

Si on y réfléchit dans une perspective historique, on voit bien que la façon dont le grand public perçoit les désordres de la chimie du cerveau a été aussi variée et bizarre que ses symptômes eux-mêmes.

Si j'étais né Amérindien à une autre époque, on aurait pu louer mes talents de guérisseur. Mes voix auraient été perçues comme celles d'ancêtres me faisant part de leur sagesse. J'aurais eu droit à de nombreux égards mystiques.

Si j'avais vécu dans les temps bibliques, on aurait pu me considérer comme un prophète, parce que, regardons les choses en face, il n'y a que deux possibilités : soit les prophètes entendaient vraiment Dieu leur parler, soit c'étaient des malades mentaux. Je suis sûr que si un prophète ou une prophétesse faisait son apparition aujourd'hui, on lui ferait un bon paquet d'injections d'Haldol, jusqu'à ce que le ciel s'ouvre et que les médecins prennent, de la main de Dieu, une baffe dont ils se souviendraient.

Au Moyen Âge, mes parents auraient fait appel à un exorciste parce que j'aurais manifestement été possédé par des esprits malins, peut-être même par le diable en personne.

Et si j'avais vécu dans l'Angleterre de Dickens, on m'aurait jeté à Bedlam, qui n'est pas qu'une façon imagée d'évoquer la folie[1]. C'est un endroit qui a existé – un « asile de fous » où les malades étaient emprisonnés dans des conditions inconcevables.

Vivre au vingt et unième siècle me garantit un bien meilleur pronostic de traitement, mais, parfois, j'aimerais vivre à une époque d'avant la technologie. Je préférerais que tout le monde me voie comme un prophète plutôt que comme un pauvre malade comme les autres.

---

1. *En anglais, le nom de cet hôpital psychiatrique est passé dans le langage courant et renvoie plus généralement au chaos, à la folie.*

123 Barde et chien

Raoul, le nouveau, est visité par des morts célèbres. Par Shakespeare, surtout. Mais est-ce qu'il s'agit de son fantôme ou du résultat d'un voyage dans le temps, personne ne le sait vraiment.

Un jour qu'on traîne près du poste des infirmières, je lui demande :

– Alors, qu'est-ce qu'il raconte, Shakespeare ?

Il se met aussitôt sur le qui-vive.

– Laisse-moi tranquille ! Tu vas me dire qu'il n'existe pas, mais j'ai ma théorie, OK ? J'ai ma théorie.

Il me laisse, furieux, pensant sans doute que je vais me moquer de lui, mais je n'en ai pas l'intention. J'ai acquis beaucoup de respect pour les illusions et/ou hallucinations – même si je ne sais pas exactement desquelles souffre Raoul. Est-ce qu'il voit le « barde de Stratford » ? Est-ce qu'il l'entend, juste ? Ou est-ce qu'il me prend pour Shakespeare quand je m'adresse à lui ?

À une époque, avant de me retrouver ici, j'aurais trouvé tout ça marrant. Quand je faisais partie du monde et pas du « club ». Le monde adore se moquer de l'absurdité de la folie. J'imagine que ce qui amuse les gens, c'est la grossière déformation de quelque chose de très familier. Par exemple, le beaucoup de bruit pour rien de Raoul lui vient de son père, un acteur shakespearien raté qui a abandonné son rêve pour monter une colo de théâtre pour enfants défavorisés.

Je me sens mal de m'être montré agressif avec lui en groupe, alors maintenant j'éprouve un terrible besoin de l'aider. Et qu'est-ce qui pourrait être pire que d'essayer de l'aider ? Donc je suis Raoul dans la salle de jeu où Azur travaille à son puzzle et où une poignée d'autres jeunes regardent un film avec des chiens qui parlent – comme si on avait vraiment besoin d'ajouter des chiens qui parlent à notre ragoût mental.

Raoul se laisse tomber sur une chaise et je m'assois en face de lui. Je lui demande :

– C'est une tragédie ou une comédie ?

Il tourne sa chaise pour ne plus me voir mais il ne se lève pas pour s'en aller, ce qui veut dire qu'il ne fait qu'adopter une posture. Il a envie de savoir où je veux en venir.

– Shakespeare a écrit des tragédies et des comédies. Dans quel genre de pièce tu te sens quand il te parle ?

En fait, le Barde a aussi écrit des poèmes d'amour, mais si Shakespeare récite des sonnets à Raoul, c'est une tout autre histoire.

– Je... je ne sais pas, répond-il.

– Si c'est une tragédie, lui dis-je, rappelle à Shakespeare qu'il a aussi un penchant comique. Mets-le au défi de te faire rire.

– Va-t'en ! lance-t-il.

Comme je ne bouge pas, il rejoint le groupe de mateurs de chiens. Mais je vois bien qu'il ne regarde pas vraiment le film – il réfléchit à ce que je lui ai dit, c'est tout ce que je voulais.

Je ne suis pas un Poirot ni même un Carlyle ; je ne sais pas si je lui ai donné un bon conseil ou pas, mais les mondes que l'on aborde sont parfois si sombres que tout ce qu'on peut faire pour y apporter un peu de lumière est forcément bien, pas vrai ?

124 La vérité qui blesse

J'ai été insensibilisé aux horreurs de la thérapie de groupe. Les détails marquants, les confessions éplorées, les coups de gueule enragés. Tout ça n'est plus qu'un vaste bruit de fond. Carlyle est un bon animateur. Il essaie de n'être qu'une petite souris dans un coin et nous laisse parler entre nous, ne nous donnant des conseils ou ne nous guidant que lorsque c'est nécessaire.

Avec Alexa c'est quasiment pareil tous les jours. Dès que la scène est à elle, elle sort sa tactique pour accaparer la parole – surtout quand il y a des nouveaux dans le groupe. Elle revit sans cesse les horreurs que lui a fait subir son beau-frère et ce qu'elle a ressenti en se tranchant la gorge – elle utilise juste des intros et des mots différents pour nous piéger en nous laissant croire qu'elle nous emmène ailleurs.

Est-ce que c'est faire preuve d'indifférence que de vouloir qu'elle arrête ? Est-ce que c'est cruel d'avoir envie de lui crier de fermer sa gueule, putain, après avoir entendu son histoire pour la millième fois ? Je me rends compte que je me sens un peu plus lucide que d'habitude, aujourd'hui. Un petit peu plus cohérent. J'arrive à enchaîner des idées. Peut-être que ça ne va pas durer mais je suis décidé à en profiter tant que je reste dans cet état.

Dans sa version du jour, Alexa est devant le miroir, se regarde profondément dans les yeux et décide qu'elle n'y voit rien à sauver, mais avant qu'elle ne lève le couteau suisse à sa gorge, je crie :

– Excusez-moi, mais j'ai déjà vu ce film.

Tous les regards se tournent vers moi.

Je poursuis :

– Attention, spoiler ! La fille essaie de se tuer, mais elle survit et son ordure de beau-frère se barre et disparaît de la vie de tout le monde. C'était vraiment déchirant, les premières fois, mais maintenant, ça fait franchement réchauffé – même pour les chaînes du câble.

– Caden, dit Carlyle avec précaution, comme s'il essayait de deviner s'il faut couper le fil jaune ou le fil bleu d'une bombe. Tu es un peu dur, là.

– Non, je suis honnête. On n'est pas censé être honnête, ici ?

Puis je me tourne vers Alexa qui me fixe, sans doute terrorisée par ce que je m'apprête à balancer.

– Chaque fois que tu le revis, c'est comme s'il te le refaisait encore et encore. Mais ce n'est même plus lui – c'est toi qui te l'infliges. Maintenant, c'est toi qui t'obliges à être sa victime.

– Ah oui, alors je dois juste oublier, c'est ça ?

Les larmes lui montent aux yeux, mais je n'ai aucune compassion aujourd'hui.

– Non, tu ne dois jamais oublier. Mais il faut que tu digères et que tu passes à autre chose. Vis ta vie, sinon ça veut dire qu'il t'aura aussi volé ton avenir.

– Tu es horrible ! crie-t-elle. Je te déteste !

Puis elle se cache le visage dans les mains et sanglote.

– Euh… je pense que Caden a raison, avance Raoul avec appréhension.

Hal approuve par un hochement de tête, Azur détourne les yeux, comme si elle s'en fichait complètement, et les autres se contentent de fixer Carlyle, trop effrayés ou trop shootés pour avoir un avis sur la question.

Carlyle, qui s'inquiète encore de savoir quel câble couper, commente prudemment :

– Eh bien, Alexa a le droit d'éprouver ce qu'elle éprouve…

– Merci, fait Alexa.

–… mais peut-être que Caden soulève un problème plus vaste auquel nous devrions réfléchir.

Puis il nous demande ce que « passer à autre chose »

signifie pour chacun d'entre nous et une discussion calme s'ensuit. Même si je pensais ce que j'ai dit, je suis quand même soulagé qu'il ait trouvé le bon câble à couper.

Une fois la session terminée, Carlyle me demande de venir le voir. Je sais pourquoi. Il va me faire la leçon sur la façon dont je me suis comporté en groupe aujourd'hui. Il va peut-être même menacer d'en parler à Poirot.

Alors je n'en reviens pas quand il déclare :

– Tu t'es montré très pertinent, tout à l'heure.

Devant ma surprise, il ajoute :

– Hé, il faut rendre à César ce qui appartient à César. Ce n'était peut-être pas le meilleur moyen de le lui dire, mais Alexa avait besoin de l'entendre, qu'elle en ait conscience ou pas.

– Ouais, et maintenant, elle me déteste.

– Ne t'en fais pas. Quand la vérité nous blesse, on en veut à celui qui nous la livre.

Puis il me demande si je connais mon diagnostic – parce que les médecins laissent toujours le choix aux parents de nous l'expliquer eux-mêmes. Mes parents m'ont lâché quelques mots à la mode dans le domaine des maladies mentales, mais en restant très vagues.

Je finis par admettre :

– Personne ne m'a rien dit. En tout cas, pas directement.

– Oui, c'est comme ça, au début. Surtout parce que les diagnostics changent, mais aussi parce que les mots eux-mêmes ont un tel bagage. Tu vois ce que je veux dire ?

Je vois exactement ce qu'il veut dire. J'ai entendu Poirot parler à mes parents. Il utilisait des mots comme *psychose* et *schizophrénie*. Des mots que les gens pensent qu'il vaut mieux murmurer, ou ne pas dire du tout. La-Maladie-Mentale-Dont-On-Ne-Doit-Pas-Prononcer-Le-Nom.

– J'ai entendu mes parents dire « bipolaire », mais je crois que c'est juste parce que ça sonne mieux.

Il hoche la tête – il comprend.

– Ça craint, hein ?

Je rigole. Ça me fait du bien de l'entendre formuler aussi clairement.

– Non, c'est une vraie promenade de santé. Comme quand on se balade dans le parc Yellowstone et que le geyser Old Faithful vous envoie un bon jet de vapeur bouillant dans le cul.

C'est à son tour de rire.

– Ton traitement doit marcher, si tu retrouves le sens de l'humour.

– Quelle chance !

Carlyle me fait un grand sourire.

– Tu peux ironiser, mais c'est assez encourageant.

C'est assez, cétacé... D'un coup, je revois le mur de la chambre de Mackenzie. Je me demande s'il a été repeint pour effacer toute trace de ma maladie dans sa chambre. Après tout, ces dauphins samouraïs ont de quoi témoigner d'une psychose.

125 Promenade

Je suis assis dans la Vista Lounge et je dessine, pendant que Callie regarde par la fenêtre. Voilà comment nous passons notre temps libre, le peu que nous avons. Mon estomac fait des siennes. Des gaz, une indigestion, ou je ne sais quoi. Mais cet inconfort me semble sans importance parce que je suis ici, avec Callie. La grande baie panoramique perd de sa chaleur par cette journée nuageuse : il fait froid dans la salle. Mais je ne peux pas réchauffer Callie dans la journée, alors que partout des yeux nous guettent. J'imagine qu'elle vient dans ma chambre toutes les nuits pour emprunter ma chaleur – mais je crois que ça ne s'est produit qu'une fois. N'empêche que, pour cette fois-là, je suis heureux de croire en mon imagination.

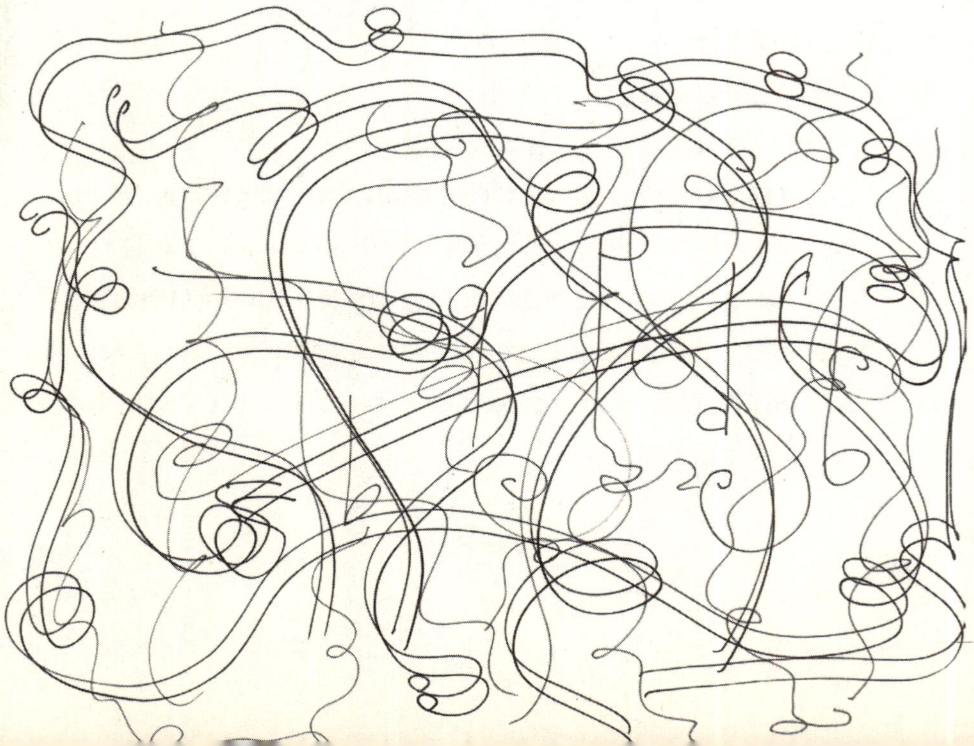

Une musique d'ambiance insipide se diffuse dans la Vista Lounge à travers des haut-parleurs encastrés dans le plafond, hors de portée pour qu'on ne puisse pas les attraper et les arracher. Des cuivres en sourdine résonnent sur un ton monotone comme les parents de Charlie Brown. *Bwah-wa-wah, Bwah-mwah-wa-wah*. Ici, même la musique est sous traitement.

Callie jette un coup d'œil à mon carnet de croquis.

– Tu dessines différemment depuis que tu es malade, n'est-ce pas ?

Ça m'étonne qu'elle le sache, mais ça ne devrait sans doute pas me surprendre. J'ai l'impression qu'on se connaît depuis bien plus longtemps qu'on ne s'est rencontrés.

– Je ne dessine plus vraiment. Ces derniers temps, j'évacue juste des trucs hors de ma tête.

Elle me fait un grand sourire.

– J'espère qu'il restera encore quelque chose à l'intérieur quand tu auras fini.

– Ouais, moi aussi.

Puis elle me prend doucement le bras.

– J'ai envie de marcher, dit-elle. Tu viens avec moi ?

C'est nouveau de sa part. Une fois qu'elle est plantée devant la baie panoramique, elle s'en détache rarement, jusqu'à ce que quelqu'un la force à s'en aller.

– Tu es sûre ?

– Oui, dit-elle.

Et elle répète :

– Oui, j'en suis sûre, comme si elle avait besoin de le dire deux fois pour s'en convaincre

Nous allons dans le couloir et nous marchons – promenade à l'ancienne, bras dessus, bras dessous, défi à la règle du « pas de contact physique ». Personne ne nous en empêche.

Nous arrivons dans la grande salle ovale.

– Comme un bon gros zéro, a un jour commenté Hal, qui en tirait une grande signification.

Ici, on peut marcher sans avoir à faire demi-tour, parce qu'une fois qu'on se met en route, on n'arrive jamais au bout de la pièce. Aujourd'hui, je compte les tours à chaque fois que je passe devant le poste des infirmières, mais je perds vite le fil.

Je demande à Callie :

– Tu ne veux pas retourner là-bas ?

Pas parce que j'en ai envie, mais parce qu'elle, elle devrait en avoir envie.

– Non. Il n'y a plus rien à voir aujourd'hui.

– Mais…

Elle se tourne vers moi et attend que je poursuive. J'aimerais pouvoir, sauf que je n'ai pas la moindre idée de ce qu'introduisait mon « mais ». Alors je la raccompagne jusqu'à sa chambre.

– Tu devrais finir ton dessin, me dit-elle. Je veux le voir quand il sera fini.

Comme je ne faisais que croquer des impressions liées

à la musique d'ambiance, le produit fini m'intéresse moins qu'elle.

– Bien sûr, lui dis-je. Je te le montrerai.

En général, quand nous discutons, nous ne sommes jamais si mal à l'aise. Même quand on ne dit rien, on l'est moins qu'à cet instant. Mon estomac gronde et commence à me faire mal. On dirait l'écho de la gêne entre nous. Callie finit par m'avouer ce qui la travaille.

– Je suis inquiète, avoue-t-elle. Inquiète qu'on ne se libère pas l'un l'autre.

Même si je ne suis pas certain de comprendre ce qu'elle veut dire, ça me perturbe quand même.

– Ce n'est pas nous qui décidons. C'est Poirot.

Elle secoue la tête.

– Poirot se contente de signer les papiers.

Nous sommes devant la porte de sa chambre. Furieux-Bras-de-la-Mort passe dans le couloir en nous lançant un regard du style « je vous ai à l'œil », avant de s'éloigner.

– Nous partirons d'ici, m'annonce-t-elle. Mais nous ne partirons pas ensemble. L'un de nous deux se retrouvera tout seul.

Même si je n'ai pas envie d'y penser, je sais qu'elle a raison. Dure réalité parmi la dure irréalité.

– Nous devons promettre de nous libérer l'un l'autre le moment venu, poursuit-elle. Je te le promets... Et toi, tu es prêt à le faire ?

– Oui. Je te le promets aussi.

Mais je sais que c'est plus facile à dire qu'à faire. Et si les pensées valent un penny, les promesses doivent valoir bien moins. Surtout celles qu'on risque de ne pas tenir.

126 Une bonne douleur

Mon ventre est la mer qui s'agite et se déchaîne avec une sombre et profonde acidité et des intentions malveillantes. L'inconfort interne s'est mué en souffrance absolue. Mon estomac gronde de mal-être gazeux, tout comme l'océan sous la coque de notre navire.

– Le Serpent abyssal nous poursuit, m'apprend le navigateur. Certains ont les articulations qui se contractent à l'approche de la pluie, et toi, tu sens cette saloperie de créature parcourir tes entrailles.

Puis il va prendre une de ses cartes d'un monde inexistant et un crayon qu'il n'est pas censé avoir dans notre cabine.

– Dis-moi où tu le sens et je vais nous élaborer une trajectoire pour contrecarrer sa poursuite, reprend-il.

J'indique les endroits où mes entrailles gargouillent et me lancent, grondent et me tiraillent. Le navigateur traduit mes intestins en furie avec une concentration d'acier et dessine un nœud intriqué de lignes sur sa carte – un chemin qui se chevauche sans cesse dans toutes les directions, sauf tout droit. Puis il court livrer sa carte modifiée au capitaine.

– C'est une bonne douleur, me rassure le capitaine quand il vient surveiller mon état. Suis tes tripes : elles ne t'égareront jamais.

127 Tu ne t'es pas demandé *si* c'était fait exprès ?

L'infirmière dit que ce n'est pas une intoxication alimentaire parce que personne d'autre n'est malade. J'ai dû attraper ça à cause des aubergines à la parmesane que ma mère m'avait préparées. Elle me les avait passées en douce parce qu'on n'est pas censé manger de la nourriture venue de l'extérieur. Je les avais cachées dans mon placard, où je les ai complètement oubliées avant de tomber dessus le lendemain et de les manger. On ne fait pas meilleur argument en faveur de la réfrigération. J'ai trop honte pour avouer à qui que ce soit que, si j'ai les intestins en vrac, c'est ma faute – même si Hal est au courant, parce qu'il m'a vu cacher l'assiette. Mais je sais qu'il ne dira rien. Il ne parle plus du tout aux pastels, ni aux docteurs, ni à Carlyle. Je n'arrive presque plus à bouger, tellement j'ai mal, sauf pour m'agiter dans mon lit. Les pastels m'administrent un traitement qui ne me soulage pas du tout, comme s'ils essayaient d'éteindre un incendie de forêt avec un pistolet à eau.

Je pousse un grand gémissement et Hal lève les yeux de son putain d'atlas assez longtemps pour lancer :

– Tu ne t'es pas demandé si c'était fait exprès ? Peut-être que tes parents ont cherché à t'empoisonner.

– Waouh, merci Hal. C'est exactement ce que j'avais besoin d'entendre.

En fait, j'y avais déjà pensé, mais d'entendre Hal le formuler rend cette inquiétude bien plus réelle et ça me tape sur les nerfs. Comme si je n'étais pas assez parano comme ça.

Il hausse les épaules.

– J'essaie juste de t'offrir plus de perspicacité, efficacité, explicitation, expiration. Si tu expires, je saluerai ta mort de vingt et un coups de fusils, mais tes parents proches devront fournir les vingt et un fusils.

128 Intestin en temps partagé

Je me retrouve à nouveau enchaîné à la table de la Cuisine Blanc Plastique. Je suis assez lucide pour savoir qu'il s'agit d'un rêve. Assez lucide pour savoir que mon estomac ne me laisse aucun répit, pas même dans mon sommeil.

Les monstres aux masques ressemblant à mes parents sont là, et cette fois, il y a aussi une créature avec le visage de Mackenzie. Le masque est une sorte de mélange entre ma sœur et *Le Cri* d'Edvard Munch – des cheveux blonds et une terrifiante bouche qui pousse un hurlement –, même si, derrière le masque, j'entends un rire.

Les trois créatures pressent leurs oreilles vulcanoïdes contre mon ventre enflé et mon ventre leur parle par grognements gutturaux diaboliques, comme si Satan lui-même s'était offert une location en temps partagé de mon appareil intestinal.

Ils écoutent, hochent la tête, répondent à des questions dans le même langage guttural.

– Nous comprenons, disent-ils. Nous ferons ce qui doit être fait.

Puis l'ignoble chose logée dans mon estomac commence à creuser pour se frayer un chemin vers la sortie.

129 Contre nous

La mer est agitée d'incessantes déferlantes. Sous moi, mon sac de couchage est trempé. Des gouttes de condensation tombent du plafond vert pâle de cuivre terni.

Le capitaine se tient au-dessus de moi et m'observe. Il me jauge de son bon œil.

– Content de te revoir, mon garçon, dit-il. Nous pensions t'avoir perdu.

D'une voix rauque, je demande :

– Qu'est-ce qui m'est arrivé ?

– On t'a passé sous la quille, m'explique-t-il. On est venu te chercher en pleine nuit dans tes quartiers, on t'a monté sur le pont, on t'a retourné comme un gant, puis on t'a attaché à une corde et balancé par-dessus bord.

Je ne me rappelais rien de tout cela jusqu'à ce qu'il m'en parle – comme si ses mots composaient ma mémoire.

– Quelqu'un s'est lassé de t'entendre geindre à cause de ton ventre, alors on te l'a nettoyé en exposant tes entrailles à la mer et en te traînant contre la quille incrustée de bernacles du navire, avant de te faire remonter de l'autre côté. Ce qui était à l'origine de ta détresse a été raclé bien comme il faut.

Quand il en parle, je sens chacune des bernacles. Je sens mes poumons en feu, luttant pour respirer de l'oxygène qui n'est plus là. J'hurle en silence dans les profondeurs, puis j'emplis mes poumons d'eau de mer fatale, et je perds conscience.

– Beaucoup de marins en ressortent brisés, sans espoir de s'en remettre, m'annonce le capitaine. Mais tu sembles avoir bien résisté.

Je demande faiblement :

– Est-ce que je suis toujours retourné comme un gant ?

– Pas à ce que je vois. À moins que ton intérieur ressemble beaucoup à ton extérieur.

– C'est vous qui avez donné l'ordre de me passer sous la quille ?

Il prend l'air insulté.

– Si c'était moi, le dernier visage que tu aurais vu avant d'être précipité à l'eau aurait été le mien, ainsi que le premier en en ressortant. Je m'attribue toujours le mérite de mes actes de cruauté. Agir autrement serait pure lâcheté.

Il commande au navigateur, qui me regarde de sa couchette, d'aller me chercher de l'eau. Une fois celui-ci parti, le capitaine s'agenouille près de moi et murmure :

– Écoute-moi bien. Ceux qui te semblent tes amis ne le sont pas. Ceux qui te paraissent être d'une certaine façon sont le contraire. Un ciel bleu peut être orange, le haut peut se faire passer pour le bas et il y a toujours quelqu'un pour essayer d'empoisonner le repas. Tu me suis ?

– Non.

– Bien. Tu commences à apprendre.

Le capitaine regarde autour de nous pour vérifier que personne ne nous épie.

– Ça fait un bon moment que tu soupçonnes quelque chose à ce sujet, pas vrai ?

Je n'ai pas envie de le reconnaître, mais je me rends compte que je hoche la tête quand même.

– Je peux maintenant te confirmer que tes peurs sont fondées. Tout est vrai : des forces te surveillent à chaque minute, chaque jour, et complotent contre toi. Contre nous.

Il m'attrape par le bras.

– Ne fais confiance à personne sur ce navire. Ne fais confiance à personne hors de ce navire.

– Et vous ? Je peux vous faire confiance ?

– Qu'est-ce que tu n'as pas compris dans : « Ne fais confiance à personne » ?

Puis le navigateur revient avec une tasse d'eau que le capitaine vide sur le sol, parce qu'il faut même se méfier du navigateur.

190 Rester brisé

Ma détresse intestinale passe, prouvant que ce n'était rien d'autre qu'une intoxication due à des aubergines avariées. Pour Poirot, que je comprenne que mes parents ne cherchaient pas à m'empoisonner sonnerait comme une victoire. Que je comprenne que cette impression relève de la paranoïa.

– Plus tu remettras en question ce que ta maladie voudrait te faire croire, plus vite tu iras assez bien pour rentrer chez toi.

Ce qu'il ne saisit pas, c'est que, même si une partie de moi commence à sentir ce qui tient du délire, l'autre partie n'a toujours pas d'autre choix que d'y croire. Aujourd'hui, la version aubergine empoisonnée me paraît très peu probable. Mais demain, peut-être que je recommencerai à délirer en imaginant que mes parents essaient de me tuer. Et j'y croirai aussi fortement que je crois que la terre est ronde. Et si soudain j'ai l'impression que la terre est plate, je suis susceptible d'y croire aussi.

Mon seul point de stabilité, c'est Callie, mais elle commence à m'inquiéter. Pas parce qu'elle va moins bien, mais parce qu'elle va mieux. Elle ne passe plus autant de temps devant la baie panoramique de la Vista Lounge. Un tel manque de comportement obsessionnel pourrait donner à Poirot la tentation de la renvoyer chez elle.

Je fais une horrible prière ce soir-là. Le genre de prière qui me vaudrait sans doute d'être damné, si je croyais en ces trucs. Ce qui pourrait, ou non, être le cas. Ça reste à déterminer.

– S'il te plaît, reste brisée, Callie. S'il te plaît, reste brisée aussi longtemps que moi.

Je sais que c'est égoïste, mais je m'en fiche. Je ne peux pas envisager de ne plus la voir sourire. Je ne peux pas envisager de ne plus lui tenir chaud. Peu importe ce que je lui ai promis, je ne peux pas envisager de rester ici sans elle.

131 Forteresses de carton

Pour la première fois, mes parents viennent avec Mackenzie. Je sais pourquoi ils ne l'ont pas fait jusqu'ici. Parce que je fais peur, parfois. Pas comme avant d'être ici, à la maison, mais peur quand même. Et puis, il y a tous les autres. Mackenzie est forte, mais une aile psychiatrique pour les jeunes n'est pas un endroit pour les jeunes.

Mes parents m'ont prévenu qu'ils viendraient avec elle, malgré leurs réserves.

– Elle est persuadée que c'est bien pire ici que ça ne l'est en réalité, m'a expliqué ma mère. Tu connais sa faculté à imaginer des choses. Et ça vous fera du bien de vous voir, tous les deux. Le docteur Poirot est d'accord.

C'est comme ça qu'un jour, à l'heure de la visite, quand ceux d'entre nous qui reçoivent des visiteurs sont escortés dans la salle de jeu par les pastels, je trouve ma sœur assise à une table avec mes parents.

Quand je la vois, j'hésite un instant, parce que j'avais complètement oublié qu'elle serait là. Un peu comme si je craignais de la briser en l'approchant de trop près. Je n'ai pas envie de la briser et je n'ai pas envie qu'elle me voie dans cet état. Mais c'est l'heure des visites. On ne peut pas fuir l'heure des visites. J'approche ma famille avec précaution.

– Salut, Caden.

– Salut, Mackenzie.

– Ça a l'air d'aller. À part tes cheveux en pétard.

– Toi aussi, tu as l'air en forme.

Mon père se lève et tire la seule chaise encore libre à la table.

– Et si tu t'asseyais, Caden.

Je fais ce qu'on me dit. Je m'assois et tente de mon mieux de contrôler mes genoux pour qu'ils arrêtent de s'agiter, ce que je ne réussis qu'en leur consacrant toute mon attention. Mais quand je leur consacre toute mon attention, je perds le fil de la conversation. Et je ne veux pas. Je veux briller pour Mackenzie. Je veux dégager des ondes disant que tout va bien. Je ne crois pas que j'y arrive.

Les lèvres de Mackenzie bougent et elle a le regard tout ému. Je saisis la fin de ce qu'elle est en train de me raconter.

–... et à la danse, les mères en furie ont failli s'entretuer, alors maman, qui n'a rien à voir avec ces tarées, m'a trouvé un cours plus calme où les gens ne sont pas complètement dingues.

Elle baisse la tête et rougit un peu.

– Désolée, reprend-elle. Je ne voulais pas dire ça.

Là, tout de suite, je ne ressens pas grand-chose, mais si je pouvais me sentir mal, parce qu'elle se sent mal, je le ferais – alors je dis :

– Eh bien, il y a dingue et *dingue*. Il n'y a pas de traitement pour le syndrome des furies de la danse. À part le cyanure, peut-être.

Mackenzie rigole. Mais ça n'amuse pas mes parents.

– On n'emploie pas ce genre de mot ici, Mackenzie, explique ma mère.

Devant la mine de ma sœur, je m'empresse d'ajouter :

– Il y a un autre mot interdit, aussi. C'est « cyclope ». Parce que le médecin n'a qu'un œil.

– Tu me charries, dit ma sœur en riant.

– Non, il dit la vérité, déclare mon père avec une étrange fierté. Le médecin a un œil de verre.

– Ses deux ailes fonctionnent, par contre, dis-je à ma sœur. Sauf qu'on ne peut pas voler, ici.

Ma mère lance rapidement :

– Et si on faisait un jeu ?

La dernière fois que j'ai joué à un jeu, c'était à Apples to Apples quand Shelby est venue. À moins que ce ne soit Max. Non, je crois que c'était Shelby. Même si je sais comment y jouer, le principe m'échappait à ce moment-là. Les règles sont assez simples : on pose un adjectif, comme « maladroit », par exemple, et tout le monde doit placer à côté le nom qui colle le mieux. Poser une carte absurde ne fonctionne que lorsqu'on est ironique, pas sous traitement. La dernière fois, je crois que les cartes que j'ai jouées ont rendu tout le monde profondément triste.

Comme tous les visiteurs se sont lancés dans des jeux de société, il ne reste plus qu'Apples to Apples sur l'étagère, et Mackenzie l'attrape, parce qu'elle n'est pas au courant de l'épisode glauque.

– J'ai une idée, propose ma mère quand Mackenzie se rassoit avec la boîte. Si on faisait un château de cartes ?

Mackenzie se met à râler, mais mon père la regarde avec de gros yeux, l'air de dire « pas la peine de discuter : on t'expliquera plus tard ».

L'idée du château de cartes me fait sourire, parce que je saisis l'ironie qui échappe à ma famille. Le perroquet trouverait que c'est bon signe. Il me suggérerait d'essayer de faire une partie d'Apples to Apples quand même. Rien que pour ça, je ne le fais pas.

Mon père commence le château, avec la concentration d'un ingénieur posant les fondations d'un pont. Nous ajoutons des cartes chacun notre tour. On n'arrive pas à empiler plus de dix cartes avant que le château ne s'effondre. Quatre tentatives. La quatrième fois, on réussit à monter un peu plus haut en construisant un deuxième étage avant que tout ne s'écroule.

– Décidément… lâche ma mère.

– C'est compliqué, même quand la mer est calme, dis-je.

Mes parents cherchent tous les deux à nouveau à changer de sujet, mais Mackenzie ne les laisse pas faire.

– Quelle mer ? demande-t-elle.

– Quelle mer quoi ?

– Tu as dit que la mer était calme.

– Ah oui ?

– Mackenzie… dit mon père.

Mais ma mère lui touche gentiment l'épaule pour qu'il se taise.

– Laisse-le répondre, dit-elle doucement.

Je me sens soudain très, très mal à l'aise. Honteux, gêné. Comme si j'avais été surpris le doigt dans le nez pendant un rencard. Je me détourne pour regarder par la fenêtre les collines ondoyantes à l'herbe fraîchement tondue. Ça m'ancre. Ne serait-ce que pour l'instant. N'empêche que le capitaine doit se trouver quelque part, à écouter mes moindres paroles.

– C'est… comme ça, des fois, dis-je à Mackenzie.

C'est tout ce que j'arrive à expliquer sans imploser.

– Je comprends, répond ma sœur.

Puis elle pose sa main sur la mienne. Je n'arrive toujours pas à la regarder en face, alors je fixe sa main.

– Tu te rappelles quand on construisait des forteresses avec des cartons, à Noël ? me demande-t-elle.

Je souris.

– Oui. C'était chouette.

– Ces forteresses étaient tellement réelles, même si elles ne l'étaient pas, hein ?

Pendant un moment, plus personne ne parle.

Je demande :

– C'est Noël ?

Mon père soupire.

– C'est bientôt l'été, Caden.

– Oh.

Ma mère a les larmes aux yeux et je me demande comment j'ai bien pu lui donner envie de pleurer.

132 Sans chuchoter

C'est la fin de l'après-midi. Presque l'heure où le soleil se couche. Le soleil, bas à l'horizon, projette un reflet hypnotique sur la mer. Un vent régulier gonfle nos voiles alors que nous nous dirigeons vers l'ouest sans relâche. Si le soleil se couche bien toujours à l'ouest.

Je suis sur le pont avec Carlyle. Il me tend son balai à franges et me laisse faire un peu de son sale boulot.

– Je ne pense pas que le capitaine apprécierait, dis-je. Ni le perroquet.

Carlyle n'a pas l'air d'avoir d'avis sur le capitaine, mais voici ce qu'il dit du perroquet :

– Cet oiseau voit tout. Ça fait longtemps que j'ai arrêté d'essayer de lui cacher des choses.

– Alors… de quel côté tu es ?

Carlyle sourit et verse un peu de l'eau de son seau pour que je l'éponge.

– Du tien.

Il me regarde un instant avant d'ajouter :

– Tu me fais penser à moi, quand j'étais à ta place.

– Toi ?

– Ouaip.

Carlyle ferme son ordinateur portable pour m'accorder toute son attention. Il y a d'autres personnes dans la salle de jeu, mais la plupart se contentent de regarder la télé. Nous sommes les seuls à discuter.

– Tu as de la chance. Moi aussi, j'avais quinze ans quand j'ai fait ma première crise, mais je n'ai pas atterri dans un endroit aussi sympa que celui-ci.

Je répète :

– Toi ?

– D'abord, on a pensé que j'étais bipolaire, mais quand mes hallucinations sont devenues de plus en plus psychotiques et que j'ai commencé à entendre des choses, on m'a diagnostiqué un trouble schizo-affectif.

Il dit ces mots sans chuchoter. Il les dit sans le terrible sérieux que donnent à ces mots les gens de l'extérieur. L'idée que Carlyle soit l'un des nôtres me trouble, parce que… s'il mentait ? S'il faisait ça juste pour m'embrouiller l'esprit ? Non. Ça, c'est de la paranoïa. C'est ce que Poirot dirait, et Poirot aurait raison.

Carlyle m'explique que le trouble schizo-affectif est un mélange entre bipolarité et schizophrénie.

– On devrait plutôt appeler ça « tripolaire ». Parce que d'abord on est maniaque et on se prend pour le roi de l'univers, puis on s'enfonce dans les profondeurs, on voit des choses, on entend des choses – on croit à des choses qui ne sont pas vraies. Et quand on en sort, on sombre dans une dépression en comprenant d'où on revient.

– Et on te laisse quand même travailler ici ?

– Je vais bien, tant que je suis mon traitement. Il a fallu que je fasse une mauvaise expérience pour le comprendre, mais je l'ai compris. Ça fait des années que je n'ai pas eu de crise. Et puis, de toute façon je ne travaille pas vraiment ici – je suis bénévole pendant mon temps libre. Je me suis dit que, comme j'avais ce truc, et un master en psychologie, autant m'en servir.

Ça me fait trop d'éléments à intégrer.

– Alors qu'est-ce que tu fais quand tu ne nettoies pas les saloperies qu'on a dans le cerveau ?

Il me montre son portable.

– Entreprise de logiciels. Je suis concepteur de jeux.

– Je te crois pas.

– Eh, les médicaments peuvent chambouler ton imagination, mais pas la tuer.

Je suis impressionné, enthousiasmé, même. Quand je me retourne pour regarder le pont, je vois que les autres membres de l'équipage sont occupés à des tâches que leur a confiées le capitaine ou qu'ils s'affairent tout seuls. Il y a un splendide coucher de soleil, de presque toutes les couleurs.

Carlyle essore les franges de son balai et contemple autour de lui, satisfait de la propreté du pont.

– Bref, ce n'est pas parce que c'est un long voyage qu'on est condamné à le faire pour toujours.

Il me laisse avec cette pensée avant de descendre au pont inférieur. Ce n'est qu'après son départ que je vois le capitaine. Il se tient à la barre, son endroit de prédilection pour observer de haut le reste du navire – et à ce moment, il me fixe de son œil unique avec un regard acide capable de me dissoudre tout entier.

133 Impasse des Écumars

La nature, naturelle ou non, déchaîne sa fureur vengeresse alors que nous voguons enfin dans les bourrasques de vent du front de tempête. En un instant, le ciel passe du jour permanent au crépuscule de fin du monde et le navire tangue et roule comme un bouchon. Des éclairs se déchaînent autour de nous, presque aussitôt suivis du tonnerre.

Je suis sur le pont et je ne sais pas trop quoi faire, alors je regarde les voiles se déchiqueter et cicatriser, se déchiqueter et cicatriser, laissant sur le tissu des traces aussi épaisses que la corde des échelles. Je me demande ce qu'elles pourront encore encaisser avant de céder. Le capitaine aboie des ordres au flot de marins vomis par l'écoutille principale, comme des fourmis fuyant une fourmilière qui prend l'eau. Ils feraient mieux de faire le contraire et de rester en dessous plutôt que de monter sur le pont, où ils risquent d'être emportés par les vagues, mais peut-être qu'ils redoutent davantage la colère du capitaine que celle du ciel.

– Abaissez les voiles ! commande le capitaine. Assurez le gréement !

Il botte le derrière d'un membre d'équipage.

– Plus vite ! Vous voulez qu'on perde un mât, ou quoi ?

La tempête menace depuis plus d'une semaine – tout le temps qu'il fallait pour préparer le bateau à cet assaut, mais le capitaine a choisi de ne rien faire, s'en tenant à cette seule philosophie :

– Les mesures préventives sont le fléau de l'action spontanée.

Et il a ajouté :

– Je préfère la gloire de l'héroïsme au milieu de la panique.

Eh bien, il l'a, sa panique. Reste à savoir si l'héroïsme sauvera ou non la situation.

Quand le capitaine me voit, là, sans tâche particulière, il m'ordonne :

– Prends le gouvernail. Tiens la barre. Conduis-nous droit dans les vagues !

Je n'en reviens pas qu'il me demande de prendre le contrôle du navire. Pas sûr d'avoir bien entendu, je répète :

– Dans les vagues ?

– Fais ce que je te dis ! hurle le capitaine. Des vagues d'un pouce font le même effet que des bateaux de trente pieds. Si elles nous frappent par le travers, on risque de chavirer – et je préfère naviguer à l'endroit sur cet océan.

Je bondis jusqu'au gouvernail, attrape la barre et lutte pour la tourner. Le perroquet descend en piqué près de moi en criant quelque chose, mais le tonnerre et le fracas des vagues m'empêchent de l'entendre.

Je parviens enfin à bouger la barre, tirant sur le gouvernail têtu, mais pas assez vite. Une vague nous frappe de côté et s'écrase sur la proue à tribord. L'équipage, balayé, agrippe tout ce qu'il peut pour se retenir.

Le bateau vire enfin de bord, défiant les vagues. La proue plonge dans un creux, et l'une d'elles nous frappe de front. Je ne peux pas m'empêcher de penser à Calliope, de me demander comment elle supporte cette épreuve. Est-ce que les vagues l'attaquent, elle aussi ? Si elle ressent tout, est-ce qu'elle éprouve la douleur du navire alors qu'il lutte pour rester en un seul morceau ?

Une eau blanche inonde le pont, puis se retire, laissant derrière elle des marins qui toussent en essayant de reprendre leur respiration. Je ne sais pas du tout si certains ont été emportés par les flots.

Je sens une brusque douleur à l'épaule. Le perroquet a fait demi-tour et s'est posé sur moi en enfonçant ses serres pour ne pas être soufflé par le vent.

– C'est le moment, c'est le moment, dit-il. Tu dois tuer le capitaine.

– Quoi ? Au beau milieu de tout ça ?

– Tue-le, insiste l'oiseau. Jette-le par-dessus bord. On dira qu'il a disparu en mer et tu seras débarrassé de lui.

Mais mon allégeance reste incertaine et, à cet instant, sauver ma vie compte plus que d'achever celle de quelqu'un d'autre.

– Non ! Je ne peux pas !

– C'est lui qui est à l'origine de cette tempête ! crie l'oiseau. Lui qui t'a arraché à ta vie ! Tout commence et finit avec lui ! Tu dois le faire ! Tu le dois !

Puis une rafale de vent le chasse de mon épaule.

Pas le temps de me demander s'il ment ou s'il dit la vérité. Une autre vague nous frappe. Cette fois, je suis balayé de la barre et précipité sur le pont principal, où je rejoins ceux qui luttent pour rester à bord contre l'attraction de la mer.

En levant les yeux, je distingue une forme que les flots ont projetée à bord. Une créature qui me fixe depuis le mât de la grand-voile. La chose a une tête équine pointue aux naseaux dilatés et aux furieux yeux rouges. C'est un cheval – sauf qu'il n'a pas de croupe. Il n'a pas de jambes du tout, juste une queue préhensile enroulée autour du mât. C'est un hippocampe de la taille d'un homme, avec des pics durs comme des os tout le long du corps.

– Écumar ! hurle quelqu'un.

Le capitaine bondit alors vers le mât et, d'un geste fluide, tranche la gorge de la créature. Elle s'affaisse à mes pieds et ses yeux s'assombrissent.

– J'aurais dû m'en douter, dit le capitaine. Nous sommes dans l'impasse des Écumars.

Puis il m'ordonne de retourner à la barre.

– Nouvelle ligne d'action. Dos aux vagues.

– Retraite ? crie le navigateur à travers la fenêtre de la salle des cartes. Mes cartes disent qu'il faut passer par là.

– Je n'ai pas parlé de retraite ! Ceci est un duel – et tout duel commence dos à dos.

De nouveau à la barre, je force le gouvernail d'un côté et les vagues font le reste. Nous virons facilement de cent quatre-vingts degrés.

Je sais que je devrais regarder devant moi, mais je ne peux pas m'empêcher de tourner les yeux vers la poupe. À la lumière d'un long éclair, je vois une autre vague monter vers nous par l'arrière, plus haute que toutes les autres, et à son sommet, il y a tant d'ardents yeux rouges qu'on ne peut les compter. Apparemment, les écumars ne connaissent pas les règles du duel. Je passe mon bras autour de la barre quand la vague s'abat sur nous. La poupe disparaît sous la vague, le pont principal est inondé et le déferlement frappe le gouvernail, me submergeant. Fermement agrippé à la barre, j'ai l'impression de retenir mon souffle pendant une éternité, plié par la puissance des flots. Au moment où je pense que nous avons été engloutis et que nous sommes en route pour le fond, l'eau se dissipe et j'aspire une bouffée d'air salé.

Quand je recommence à y voir à peu près, je découvre

un spectacle que même l'enfer n'aurait pu concevoir. Des dizaines d'écumars évoluent autour du pont. Leur queue leur donne une agilité de singe. Ils enroulent leur corps anguleux autour des marins comme des serpents. L'une des créatures ouvre la gueule et découvre des dents de requin qu'elle plonge dans le cou de sa victime hurlante. Puis elle emporte le mourant par-dessus bord, dans l'océan.

Un écumar se jette sur moi. Je l'envoie valser d'un coup de poing, mais il enroule sa queue autour de mon bras, tortille son corps et, en un instant, est à nouveau face à moi, sa figure à deux doigts de la mienne. Je m'attends à ce qu'il m'arrache la tête d'une simple bouchée, mais il me dit :

– Ce n'est pas l'équipage qui nous intéresse, mais nous l'éliminerons s'il le faut.

Puis il m'assène un coup de tête et s'éloigne en se balançant, me laissant sur le pont.

C'est là que j'aperçois le capitaine. Il est attaqué par trois écumars – un en étau sur chaque jambe et un troisième autour de la poitrine. Il tient celui-ci par le cou alors qu'il cherche à lui mordre le visage. Le capitaine essaie de le taillader à coups de poignard, mais la créature fait tomber l'arme sur le pont dans un bruit métallique.

« Tu dois te débarrasser du capitaine », a dit le perroquet.

Peut-être que je n'y serai pas obligé. Peut-être que les écumars s'en chargeront à ma place. Mais s'ils le tuent et l'entraînent dans l'océan, que deviendra Calliope ? Sans la clé du capitaine, elle ne sera jamais libre.

Avant qu'une autre vague n'inonde le pont, je me précipite sur le poignard et le plonge à l'arrière de la tête de l'écumar qui cherche à mordre le capitaine. La créature tombe raide morte. Je m'attaque aux deux qui enserrent ses jambes. Une autre nous saute dessus, mais je l'assomme et lui écrase la tête du talon.

Débarrassé des écumars, le capitaine est désorienté. Il inspire un grand coup pour reprendre son souffle. C'est le moment où jamais de profiter de ce qu'il est trop faible pour lutter contre moi. Je saisis une planche de caisse brisée et lui en flanque un coup derrière le crâne, si fort que le noyau de pêche est délogé de derrière le cache-œil, ainsi qu'une petite clé d'argent qui tombe en tintant sur le pont. Le capitaine s'effondre sans savoir ce qui lui est arrivé.

Une autre vague menace derrière nous – la crête déborde d'yeux rouges, comme le bord d'une coulée de lave. Que les écumars s'occupent du capitaine, maintenant, ça m'est égal. J'ai ce que je voulais.

Avant que la vague ne déferle, je me jette sur la trappe cadenassée du gaillard d'avant et lutte pour ouvrir le verrou avec la clé.

Je sens plus que je n'entends la vague s'écraser sur la poupe du navire. Sur le pont, le flot se rapproche, mais je ne me retourne pas pour regarder. Le verrou cède enfin.

Je l'enlève, ouvre la trappe et m'engouffre à l'intérieur, juste au moment où la vague atteint la proue, me propulsant dans le gaillard d'avant.

Je me redresse. J'ai de l'eau jusqu'à la taille – le gaillard est à moitié inondé. De chaque côté de moi, il y a des cordes d'amarrage enroulées. Et juste en face, à peine visible, une paire de jambes dépassant de l'endroit qui marque la pointe de la proue. Calliope avait raison ! Elle n'est pas qu'une simple partie de ce navire ; elle possède ses propres jambes, même si elles sont sévèrement rouillées d'être restées si longtemps dans ce lieu humide. Je comprends pourquoi elle ne peut pas se libérer : une chaîne lui enserre le bas du dos pour la maintenir attachée à la proue. Je vais la délivrer !

Je crie :

– Calliope ! Tu m'entends ?

Elle bouge l'un de ses pieds de cuivre en guise de réponse. Je m'escrime avec la chaîne, mais je n'y arriverai jamais à mains nues – je jure contre le constructeur du bateau qui l'a laissée comme ça.

– Ça pourrait te servir, dit une voix derrière moi.

Je me retourne et découvre Carlyle, qui me tend une clé à molette, comme s'il avait été là tout du long, à m'attendre.

Je la lui prends. Elle est de la bonne taille – je sais que je pourrais faire levier pour desserrer le cadenas… mais j'hésite.

Que se passera-t-il ensuite ? Arracher Calliope au navire risque de la condamner à une tombe sous-marine. Comme elle est en cuivre, elle pourrait couler comme un penny dans une fontaine. Mais si elle ne coule pas ? Si elle nage ? Si je la libère maintenant du navire, est-ce qu'elle m'emmènera avec elle ? Est-ce que je peux poursuivre ce voyage sans elle ?

– Dépêche-toi, Caden, me presse Carlyle. Avant qu'il ne soit trop tard.

Accompagné par le bruit des écumars au-dessus et de la mer déchaînée en dessous, j'attrape le cadenas avec la clé, luttant pour libérer Calliope. J'y mets toute mon énergie et il commence à tourner. Je tire encore plus fort pour qu'il se desserre, puis je fais bouger la clé jusqu'à ce qu'il tombe et plonge dans l'eau sombre du gaillard inondé.

Aussitôt, Calliope commence à se tortiller dans le trou très étroit en se tirant vers l'avant. Je l'imagine poussant de toutes ses forces avec ses bras contre le navire, comme si elle se sortait elle-même du ventre de la proue. Elle libère ses hanches, ses jambes suivent et, un instant plus tard, elle a disparu, ne laissant derrière elle qu'un trou de la taille d'un hublot.

Je regarde à travers pour m'assurer qu'elle n'a pas coulé – mais non. Elle ne nage pas non plus. Elle court, l'esprit plus léger que l'air, plus léger que le cuivre de sa chair, plus déterminé que la gravité. Elle court à la surface des vagues ! Un unique rayon de soleil transperce les nuages comme un projecteur suivant sa course, et sa coquille rouillée, oxydée s'effrite, révélant un cuivre brillant des pieds à la tête. J'ai envie de crier de joie, mais une sombre forme tombe du bateau jusque dans les vagues, puis une autre, et une autre. Les écumars ! En un rien de temps, la mer en est infestée. Ils déferlent comme une charge de cavalerie vers la solitaire silhouette éclatante au loin.

– Ce n'est pas l'équipage qui nous intéresse, mais nous l'éliminerons s'il le faut.

Les écumars n'en voulaient pas au capitaine, c'est Calliope qu'ils cherchaient ! Le capitaine devait le savoir ! C'est pour ça qu'il a fait virer le bateau, pour qu'elle se retrouve dos à eux.

Même si je sais qu'elle ne peut pas m'entendre, je crie :

– Cours ! Cours sans jamais t'arrêter !

Calliope n'est bientôt plus qu'une petite flamme à l'horizon, pourchassée par une vague d'écumars. Puis je ne la vois plus et je prie pour qu'elle ait la force de courir aussi longtemps qu'il le faudra.

Quand je sors du gaillard d'avant, la tempête est finie, comme si on avait appuyé sur un interrupteur. Les vagues se retirent ; les nuages commencent à se défaire. Le capitaine se tient au milieu du navire, bras croisés, l'œil rivé sur moi. Étrangement, son orbite morte, obscure et à nu, me fixe aussi.

– Est-ce que vous allez me passer sous la quille ? Ou pire ?

– Tu as eu l'audace de me dépouiller.

Autour de lui, l'équipage se raidit dans l'attente de sa réaction.

– Tu as eu l'audace de me dépouiller… et c'est ainsi que tu nous as tous sauvés.

Il me tape sur l'épaule.

– L'héroïsme au milieu de la panique.

Le navigateur arrive avec le noyau de pêche.

– Je l'ai retrouvé, dit-il. Est-ce que je suis un héros, moi aussi ?

Le capitaine prend le noyau sans lui répondre. Il le remet en place, mais le cache-œil a disparu dans la tempête. Il n'y a plus rien pour masquer l'horreur de son œil-noyau.

– Fais virer le navire, ordonne le capitaine. À nouveau cap à l'ouest, maître Caden.

– Maître ?

– Je viens de te promouvoir maître de la barre. Ce n'est plus le vent qui nous guide, déclare-t-il. C'est toi.

134 De l'autre côté de la vitre

Azur m'apprend que Callie va partir.

– Elle est dans notre chambre. Elle prépare sa valise, m'annonce-t-elle en continuant le puzzle sur lequel elle travaille depuis une éternité.

Je me demande si elle se rappelle qu'elle m'en a donné un morceau et si elle me le réclamera un jour.

– Tu ne reverras plus jamais Callie. Pauvre chou.

Azur semble à la fois éprouver plaisir et chagrin.

– Vivre, c'est souffrir, ajoute-t-elle. Tu n'as qu'à faire avec.

Je ne lui fais pas l'honneur de lui répondre. Je préfère me rendre dans la chambre de Callie. Sur le chemin, je croise Carlyle et, à en juger par le regard de compassion qu'il m'adresse, je comprends que c'est vrai. Callie va partir.

– Ça pourrait te servir, me dit-il.

Il se penche par-dessus le poste des infirmières et tire d'une composition florale une rose. Il me la tend.

– Dépêche-toi, Caden, ajoute-t-il. Avant qu'il ne soit trop tard.

Callie est dans sa chambre avec ses parents. Elle ramasse le peu d'affaires qu'elle a. Je n'ai jamais rencontré ses parents. Les jours où ils venaient voir Callie, ils se retiraient tous les trois dans un coin de la Vista Lounge, où ils parlaient à voix feutrées, ne laissant personne entrer dans leur petit cercle à trois.

Quand Callie me voit, elle ne sourit pas. En fait, elle a presque l'air mal.

– Maman, papa, je vous présente Caden, annonce-t-elle.

Est-ce qu'elle allait partir sans me dire au revoir ? Ou est-ce que c'était si douloureux qu'elle préférait ne pas y penser ?

Maintenant, je me sens si mal à l'aise avec ma rose à la main que je la pose sur le lit de Callie, plutôt que de la lui offrir.

– Bonjour, Caden, dit son père avec un accent beaucoup plus prononcé que celui de sa fille.

– Bonjour, dis-je avant de me tourner de nouveau vers Callie.

– Alors, c'est vrai – tu t'en vas.

C'est son père qui me répond.

– Nous avons déjà signé les papiers de sortie. Notre fille rentre à la maison aujourd'hui.

Même si son père cherche à parler à sa place, je m'adresse à Callie :

– Tu aurais pu me prévenir.

– Je n'en étais pas sûre jusqu'à ce matin. Après, tout est allé si vite…

Les paroles d'Azur résonnent dans ma tête : « Tu ne reverras plus jamais Callie. » Je suis résolu à prouver qu'elle a tort. Je sors un morceau de papier froissé de la corbeille et demande un stylo aux parents de Callie, parce qu'il n'y a jamais ce genre d'objet dans les chambres.

Sa mère sort un stylo de son sac à main et me le tend. J'écris sur le bout de papier, aussi lisiblement que possible.

– Voilà mon adresse mail pour que tu puisses m'écrire, dis-je à Callie.

On n'a pas le droit de consulter nos mails ici, mais

ma boîte de réception existera toujours quand et si je sors de cet endroit.

Elle saisit le papier et le tient serré dans son poing, le gardant précieusement. Elle a les larmes aux yeux.

– Merci, Caden.

– Peut-être que toi aussi, tu pourrais me donner la tienne ?

Callie hésite et regarde ses parents. Elle est si différente en leur présence, si soumise que je ne sais quoi penser.

Ses parents se regardent, comme si j'avais demandé l'impensable.

C'est là que je comprends que je ne peux pas exiger son adresse. Pas à cause de ses parents, mais à cause d'elle. Parce que je lui ai promis de la libérer.

– Laisse tomber, dis-je, comme si ce n'était rien, alors que c'est tout. Tu pourras m'écrire, et je te répondrai.

Callie fait « oui » de la tête, avec un sourire peiné mais sincère.

– Merci, Caden.

Son père essaie de lui prendre le bout de papier, mais elle le presse contre sa poitrine, comme si elle me serrait encore.

Je repense à Callie la première fois que je l'ai rencontrée. Elle est plus claire, aujourd'hui. Dans sa façon de se tenir, de parler. Dans ses yeux. Elle est de l'autre côté de la vitre, maintenant. Elle fait partie du monde extérieur qu'elle avait tant besoin d'observer.

J'ai envie de la prendre dans mes bras, mais je sais que je ne peux pas en présence de ses parents. Leur frontière de convenances est une zone d'exclusion aérienne d'un périmètre de plusieurs kilomètres. Alors je lui serre la main à la place. Elle croise mon regard, surprise par ce geste, et peut-être un peu déçue, mais elle comprend. C'est étrange : lui serrer la main me semble bien plus bizarre que de lui tenir chaud dans mon lit.

On doit se tenir la main trop longtemps, parce que son père finit par lancer :

– Dis-lui au revoir, Callie.

Défiant subtilement son père, elle ne me dit pas au revoir. Elle me déclare :

– Tu vas beaucoup, beaucoup me manquer, Caden.

Alors, je lui réponds :

– Je serai toujours là, à l'horizon.

Et avec une tristesse infinie, elle me confie :

– Je te crois. Malheureusement, je ne regarde plus à travers cette fenêtre.

135 Qu'est-ce qui est le plus horrifiant ?

– Je veux m'en aller, dis-je à Poirot lors de notre séance d'évaluation.

– Ça viendra, ça viendra. Je te garantis que ça viendra.

Mais ses garanties ne valent rien.

– Qu'est-ce que je dois faire pour sortir d'ici ?

Plutôt que de me répondre, il sort de son tiroir quelques-unes de mes dernières œuvres d'art. Il s'en sert contre moi. C'est comme s'il me tirait des balles dans la tête.

– Pourquoi tous ces yeux ? demande-t-il. C'est fascinant, mais pourquoi tous ces yeux ?

– Je dessine ce que je ressens.

– Et c'est ce que tu ressens ?

– Je n'ai pas à vous répondre quoi que ce soit.

– Je suis inquiet pour toi, Caden. Profondément inquiet.

Il réfléchit en hochant la tête.

– Peut-être qu'on devrait ajuster ton traitement.

– Ajuster mon traitement, ajuster mon traitement, vous ne pensez qu'à ça, ajuster mon traitement !

Il garde son sang-froid et me regarde. Je vois ses yeux – le vivant comme le mort – dans les chiffres de la pendule qui fait tic-tac, dans les posters d'encouragement sur les murs. Partout. Je ne peux pas y échapper.

– C'est comme ça que ça se passe, Caden. Comme ça que ça marche. Ça ne va pas aussi vite que tu le voudrais, je le sais. Mais sois patient, et avec le temps ça te conduira là où tu dois aller. Là où tu as *envie* d'aller.

Il commence à rédiger une nouvelle ordonnance.

– J'aimerais voir ce que donne le Geodon sur toi.

Je tape du poing sur l'accoudoir de mon fauteuil.

– Je suis en colère ! Pourquoi est-ce que vous ne me laissez pas être en colère ? Pourquoi est-ce que vous éradiquez tout ce que je ressens à coups de médicaments ?

Il ne lève même pas les yeux vers moi.

– La colère n'est pas une émotion productive, pour l'instant.

– Mais c'est réel, pas vrai ? C'est *normal*, pas vrai ? Regardez où je suis et ce qui m'est arrivé ! J'ai le droit d'être en colère !

Il arrête d'écrire et me regarde enfin de son bon œil. Et je me demande : comment cet homme peut avoir du recul sur mon cas, alors qu'il ne perçoit pas la profondeur ? Je m'attends à ce qu'il appelle Furieux-Bras-de-la-Mort pour me maîtriser. Ou qu'il me commande une piqûre d'Haldol pour m'envoyer dans la Cuisine Blanc Plastique.

Mais il ne fait ni l'un ni l'autre. Il tapote son stylo. Réfléchit. Puis conclut :

– C'est un argument raisonnable. C'est signe que tu vas mieux.

Il range son bloc d'ordonnances.

– On va poursuivre sur cette voie pendant une semaine de plus, et on refera un point.

On m'escorte jusqu'à ma chambre et je me sens bien pire qu'avant mon évaluation. Je ne sais pas ce qui est le plus horrifiant : l'idée de rester là encore une semaine ou l'idée que le traitement que je déteste tant est peut-être vraiment efficace.

136 Devenir une constellation

Le navigateur est en train de changer. Il est plus renfermé, plus perdu que jamais dans ses cartes. Il refuse de regarder mes dessins, et maintenant que mon ventre s'est tu, il refuse d'en tirer conseil. Il n'est pas juste de mauvaise humeur, c'est pire que ça. Sa peau a pâli et il a sur les bras des rougeurs qui commencent à peler.

– Accompagne-moi au nid-de-pie, me demande-t-il au cours de l'un de ses rares moments de sociabilité. J'ai besoin de profiter de la vue.

On grimpe jusqu'au petit tonneau perché sur le mât central. Comme toujours, ce qui ne semble mesurer qu'un mètre de diamètre en fait des dizaines une fois que nous sommes à l'intérieur. C'est une heure creuse. Il n'y a que quelques marins assis en solitaires qui regardent les sauteurs, ou juste les olives qui leur font des clins d'œil dans leurs boissons. Le barman sert son cocktail au navigateur. Ce n'est pas encore l'heure du mien. Il faudra que je revienne plus tard.

Son breuvage tourbillonne avec des étincelles bleues dans une trouble saumure orange.

– Je suis beaucoup trop engourdi, déclare-t-il.

Il renverse alors lentement son cocktail par terre. Le liquide radioactif forme une petite flaque dans une dépression du bois cuivré, avant d'être aspiré sous mes yeux par le goudron noir entre les planches métalliques. Le goudron semble se tordre et se tortiller, mais je sais que ce n'est sans doute qu'un effet de lumière. Le barman est à l'autre bout du bar, occupé à servir quelqu'un ; il n'a pas vu ce que le navigateur a fait.

– C'est notre secret, me dit-il. Si je dois nous conduire au point de plongée, il faut que mon génie reste intact. Je dois calculer notre voyage sans aucune interférence extérieure. Interférence, persévérance, persécution, évolution. J'évolue, c'est ça : je suis un dieu qui se change en constellation.

– Les constellations sont pour la plupart des demidieux, lui fais-je remarquer. Et ceux-ci n'ont eu le droit de devenir des constellations qu'après leur mort.

Le navigateur rit et déclare :

– La mort est un petit sacrifice pour devenir immortel.

137 Horizon perdu

Sans Calliope à la proue, j'éprouve une profonde solitude que rien ne pénètre.

– Prends les choses au jour le jour, me conseille Carlyle. Et chaque matin, tu te sentiras un peu mieux.

Mais ce n'est pas le cas. Le capitaine fait comme si Calliope n'avait jamais existé. Pour le capitaine, il n'y a ni histoire, ni hier, ni mémoire.

– Vis pour l'instant et l'instant d'après, m'a-t-il dit un jour. Jamais pour l'instant d'avant.

C'est un credo qui le caractérise.

Calliope était notre regard sur l'horizon et, sans elle, c'est comme si l'horizon avait disparu. La mer se fond dans un brouillard qui se confond avec le ciel. Impossible de dire où l'un commence et l'autre finit. Maintenant, les cieux sont imprévisibles et la mer inconstante. Haut dans le ciel, des nuages venus de nulle part s'élèvent en volutes, sombres monstruosités chargées de desseins malveillants, et un ciel bleu fait office de loupe pour un soleil éprouvant. Pour ce qui est de la mer, les vagues n'ont plus de rythme ; le tempérament de l'océan, plus de raison. La mer aussi lisse et tranquille qu'un lac de montagne peut en un instant se changer en un tourbillon de vagues sauvages.

– Nous avons franchi le point de non-retour, m'informe le capitaine alors que je lutte à la barre pour que le navire continue à zigzaguer comme un cargo pendant la guerre.

Naviguer en ligne droite relève du suicide. Notre meilleure chance d'éviter et de déconcerter les bêtes qui reposent en dessous est de nous montrer aussi imprévisibles que la mer et le ciel.

J'ai les mains rêches et calleuses à force de manier la barre. Mes paumes sont légèrement vertes, car, comme tout le reste du navire, le gouvernail s'est changé en cuivre et s'est oxydé à l'air marin.

Je me demande tout haut :

– Y a-t-il jamais eu un point de retour ?

– Pardon ? demande le capitaine.

– Vous avez dit que nous avions franchi le point de non-retour. Est-ce que ça signifie qu'à un moment, on aurait pu faire demi-tour ?

Le sourire que m'adresse le capitaine manque de chaleur.

– Eh bien, impossible de le savoir, maintenant, pas vrai ?

Je soupçonne que la possibilité de faire demi-tour n'a jamais existé. Ce voyage m'était destiné depuis que j'ai posé le pied sur le pont. Destiné depuis ma naissance.

Le navigateur monte en courant nous rejoindre, agitant une toute nouvelle carte de navigation. Ses nœuds gribouillés de lignes sont mesurés en lieues et en degrés de compas avec de méticuleux détails. Le capitaine la regarde, hoche la tête et me tend la carte. Les zigzags que je décris ne sont pas du tout aléatoires. Du moins, ce n'est pas mon aléatoire que nous suivons : c'est celui du navigateur.

Le capitaine lui envoie une grande claque dans le dos, fier de lui.

– Ceci nous conduira certainement là où nous allons.

Le navigateur rayonne de l'attention que lui témoigne le capitaine.

– Je suis directement branché à l'énergie, maintenant – profondément connecté aux profondeurs. Connecté, infecté, ingéré, digéré – je sens notre destination dans mes tripes. C'est la seule nourriture dont j'ai besoin !

Le capitaine sait que le navigateur n'a pas bu son cocktail.

C'est sans doute en partie pour cette raison qu'il est si fier de lui. Le capitaine se tourne vers moi.

– Tu devrais suivre son exemple, maître Caden. La vision de notre navigateur est claire. La tienne l'est-elle ?

Cette « clarté de vision », comme l'appelle le capitaine, s'accompagne d'autres phénomènes. Les cartes du navigateur sont plus alambiquées que jamais, et pourtant, il est catégorique : elles sont la clé qui doit nous conduire à destination. Le plus inquiétant, c'est que je le crois.

– Fuis le nid-de-pie et ton illumination sera plus douce que son ivresse empoisonnée, me lance le capitaine. Regarde le navigateur !

Je m'inquiète tout de même de ce que l'illumination du navigateur soit aussi dangereuse que des feux d'artifice dans les mains d'un enfant. S'il est « branché » sur les profondeurs, que lui racontent-elles ? Les profondeurs ne nous veulent certainement pas du bien. Quand le navigateur marche, maintenant, je remarque que l'épais liquide goudronneux emplissant les fissures du navire lui colle aux talons. Quand il touche un mur, la substance s'épaissit, attirée par sa main, comme s'il était devenu un puits gravitationnel pour l'obscurité – et je me dis que l'obscur doit être amoureux de la lumière. Mais qu'il faut toujours que l'un des deux tue l'autre.

138 Tireur d'élite sur les champs de couleur

À un moment où la mer est calme et le ciel dégagé, le capitaine dégaine un pistolet. Un vieux modèle. Avec platine à silex, je crois. Le genre d'arme dont s'est servi Aaron Burr pour tuer Alexander Hamilton dans leur duel tristement célèbre.

– J'ai entendu dire que tu es un tireur d'élite, me lance le capitaine.

Ça me paraît bizarre, parce que je ne me suis jamais servi d'une arme à feu de ma vie. Mais je ne veux pas le contredire, alors je demande :

– Qui vous a raconté ça ?

– Tout se sait. Il est bien connu que tu as abattu de nombreux adversaires sur les champs de couleur.

– Ah. Au paintball, vous voulez dire.

– Un tireur d'élite reste un tireur d'élite quelle que soit son arme, et le temps d'agir est venu.

Puis il me met le pistolet dans la main, et me donne aussi une petite blague de poudre et une seule balle de plomb.

– Une seule suffira pour te débarrasser de l'oiseau.

J'étudie le pistolet, essayant de paraître moins effrayé que je ne le suis. Il est lourd. Bien plus lourd qu'il n'en a l'air. Je lève les yeux vers les voiles, mais je n'arrive pas à voir le perroquet. Il se fait discret depuis qu'il a dévoilé son intention de tuer le capitaine. Il se perche en haut des échelles de corde ou des mâts. Le temps de l'action est venu, mais je reste partagé sur celle que je dois entreprendre. En tout cas, c'est agréable de me retrouver au gouvernail et dans les bonnes grâces du capitaine.

– Est-ce que ce ne serait pas plus satisfaisant de le faire vous-même, capitaine ?

Il secoue la tête.

– Même avec un œil en moins, ce serpent à plumes d'oiseau est trop malin pour se laisser prendre par surprise. Il faut que l'acte soit commis par quelqu'un en qui il a confiance, et en qui j'ai confiance.

Il m'attrape par l'épaule avec quelque chose qui ressemble à de la fierté.

– Fais semblant d'être de son côté. Dissimule l'arme jusqu'au dernier moment.

Je glisse le pistolet dans ma ceinture et le recouvre avec ma chemise. Le capitaine approuve en hochant la tête.

– Quand nous serons libérés du perroquet, alors nous serons vraiment libres.

Je me rends compte que les choix auxquels je suis confronté sont impossibles, et je ne sais pas du tout ce que je vais faire.

139 Le reste est silence

Pour discuter avec quelqu'un des dérapages du cerveau, Raoul est le meilleur conseiller. Il faut demander à Shakespeare.

Mon cerveau grille quand j'essaie de lire Shakespeare, mais mon prof d'anglais n'a pas voulu accepter « Messire, mon roquet a déchiqueté mon volume » comme excuse valable pour ne pas lire *Hamlet*. En fait, après avoir passé un peu de temps dessus, j'ai commencé à comprendre la pièce.

Le prince damné du Danemark est un type confronté à un choix impossible. Le fantôme du père d'Hamlet, qui a été assassiné, lui demande de venger sa mort en tuant son oncle. Pendant le reste de la pièce, Hamlet se tourmente. Est-ce que je dois tuer mon oncle ? Est-ce que je dois ignorer le fantôme ? Le fantôme est-il réel ? Suis-je fou ? Si je ne suis pas fou, est-ce que je dois faire comme si je l'étais ? Est-ce que je dois mettre fin au tourment de ces choix impossibles en mettant fin à ma vie ? Est-ce que je vais rêver si je me tue ? Et est-ce que ces rêves seront mieux que le cauchemar de mon père me demandant de tuer mon oncle, qui, au passage, a depuis épousé ma mère ? Il hésite longuement, réfléchit et se parle tout seul jusqu'à ce qu'il soit transpercé par une lame empoisonnée et que son autoanalyse tourmentée laisse place au silence éternel.

Shakespeare avait un truc avec la mort. Et le poison. Et la folie. La bien-aimée d'Hamlet, Ophélie, devient vraiment folle et se noie. Le roi Lear perd la tête à cause de ce qu'on appellerait aujourd'hui Alzheimer. Macbeth délire complètement et a des hallucinations de fantômes et d'une obsédante dague volante. Tout est si bien vu que je me demande si Shakespeare écrivait d'après expérience.

En tout cas, je suis sûr que, lui aussi, on a dû le soupçonner de « prendre de la drogue ».

140 Le temps des mots est révolu

Je dois toujours exécuter l'ordre du capitaine de supprimer le perroquet. Et tenir compte de l'avertissement pressant du perroquet m'enjoignant de supprimer le capitaine. Je suis paralysé par mon incapacité à agir, dans un sens ou dans l'autre.

Tout change le jour où nous sommes confrontés à une nouvelle menace venue des profondeurs.

Ça commence par une perturbation à bâbord, à côté de la proue : une zone de bulles d'eau blanche indiquant quelque chose sous la surface.

Le capitaine commande le calme sur le pont, mais il est difficile d'ordonner le calme quand on doit chuchoter, alors il envoie Carlyle demander aux marins, un par un, de tenir leur langue, et toute autre partie de leur anatomie susceptible de faire du bruit.

– Vire de vingt degrés à tribord, me murmure le capitaine.

Je tourne le gouvernail. Nous sommes poussés par un vif vent arrière ce jour-là, et le bateau vire rapidement, nous éloignant de la perturbation.

– Qu'est-ce que c'était que ça ?

– Chut ! fait le capitaine. Tant qu'ils ne nous entendent pas passer, tout ira bien.

Puis, à tribord, je distingue une autre zone d'eau qui s'agite, encore plus près du bateau que la première. Le capitaine inspire un grand coup et chuchote :

– À bâbord, toute.

Je m'exécute, mais je tourne la barre trop vite et le gouvernail émet un craquement. Je sens la vibration amplifiée dans le ventre du navire, comme le son menaçant d'un violoncelle. Le capitaine grimace.

Le navire s'éloigne de la zone étrange sur les flots, et, pendant un instant, je pense que nous sommes hors de danger, mais là, juste devant nous, l'eau se met à écumer et, dans ce bouillonnement de mousse, j'aperçois quelque chose que j'aurais préféré ne pas voir : une créature couverte de bernacles, aussi pâle qu'un cadavre, et le sombre tentacule huileux d'une seconde créature, agrippée à la première. Les monstruosités plongent et l'eau se calme.

– Est-ce que… c'était ce que je pense ?

– Effectivement, me répond le capitaine. Nous avons fait intrusion dans le territoire des Ennemis jurés.

Nous naviguons en silence et attendons… attendons – et soudain, la baleine, enveloppée par le corps du calamar agrippé à elle, saute hors de l'eau à tribord, à une cinquantaine de mètres à peine. Les créatures sont gigantesques. Ensemble, elles font plus du double de notre bateau. La baleine se tord, battant puissamment l'air de sa nageoire en sortant de l'eau, révélant à quel point les tentacules du poulpe l'enserrent à lui broyer la vie. Ils replongent dans la mer, soulevant une énorme vague qui frappe le navire et le bascule, à deux doigts de le faire chavirer.

Nous glissons tous le long du pont en pente, sauf le capitaine qui tient sa position. Quand le navire se redresse, il m'attrape et me remet à la barre.

– Conduis-nous loin de ces créatures, m'ordonne-t-il. Ressens leur présence et conduis-nous loin d'elles.

Même si je sens beaucoup de malveillance en dessous de nous, ce ressenti n'est pas concentré sur un point précis. Comme si les monstres étaient partout et que je n'avais aucun moyen de savoir quelle direction suivre.

– Ils sont trop obsédés l'un par l'autre pour remarquer notre présence, déclare le capitaine. Ils ne détourneront leur attention que s'ils nous entendent. Guide-nous en suivant ton cœur et nous en ressortirons indemnes.

Je repense à son conte des ennemis jurés. Je lui demande :

– Mais s'ils sont pris par leur querelle, pourquoi nous attaquer, nous ?

Le capitaine me chuchote à l'oreille :

– La baleine abhorre le chaos ; le poulpe déteste l'ordre. Ce bateau n'est-il pas l'enfant bâtard des deux ?

Ses mots me font entrevoir la vérité. Même si les ennemis jurés se sentent quelque peu reflétés dans ce navire, ils ne voient que ce qu'ils détestent. Ce qui fait de nous l'ennemi juré de deux ennemis jurés.

– Nous pourrons peut-être supporter la vague que provoquerait un nouveau saut près du navire, dit le capitaine. Mais s'ils nous entendent, nous sommes fichus.

Le saut suivant a lieu à bâbord, près de la proue. Cette fois, la baleine ne sort que partiellement de l'eau, provoquant des remous moins puissants. Comme l'a dit le capitaine, elle ne nous voit pas. Elle a les yeux révulsés. Elle s'agite d'avant en arrière, mordant un tentacule aussi large qu'un séquoia. Le poulpe pousse un cri assourdissant. Je tourne la barre pour nous éloigner d'eux, mais doucement, cette fois, pour que le gouvernail ne gémisse pas.

Et là, d'en haut, j'entends un cri perçant presque aussi fort que celui du poulpe.

– Par ici ! crie le perroquet. Par ici ! On est là !

Juste avant que la baleine sombre sous la surface, ses yeux passent du blanc aveugle au noir luisant et je jure qu'elle fixe son regard sur moi.

Maintenant que nous avons été repérés, le capitaine enrage, pris d'une fureur venimeuse contre le perroquet.

– Ce démon à plumes préférerait couler le navire plutôt que de me voir vainqueur ! Débarrasse-nous de lui maintenant, Caden ! m'ordonne-t-il. Avant qu'il ne se débarrasse de nous !

Je baisse la main pour tâter le vieux pistolet, toujours à ma ceinture, mais faire taire le perroquet ne changera rien. Il est trop tard – les créatures savent que nous sommes là. Quand le capitaine constate que je ne fais pas le moindre geste pour attaquer le volatile, il me saisit et me balance du gouvernail au pont principal.

– Fais ton devoir, mon garçon ! À moins que tu ne veuilles finir dans le ventre d'une de ces créatures !

Le perroquet est perché en haut du mât de misaine, braillant bien trop fort pour un si petit oiseau. Je m'approche de lui en grimpant les échelles de corde. Quand il me voit, il sourit. Enfin, je crois que c'est un sourire. C'est si difficile à dire.

– Viens voir ! Viens voir ! m'appelle-t-il. La vue est meilleure d'ici !

Il ignore que je suis là pour le tuer. Je ne sais toujours pas si j'y arriverai.

– Perspective ! Perspective ! s'exclame-t-il. Tu comprends, maintenant ?

Je regarde en bas et la situation m'apparaît bien plus clairement. D'en haut, je vois que les deux monstres se sont séparés. Ils encerclent le bateau, chacun d'un côté – pour l'instant, les deux ennemis sont unis dans le même but.

– Les ennemis jurés vont mettre fin à ce voyage. Le capitaine va sombrer avec le navire, déclare le perroquet. Comme il se doit. Comme il se doit.

Le poulpe lance alors hors de l'eau l'un de ses tentacules, qui s'agrippe à la proue. Le bateau fait une embardée. Je m'accroche aux cordes de toutes mes forces. La sombre créature passe un deuxième tentacule autour du beaupré et l'arrache de la proue. Si Calliope avait toujours été là, elle aurait été coupée en deux.

Un violent tremblement manque me faire tomber. En bas, la baleine a frappé le bateau à tribord, le déformant presque. Le capitaine ordonne au fort-à-bras de tirer au canon, mais la baleine replonge trop vite pour qu'on puisse l'atteindre. Le poulpe, lui, s'est complètement hissé hors de l'eau pour grimper sur la proue et enroule ses tentacules autour de la base du mât de misaine, comme de noires plantes grimpantes. Sous son poids, la proue s'affaisse et les membres de l'équipage s'agitent en criant. Je grimpe plus haut pour échapper à la pointe du tentacule le plus proche, à la recherche d'une proie.

Sur le pont, Carlyle pique le poulpe à coups de manche à balai. Celui-ci est affûté comme un harpon, mais la peau de la créature est trop épaisse pour qu'il lui inflige de véritables blessures.

– Attrape mes pattes, me dit le perroquet. Je vais nous transporter loin d'ici.

– Mais, et les autres ?

– Leur destin n'est pas le tien !

– On est trop loin de la terre ferme.

– Mes ailes sont puissantes !

Je me laisse presque convaincre par le ton de sa voix, mais je ne le crois toujours pas. Il est petit. Il semble impuissant par rapport au capitaine.

– Fais-moi confiance, insiste le perroquet. Tu dois me faire confiance !

Mais je ne peux pas. Je ne peux pas, c'est tout.

Et là, je vois le navigateur. Il monte en courant jusqu'au capitaine, inconscient de la bataille qui fait rage autour de lui. Même de loin, je vois qu'il va encore moins bien qu'avant. Sa peau pâle pèle au vent. Elle se détache par couches, comme des feuilles de papier qui flottent et tombent derrière lui sur le pont où elles sont aspirées par le goudron affamé. Le navigateur attrape une des pages s'effeuillant et la montre au capitaine – une nouvelle carte de navigation –, mais le capitaine le repousse : la navigation est pour l'instant le cadet de ses soucis.

La baleine se jette une nouvelle fois contre le navire et le navigateur regarde enfin autour de lui, saisissant ce qui se passe. L'expression de son visage me glace. Un air de détermination acharnée – et je pense *parchemin, jugement, sacrement, sacrifice*. Je sais ce qu'il s'apprête à faire avant même qu'il ne commence à escalader le grand-mât. Il se rend au nid-de-pie. Et il va sauter.

– Pas bon, lâche le perroquet. Pas bon, pas bon, pas bon.

– Si tu veux sauver quelqu'un, sauve-le !

– Trop tard, déclare le perroquet. Nous ne pratiquons pas une science exacte, mais nous faisons ce que nous pouvons.

Je ne peux pas l'accepter. Le navigateur est maintenant à mi-chemin. Un tentacule se précipite vers lui en claquant, mais le rate, attrapant à la place l'une de ses feuilles volantes, qu'il réduit en miettes. Le navigateur ne quitte pas des yeux le nid-de-pie, juste au-dessus de lui. Je dois le sauver.

Le mât de misaine est trop loin du grand-mât pour que je puisse sauter de l'un à l'autre, et si je descends, je vais me jeter droit dans la gueule béante du poulpe. Mais il y a peut-être moyen de faire le trajet sans danger. Je me tourne vers le perroquet.

– Conduis-moi au navigateur !

Le perroquet secoue la tête.

– Il vaut mieux pas.

Même si je n'ai pas la moindre idée de ma place dans la hiérarchie des choses, je m'efforce de prendre ma voix la plus autoritaire pour lancer :

– C'est un ordre !

Le perroquet soupire, m'enfonce douloureusement ses serres dans les épaules, bat des ailes et m'arrache aux cordages du mât de misaine. Il a dit vrai : même avec ses petites ailes, il parvient à supporter mon poids. Nous voguons au-dessus de la bataille et il me lâche dans le nid-de-pie, juste après l'arrivée du navigateur.

Mes yeux mettent une seconde à s'adapter aux dimensions trompeuses du nid-de-pie, petit de l'extérieur, immense à l'intérieur. Je regarde autour de moi. Il n'y a personne. Que des éclats de verre autour du bar désert. Je repère enfin le navigateur à l'autre bout, grimpant sur la saillie des sauteurs. Je le reconnais à peine, tellement il s'est effeuillé.

Je crie :

– Non ! Arrête ! Tu n'es pas obligé de faire ça !

J'essaie de le rejoindre, mais le verre brisé sous mes pieds me ralentit.

La détermination qu'il affichait sur son visage a laissé place à un faible sourire d'acceptation.

– Tu as ta destination et j'ai la mienne, dit-il.

Même sa voix ressemble désormais à un bruissement de papier.

– Destination, violation, violence… silence.

Et avant que j'arrive jusqu'à lui, il se jette dans le vent.

– Non !

J'essaie de le retenir, mais c'est trop tard. Il tombe vers l'océan, perdant dans sa chute des couches de parchemin, page après page, jusqu'à ce qu'il ne reste plus rien de lui. Il a complètement disparu avant même d'atteindre l'eau.

Tout ce qui subsiste de lui sont des milliers de pages flottant comme des confettis dans le vent, qui se déposent une par une sur l'océan.

Je contemple le déluge de parchemin, incapable d'accepter que le navigateur soit parti. Le perroquet essaie de couvrir mes yeux de l'une de ses ailes.

– Ne regarde pas, ne regarde pas !

Je repousse le perroquet de dégoût.

Tout en bas, la passion de destruction du poulpe se trouve soudain assouvie. Il relâche son étreinte sur le bateau et se laisse glisser dans l'eau. La baleine, qui enchaînait les assauts contre le navire, plonge dessous plutôt que de rentrer dedans. Peu après, les créatures sautent loin de notre proue, à bâbord, de nouveau entrelacées dans leur habituelle étreinte de haine, nous oubliant complètement. Les ennemis jurés ont eu leur sacrifice. Le navire est sauvé.

– Inattendu, dit le perroquet. Tout à fait inattendu.

Je me retourne vers lui, fou de rage. Je crie :

– Vous auriez pu l'arrêter ! Vous auriez pu le sauver !

Le perroquet courbe la tête dans une parodie de révérence et lâche un petit sifflement.

– Nous faisons ce que nous pouvons.

Il n'y a pas de mots pour exprimer ce que je ressens. Une fois de plus, mes émotions parlent en langues. Mais ce n'est pas grave – parce que le temps des mots est révolu. Le temps de l'action est venu. Je laisse s'exprimer ma tumultueuse fureur en tirant le pistolet de ma ceinture. Il est déjà chargé. Je ne me souviens pas l'avoir fait, mais je sais qu'il est chargé. J'enfonce le pistolet dans la poitrine du perroquet. J'appuie sur la gâchette. La détonation explose aussi fort qu'un coup de canon, déchirant la poitrine de l'oiseau. Son œil unique me fixe avec l'air choqué de ceux que l'on trahit et il me délivre son testament :

– Tu as déjà vu le capitaine, dit le perroquet, dont la voix faiblit à chaque mot. Tu l'as déjà vu. Il n'est pas… ce que tu penses… qu'il est.

Il lâche son dernier souffle et s'affaisse. Le temps des mots est révolu pour nous deux, désormais. J'attrape le corps inerte du perroquet et le balance du nid-de-pie. Je le regarde décrire un arc à travers le ciel comme une boule de feu à plumes, jusqu'à ce qu'il soit pris par la mer.

141 Comme s'il n'avait jamais existé

Mes parents sont hors d'eux quand ils apprennent ce qui est arrivé à Hal. J'aurais aimé que personne ne le leur annonce. Devoir en discuter avec eux, c'est comme le revivre et, contrairement à Alexa, je n'éprouve pas le besoin de revivre les cauchemars.

Je suis assis dans la Vista Lounge et je regarde à travers

la baie vitrée, comme le faisait Callie ; je n'ai pas envie d'être de ce côté de la vitre, mais je n'ai pas non plus envie de me trouver de l'autre côté. Je suis comme anesthésié. Je n'arrive pas à avoir l'esprit clair. En partie à cause des médicaments, en partie seulement.

– C'est terrible, commente ma mère.

– Moi, ce que j'aimerais savoir, c'est comment ça a pu arriver, lâche mon père.

Ils sont assis près de moi, chacun d'un côté, et essaient de me consoler, mais je suis déjà dans un cocon de papier bulle invisible. Ce n'est pas une question de réconfort.

– Il a pris mon taille-crayon en plastique. Il a défait la lame à l'intérieur et s'est ouvert les veines avec.

– Je sais ce qui s'est passé, me dit mon père en se levant pour faire les cent pas, comme moi, souvent. Mais ça n'aurait pas dû se produire. Il y a bien des caméras, non ? Et je ne sais combien d'infirmières. Qu'est-ce qu'elles foutent ? Elles se tournent les pouces ou quoi ?

L'agitation est retombée, mais soulève encore des vagues. Il faudra un moment avant que la mer soit de nouveau calme.

– Caden, il est important que tu aies conscience que ce n'est pas ta faute, poursuit mon père.

Étrangement, les seuls mots qui résonnent en moi sont *ta* et *faute*.

– S'il ne s'était pas servi de ce taille-crayon, il aurait trouvé autre chose.

– Ouais, sans doute, dis-je.

Je sais que le raisonnement de mon père est logique, mais la partie logique de mon cerveau court toujours sur le pont inférieur.

Ma mère serre les lèvres et secoue tristement la tête.

– Quand je pense à ce pauvre garçon…

J'ai envie de lui lancer :

– Alors arrête !

Mais je reste silencieux.

– J'ai cru comprendre que sa mère allait poursuivre l'hôpital en justice.

– Sa mère ? Elle est en partie responsable de ce qu'il a fait ! C'est l'hôpital qui devrait l'attaquer, oui !

Mes parents, qui ne connaissent pas le contexte, s'abstiennent de commentaires.

– En tout cas, d'une manière ou d'une autre, des têtes vont tomber, c'est sûr, prédit mon père. Il faut un responsable.

Ma mère essaie ensuite de donner un tour plus léger à la conversation en racontant le gala de danse de ma sœur et réussit à meubler le temps avec une discussion non morbide jusqu'à la fin de l'heure des visites.

Ce n'est pas moi qui ai trouvé Hal. C'est Furieux-Bras-de-la-Mort. Mais j'ai aperçu les toilettes quand ils ont transporté Hal à toute allure. On aurait dit que quelqu'un avait massacré un éléphant, là-dedans.

Et maintenant, c'est retour à la normale. Le personnel

affiche des mines souriantes et ne parle même pas de ce qui s'est passé. Mieux vaut ne pas inquiéter les patients. Faire comme si de rien n'était. Comme si Hal n'avait jamais existé.

Seul Carlyle est assez humain pour l'évoquer en groupe.

– Heureusement qu'on est dans un hôpital, dit-il. Ils l'ont tout de suite emmené aux urgences.

– Est-ce qu'Hal est mort ? demande Azur.

– Il a perdu beaucoup de sang, nous informe Carlyle. Il est en soins intensifs.

Je le provoque :

– Tu nous le dirais, s'il mourait ?

Carlyle ne répond pas tout de suite.

– Ce ne serait pas à moi de le faire, lâche-t-il enfin.

Puis, dans une analyse comparative avec sa propre tentative de suicide, Alexa se touche le cou, ramenant tout à elle, comme d'habitude.

142 L'es-tu ou l'as-tu jamais été ?

Mes parents se demandent si je suis, ou si j'ai jamais été, suicidaire. Mes médecins se le demandent. Les questionnaires d'assurance se le demandent. Ce n'est pas comme si je n'y avais pas déjà songé, comme ça – surtout quand la dépression m'enfonce ses sales griffes –, mais est-ce que j'ai déjà vraiment franchi la ligne en me montrant suicidaire ? Je ne crois pas. Dès que ces pensées jaillissent, ma sœur devient mon mécanisme de sécurité. Mackenzie serait bousillée pour le reste de sa vie avec un frère suicidé. Certes, le fait que je continue à vivre pourrait la rendre malheureuse, mais le malheur est le moindre des deux maux. Un frère qui pose problème est plus facile à supporter qu'un frère qui posait problème.

Je n'arrive toujours pas à déterminer si le suicide est un acte de bravoure ou de lâcheté. Ni à savoir si c'est se montrer égoïste ou altruiste. Est-ce que c'est un acte ultime de renoncement à soi ou une pauvre preuve de maîtrise de soi ? On dit qu'une tentative ratée est un appel au secours. C'est sans doute vrai si la personne voulait effectivement se rater. En même temps, je pense que la plupart des tentatives ratées ne sont forcément pas tout à fait sincères, parce que, soyons honnêtes, si on a envie de se supprimer, il y a des tas de manières de s'assurer que ça marche.

N'empêche que si on a besoin d'approcher la mort de si près juste pour crier au secours, c'est qu'il y a quelque chose qui ne va pas quelque part. Soit on n'a pas crié assez fort au départ, soit les gens autour de soi sont sourds, bêtes et aveugles. Ce qui me laisse penser que ce n'est pas qu'un cri pour appeler au secours, mais plutôt un cri à prendre au sérieux. Un cri pour dire :

« Je souffre tellement que, pour une fois, le monde doit s'arrêter de tourner pour moi. »

La question, c'est : et après, qu'est-ce qu'on fait ? Le monde s'arrête et vous regarde, étendu là avec vos blessures pansées ou votre estomac vidé, et vous dit :

– Allez-y, je vous écoute.

La plupart des gens ne savent pas quoi faire de ce moment s'ils y ont droit. Autant dire que ça ne vaut vraiment pas le coup d'aller jusque-là. Surtout si cette tentative ratée réussit sans faire exprès.

143 Échouer

Le taillage de crayon d'Hal a eu lieu samedi. Le docteur Poirot vient me voir dès son arrivée lundi matin. Il serait venu plus tôt s'il n'était pas parti à une conférence pour s'occuper de certaines affaires pendant qu'Hal s'occupait de ses propres affaires.

Je suis seul dans ma chambre quand Poirot débarque. Le lit d'Hal a été défait, ses affaires enlevées par les pastels. Le vide de la chambre du côté d'Hal est comme un néant vivant. Que j'ai entendu respirer la nuit.

– Je suis vraiment désolé pour ce qui s'est passé. Vraiment désolé, répète Poirot.

Sa chemise hawaïenne de couleur vive se rit de la noirceur du jour. Allongé sur le dos, je fais de mon mieux pour ne pas le regarder et l'ignorer.

– Je sais que tu avais tissé des liens d'amitié avec Harold. Ça doit être particulièrement douloureux.

Je ne dis toujours rien.

– Une chose pareille… n'aurait jamais dû arriver.

Malgré moi, j'ai besoin de répondre à son accusation.

– Alors, pour vous, c'est moi, le coupable ?

– Je n'ai pas dit ça.

– Vraiment ?

Poirot soupire, prend une chaise et s'assoit.

– Tu vas avoir un nouveau camarade de chambre, aujourd'hui.

– Je n'en veux pas.

– On ne peut pas faire autrement. Le nombre de lits est limité. Un autre garçon arrive et c'est le seul lit de libre.

Je ne le regarde toujours pas.

– C'était à VOUS de prendre soin d'Hal. De vous assurer que rien ne puisse lui faire de mal – pas même lui !

– Je le sais. Nous avons échoué. Je suis désolé.

Poirot contemple le néant de l'autre côté de la chambre.

– Si j'avais été là à ce moment-là…

– Quoi ? Vous seriez arrivé en volant et vous l'en auriez empêché ?

– J'aimerais penser que j'aurais pu sentir le degré de désespoir d'Harold. Mais peut-être pas. Peut-être que ça se serait produit de toute façon.

Je fixe enfin Poirot.

– Est-ce qu'il est mort ?

Poirot reste impassible, comme il sait si bien le faire.

– Ses blessures sont très graves. Il reçoit les meilleurs soins possibles.

– Est-ce que vous me le diriez, s'il mourait ?

– Oui. Si je pensais que tu étais capable de le supporter.

– Et si vous pensiez que je n'en étais pas capable ?

Poirot hésite, et je n'arrive pas du tout à savoir s'il cherche ou non à masquer un mensonge.

– Tu dois juste me faire confiance.

Mais je ne lui fais pas confiance. Et je ne lui dis pas qu'Hal avait arrêté de prendre ses médicaments. Hal m'a fait jurer de ne rien dire. Qu'il soit mort ou vivant, je ne trahirai pas sa confiance. Bien sûr, si je l'avais dénoncé, je sais qu'il aurait été trop shooté pour passer à l'acte. J'imagine que ça oriente encore un peu plus le doigt de l'accusation dans ma direction. Ce qui me pousse d'autant plus à l'écarter de moi.

– Vous auriez dû le sauver, dis-je à Poirot. Vous avez raison : vous avez échoué.

Poirot le reçoit comme une gifle, mais il tend l'autre joue.

– Grosse journée, grosse journée. J'ai d'autres patients à voir.

Il se lève pour partir et ajoute :

– Je promets de revenir te voir plus tard, d'accord ?

Mais je ne lui réponds pas et je décide de ne plus jamais lui adresser la parole. À partir de ce moment-là, Poirot est mort pour moi.

144 D'autres endroits

– Caden, on a réfléchi, m'annonce ma mère, le lendemain.

Elle lance un regard à mon père pour s'assurer qu'ils sont bien sur la même longueur d'onde.

– Peut-être que tu préférerais être ailleurs, à cause de ce qui s'est passé ici, reprend-elle.

– Je peux rentrer à la maison ?

Dans un geste rassurant, mon père pose la main sur mon avant-bras.

– Pas encore, dit-il. Bientôt. En attendant, il y a d'autres endroits.

Il me faut un moment pour comprendre ce qu'il suggère.

– Un autre hôpital ?

– Où ce genre de chose n'arrive pas, ajoute ma mère.

Je laisse échapper un éclat de rire. Parce que « ce genre de chose » peut arriver n'importe où. Même si Hal avait eu son propre garde du corps, ça ne l'aurait pas protégé de lui-même. Je sais qu'il y a d'autres établissements comme celui-ci. Les patients d'ici parlent souvent des hôpitaux par lesquels ils sont passés. Ils ont tous l'air pire que celui-ci. Même si ça me fait mal de l'admettre, mes parents ont choisi cet endroit parce que c'était le meilleur dans le secteur. Et c'est peut-être bien le cas.

– Non, je vais rester, leur dis-je.

– Tu es sûr, Caden ? me demande mon père.

Il essaie de lire en moi avec un regard qui me fait détourner le mien.

– Ouais, ça me plaît ici.

Mes parents sont tous les deux surpris. Moi aussi.

– Vraiment ?

– Oui, dis-je. Enfin, non. Mais si.

– Et si tu prenais le temps d'y réfléchir ? propose ma mère, sans doute déçue par ma décision.

Mais je n'ai pas envie d'y penser, pas plus que je n'ai envie de penser à Hal. Cet endroit est un enfer qui m'est familier. Comment on dit, déjà ? Mieux vaut un mal connu qu'un bien qui reste à connaître.

– Non, je suis sûr.

Ils acceptent ma décision, mais je sens chez eux une certaine frustration.

– Eh bien, nous voulions juste te donner le choix, conclut mon père.

Puis ils se mettent à parler de Mackenzie, me disent que je lui manque beaucoup et qu'ils reviendront peut-être avec elle, mais j'ai l'impression qu'ils s'éloignent de plus en plus. Et soudain, je réalise quelque chose de terrible à propos de mes parents. Ce ne sont pas des empoisonneurs. Ils ne sont pas l'ennemi…

… mais ils sont impuissants.

Ils voudraient faire quelque chose – n'importe quoi – pour m'aider. N'importe quoi pour changer ma situation. Mais ils sont aussi impuissants que moi. Ils sont tous les deux dans un canot de sauvetage, ensemble, mais si seuls. À des kilomètres du rivage, et à des kilomètres de moi. Le bateau prend l'eau et ils doivent écoper en tandem pour rester à flot. Ça doit être épuisant.

Cette terrible vérité de leur impuissance est presque trop dure à supporter. J'aimerais pouvoir les faire monter à bord, mais, même s'ils parvenaient jusqu'à nous, le capitaine ne le tolérerait jamais.

En ce moment, ça craint d'être à ma place – mais jusqu'ici, je ne m'étais encore jamais rendu compte que ça craignait aussi d'être à la place de mes parents.

145 L'âme de notre mission

J'ai un nouveau camarade de cabine que je ne connais pas et que je ne tiens pas à connaître. Ce n'est qu'un membre de plus de l'équipage anonyme. Maintenant, c'est *moi* le vieux de la vieille – celui qui connaît les ficelles –, comme l'était le navigateur à mon arrivée. Autant je n'aimais pas être le petit nouveau, autant je n'aime pas non plus être le vieux loup de mer.

Quelques nuits après que le navigateur s'est défait dans la mer, le capitaine vient me rendre visite. Il s'assoit au pied de mon lit et me fixe de son œil qui voit. Je pensais que le fragile lit de camp se tordrait sous son poids, mais ce n'est pas le cas. Comme si le capitaine ne pesait rien. Qu'il était immatériel, comme un fantôme.

– Je vais te dire quelque chose, mon garçon, glisse-t-il doucement. Mais je le nierai au grand jour.

Il s'arrête un instant pour s'assurer qu'il a toute mon attention.

– Tu es le membre de l'équipage le plus important de ce vaisseau. Tu es l'âme de notre mission, et si tu réussis – et je sais que tu y arriveras –, il y aura beaucoup de gloire à en retirer. Je nous vois déjà entreprendre de nombreux voyages ensemble, toi et moi. Jusqu'au jour où tu seras toi-même capitaine.

Je ne peux nier que la vision qu'il me fait miroiter est séduisante. Avoir un but m'attire vraiment. Et pour ce qui est des futurs voyages, je me suis habitué à la nature de ce navire et de ces eaux. Rester embarqué plus longtemps n'est peut-être pas hors de question.

– Un seul membre de l'équipage fera le plongeon, déclare le capitaine. Et c'est toi que j'ai choisi. Toi seul atteindras Challenger Deep et découvriras les richesses qu'il renferme.

Ce que je ressens à cette idée est aussi sombre et profond que la faille elle-même.

– Sans le véhicule approprié, je serai écrasé par la pression, capitaine, et…

Il lève une main pour me faire taire.

– Je sais ce que tu crois, mais les choses sont différentes

ici. Tu le sais déjà ; tu l'as déjà constaté. Cette plongée est périlleuse, je ne vais pas le nier, mais pas de la manière dont tu le penses.

Puis il me serre l'épaule.

– Aie foi en toi, Caden, car j'ai foi en toi.

Ce n'est pas la première fois que je l'entends.

– Le perroquet avait foi en moi, lui aussi.

Le capitaine se hérisse en entendant parler du perroquet.

– Regrettes-tu de nous avoir débarrassés de ce traître ?

– Non…

– Le perroquet se serait assuré que tu n'accomplisses jamais ce voyage.

Il se lève et commence à faire les cent pas dans l'espace réduit.

– Le perroquet aurait mis un terme à nos aventures à tout jamais !

Puis il pointe un doigt crochu vers moi.

– Est-ce que tu préfères être un infirme dans son monde ou un héros dans le mien ?

Puis il sort en trombe, sans attendre ma réponse. Peu après son départ, un souvenir désagréable refait surface. « Tu as déjà vu le capitaine », m'a dit le perroquet. Pour la première fois, je réalise qu'il avait raison… mais ce souvenir douloureux m'échappe et il est aspiré par le goudron puant qui assure la cohésion du bateau.

146 Psychotoxique

Je sens chaque jour davantage la présence du Serpent abyssal. Il poursuit le bateau – il *me* poursuit. Il se cale sur notre allure. Contrairement aux écumars ou aux ennemis jurés, il n'attaque pas. Il se contente de nous suivre. Ce qui est encore pire.

– Il ne te laissera jamais en paix, mon garçon, m'explique le capitaine alors que nous scrutons notre sillage.

Je n'arrive pas à voir le serpent, mais je sais qu'il est là, nageant juste assez profond pour se cacher à ma vue, mais pas à mon âme.

– Le serpent a des projets pour toi, c'est sûr, déclare le capitaine. Des projets impliquant des sucs gastriques – mais je crois qu'il aime avoir faim. Il aime autant la poursuite que la dévoration. Là est sa faiblesse.

Quand le capitaine se retire pour le thé, ou toute autre activité qu'un homme comme lui pourrait exercer pendant son temps libre, je grimpe jusqu'au nid-de-pie pour m'éloigner au maximum du Serpent abyssal.

J'en suis venu à détester le nid-de-pie à peu près autant que le capitaine. Les spectacles bizarres qui se jouent là-haut ne m'étonnent jamais. Aujourd'hui, des têtes roulent comme des virevoltants au gré de la mer. Il y en a une qui me rentre dedans en passant.

– Désolé, s'excuse-t-elle. Peux pas faire autrement.

Cette tête me dit quelque chose, mais je ne peux pas m'en assurer, car sa trajectoire la conduit sous une chaise, où elle reste temporairement coincée.

Il y a une nouvelle barmaid, aujourd'hui. Personne n'est assis au bar à cause de la froideur qu'elle dégage. Elle projette des ondes de « n'approchez pas » comme un champ de force. Je m'approche quand même, ne serait-ce que pour la contrarier.

Je lui demande :

– Où est Dolly ?

La nouvelle barmaid m'indique une des têtes qui roulent. Je reconnais aussitôt Dolly.

– Salut, Caden, fait sa tête en culbutant après une brusque houle. Je te ferais bien un petit coucou si je pouvais.

– C'est fâcheux, commente la nouvelle barmaid, mais la dissolution du navigateur a prouvé qu'il fallait du changement.

Une autre victime crânienne rebondit alors à côté de moi. Elle a les cheveux roux coupés court. Je me dépêche de l'attraper. Je la ramasse et découvre une paire d'yeux que je connais bien.

– Carlyle ?

– Désolé de te l'annoncer, Caden, mais je n'animerai plus ton groupe.

Je reste sans voix. Incapable d'avaler cette nouvelle.

– Mais… Mais…

– Ne t'inquiète pas, dit-il. Il y aura quelqu'un d'autre dès cette après-midi.

– Nous ne voulons personne d'autre !

Le couloir est désert. Je me tiens entre lui et la sortie.

Je savais que des gens se feraient démolir, peut-être renvoyer à cause de ce qui est arrivé à Hal. Mais pourquoi Carlyle ?

– Tu n'y es pour rien ! Tu n'étais même pas là, ce jour-là !

La nouvelle infirmière de service m'observe froidement depuis son poste, se demandant si le fait que j'élève la voix représente un problème.

– On a estimé que mon groupe était psychotoxique. Pour Hal, en tout cas.

– Tu y crois, toi ?

– Ce que je crois n'a pas d'importance. L'hôpital devait flanquer une fessée à quelqu'un, et j'étais une cible facile. C'est comme ça que ça marche, c'est tout.

Il regarde autour de lui, un peu nerveux, comme si le seul fait d'être pris à discuter avec moi risquait d'aggraver son cas.

– Ne t'inquiète pas pour moi, reprend-il. Ce n'est pas comme si je n'avais rien d'autre à faire. J'étais bénévole, ici, tu te rappelles ?

Il me dépasse et se dirige vers la porte.

– Mais… Mais… Qui va balayer les cerveaux sauvages ?

Il rigole.

– Ça ne s'arrêtera pas avec moi, dit-il. Prends soin de toi, Caden.

Puis il place son badge de sécurité sur le lecteur. La première porte s'ouvre, le laissant pénétrer dans le petit sas conçu pour empêcher les patients de s'enfuir. Une fois cette porte fermée, la seconde s'ouvre vers le monde extérieur et Carlyle disparaît.

Je ne sais pas quoi faire. Je ne sais pas sur qui crier. La barmaid ne le supportera pas, et même si Furieux-Bras-de-la-Mort est encore dans les parages, lui et ses crânes s'estimeront juste heureux de ne pas rouler de-ci de-là avec Dolly et les autres.

Je quitte le nid-de-pie et je me lâche sur le capitaine pour exprimer ma plainte, l'informant que le corps sans tête de Carlyle vient d'être jeté par-dessus bord – mais le capitaine reste imperturbable.

– Les mousses, ça va, ça vient, dit-il, une tête sous chaque bras. Je vais faire un bowling. Tu veux te joindre à moi ?

147 Le gâteau n'est qu'un mensonge

– Eh bien, bonjour à tous ! Je suis Gladys, votre nouvelle animatrice de groupe du matin.

La salle est d'humeur aussi belligérante qu'une classe de lycée alternatif. Et aujourd'hui, c'est une prof remplaçante.

– Le premier point à l'ordre du jour, c'est faire connaissance.

Gladys n'a pas une tête de Gladys. Même si je ne sais pas vraiment à quoi devrait ressembler une Gladys, à part celles des vieilles sitcoms en noir et blanc. Elle doit avoir autour de trente-cinq ans, a une permanente blonde et une légère déviation dans la symétrie de son visage qui s'aggrave quand elle sourit.

– Et si on commençait par dire comment on s'appelle ?

– On le sait déjà, répond quelqu'un.

– Eh bien, moi aussi, j'aimerais connaître vos noms.

– Vous les connaissez, fait quelqu'un d'autre. Je vous ai vue lire nos dossiers avant d'entrer dans la pièce.

Gladys nous offre un sourire légèrement asymétrique.

– Oui, mais ce serait sympathique de coller des noms sur des visages.

– Ça doit faire mal, dis-je.

Azur et quelques autres me gratifient d'un ricanement de courtoisie – mais ce n'est pas suffisant pour poursuivre dans le sarcasme. Alors, juste pour en finir, je déclare :

– Caden Bosch.

Après moi, le groupe continue à se présenter, dans le sens des aiguilles d'une montre. À ma grande surprise, personne ne se présente comme « Lenny Chon » ou « Jenny Tale ». J'ai dû casser l'ambiance en donnant mon vrai nom.

Mon nouveau camarade de chambre s'est joint au groupe, ainsi qu'une nouvelle anonyme. Deux personnes dont je ne me souviens déjà plus ont quitté l'hôpital il y a quelques jours. Les visages changent, mais la pièce reste la même, comme dans un show de Broadway.

Ils sont très peu à échanger, aujourd'hui. Ce qui est sûr, c'est que je n'ai aucune envie d'échanger quoi que ce soit avec Gladys. Jamais de la vie. Puis quelqu'un se met subtilement à l'appeler GLaDOS, nom de l'ordinateur féminin maléfique d'un classique des jeux vidéo, *Portal* – et si cette séance n'était pas déjà une farce, maintenant on nage en plein dedans. On est plusieurs à se relayer pour faire des références au jeu qui lui passent complètement au-dessus de la tête – comme quand quelqu'un lui demande s'il y aura du gâteau à la fin.

– Non, répond Gladys, asymétriquement perplexe. Pas à ma connaissance.

– Alors… reprend le provocateur, vous voulez dire que *le gâteau n'est qu'un mensonge* ?

Même ceux qui ne savent pas du tout de quoi il parle ricanent, parce que peu importe qu'ils ne comprennent pas – la seule chose qui importe, c'est que GLaDOS ne comprenne pas.

Dans des circonstances normales, j'aurais pu me sentir mal pour elle, mais je ne sais plus trop ce que sont des circonstances normales, et, de toute façon, je ne veux pas lui accorder ma sympathie. Je sais que le fait que Carlyle ait été viré n'est pas de sa faute, mais elle est la piñata du groupe et ça ne me dérange pas de balancer des coups de bâton avec les autres.

148 Avant la fin du monde

Allongé sur mon lit, j'attends la fin du monde. Il va bien falloir que ça s'arrête parce que je n'arrive pas à imaginer que ça continue comme ça. Cette procession de jours gris et de brouillard mental devra bien cesser.

Je n'ai pas de nouvelles de Callie. Je ne m'attends pas à en recevoir ici ; nous n'avons accès ni au téléphone ni aux ordinateurs, et je ne pense pas qu'elle m'enverra une lettre. Je suis allé jusqu'à demander à mes parents de regarder mes mails. Je leur ai confié tous mes mots de passe, parce que « vie privée » ne veut plus dire grand-chose. Ça m'est égal qu'ils lisent mes spams, parce que, depuis le temps, c'est tout ce que je dois encore recevoir, en plus d'un mot de Callie. Sauf qu'elle n'a pas écrit. Du moins c'est ce que mes parents me disent. Est-ce qu'ils m'avertiraient si elle l'avait fait ? Je me fie à eux à peu près autant qu'à tous ceux qui m'affirment qu'Hal est toujours vivant. Si tout le monde s'est convaincu que ce n'est pas grave de me mentir, tant que c'est pour mon bien, comment croire quoi que ce soit venant de qui que ce soit ?

Est-ce qu'ils mentent quand ils affirment que ça fait six semaines que je suis là ? Sans doute pas. J'ai l'impression que ça fait plutôt six mois. Dans ce brouillard et cette monotonie, il est quasiment impossible de garder le fil du temps qui passe. Ils n'appellent pas ça « monotonie », par contre. Ils appellent ça « routine ». La routine est censée être rassurante. On a une prédisposition génétique à la banalité du quotidien qui remonte aux premiers vertébrés. La sécurité dans la similitude.

Sauf quand on choisit d'introduire du changement.

En me collant un nouveau camarade de chambre auquel je refuse de parler, par exemple.

Ou en virant la seule personne qui me faisait entrevoir la plus légère lueur d'espoir.

À cause de ça, je maudis en silence tout le monde, sachant au plus profond de moi que je ferais mieux de me maudire moi-même, parce que rien de tout cela ne serait arrivé si je n'avais pas tenu ma promesse à Hal et que je l'avais dénoncé.

Un peu plus tôt aujourd'hui, une des infirmières m'a confié :

– Si tu continues à faire des progrès, je ne vois pas pourquoi tu ne rentrerais pas chez toi d'ici une quinzaine de jours.

Puis elle a ajouté :

– Mais ne va pas répéter que c'est moi qui te l'ai dit.

Au sein des internés, la tendance est à l'évasif.

Je ne ressens pas les progrès que perçoivent les autres. Je suis tellement encapsulé dans l'instant que je ne me souviens pas de comment j'étais en arrivant. Et je me dis que si ceci est mieux que cela, est-ce que c'est à ça que je dois m'attendre en rentrant à la maison ? La banalité du quotidien ?

Une infirmière arrive dans ma chambre avec les médicaments du soir. D'abord, elle s'occupe de mon voisin, puis vient mon tour. Je regarde dans mon joyeux petit gobelet. Mon cocktail actuel – il change tout le temps – m'offre désormais trois médicaments le soir. Une pilule verte oblongue, une capsule bleue et blanche, et un comprimé jaune qui fond dans la bouche comme un bonbon sans saveur. Je les prends un par un avec un verre d'eau que l'infirmière me donne, légèrement plus grand que celui qui contient les cachets. Puis, comme je connais la marche à suivre, j'ouvre la bouche et tire sur mes joues comme si je lui faisais une grimace, pour lui montrer que j'ai bien avalé mon traitement.

Une fois qu'elle est partie, je vais aux toilettes pour repêcher tout au fond de ma bouche la capsule bleue et blanche que j'ai cachée comme un écureuil en haut de ma gencive. L'infirmière ne l'aurait jamais trouvée sans passer les doigts sur chaque centimètre carré de ma bouche. Si on te prend à planquer tes médocs dans ta bouche, tu y as droit. Mais moi j'ai toujours été un gentil garçon. Jusque-là.

Je sais que je ne peux pas lutter contre le comprimé qui se dissout, mais peut-être qu'avec un peu d'entraînement je pourrai dissimuler à la fois la capsule et la pilule verte. Peu importe ce qu'Hal ressentait quand il a fait ce qu'il a fait, au moins, il *ressentait* quelque chose. Là, même le désespoir aurait des airs de victoire. Alors je laisse tomber la pilule dans la cuvette et je pisse copieusement dessus, puis je tire la chasse, heureux d'offrir un traitement aux créatures putrides peuplant les égouts, quelles qu'elles soient.

Puis je retourne à mon lit et m'allonge pour attendre la fin du monde.

149 Demi-vie

J'en connais plus long sur les traitements psychoactifs qu'il n'est sain de le savoir pour un être humain. Un peu comme un dealer qui aurait tout testé et qui serait capable de parler avec autorité des diverses formes de défonce.

La plupart des anxiolytiques agissent rapidement, font leur boulot et sont chopés par le foie – la police du corps –, qui les dégage en moins d'une journée. En injection, le Témesta calme sur-le-champ. En moins d'une heure par voie orale, mais ses effets se dissipent à peine quelques heures plus tard.

Par contre, le Geodon, le Risperdal, le Seroquel et tous les autres poids lourds des neuroleptiques possèdent une demi-vie bien plus longue, échappant au foie pendant un bon moment. En plus, « l'effet thérapeutique », comme ils l'appellent, se met en place progressivement. Il faut prendre ces machins pendant des jours, voire des semaines, avant qu'ils commencent à faire le boulot pour lequel on les paie.

Bien sûr, la plupart des effets secondaires de ces médicaments sont immédiats et te donnent en une heure l'impression d'être autre chose qu'un être humain. Quand tu arrêtes brusquement de les prendre, si tu n'as pas d'attaque et que tu ne meurs pas, ces effets secondaires disparaissent au bout d'un ou deux jours. Il faut plus longtemps aux véritables effets thérapeutiques pour disparaître, de la même manière qu'il leur a fallu plus de temps pour faire effet.

En d'autres mots, pendant quelques jours de rêve, tu te rappelles ce que c'est que d'être normal, avant de plonger tête la première dans le trou sans fond.

150 Dernier *survivant*

La brume du matin se consume, laissant derrière elle une myriade de nuages blanc coton sur tout l'horizon. Ils traversent rapidement le ciel, créant des effets stroboscopiques entre ombre et soleil. Sous ce panorama spectaculaire, la mer est comme du verre – parfaite surface réfléchissante, miroir du ciel. Nuages au-dessus, nuages au-dessous. On dirait qu'il n'y a aucune différence entre les cieux et les profondeurs.

Même le mouvement perpétuel de notre navire – désormais poussé par un vent régulier – ne peut agiter ces eaux. Comme si on patinait plus qu'on ne naviguait sur la mer. Je sais que le Serpent abyssal nous poursuit quelque part sous la surface vitreuse de l'eau, mais, comme le bateau, il voyage en totale discrétion, ne laissant aucune trace de son passage.

Plus aucune tête ne roule dans le nid-de-pie, ni celle de Carlyle ni celle de personne. En fait, l'endroit a complètement perdu sa magie. Il n'y a plus ni bar, ni fauteuils, ni clients éméchés perdus dans leur cocktail fluo. L'intérieur du nid-de-pie est désormais exactement ce qu'il a l'air d'être de l'extérieur : un tonneau d'environ un mètre de diamètre, juste assez grand pour que la vigie puisse scruter l'horizon.

– Comme n'importe quel appendice, m'explique

le capitaine, il s'est atrophié à force de ne plus servir.

Sans le cocktail pour m'abrutir, mes sens sont d'une clarté aussi affûtée qu'un couteau de boucher. Elle fend chair et os, révélant à l'intérieur des endroits pas faits pour être exposés à la lumière du jour.

Maintenant, il n'y a plus que moi et le capitaine. Le reste de l'équipage est parti. Peut-être qu'il nous a abandonnés pendant la nuit. Ou peut-être que des créatures des profondeurs l'ont entraîné par-dessus bord. À moins qu'il n'ait été aspiré entre les planches de cuivre et digéré par le goudron vivant qui assure la cohésion du bateau.

L'équipage ne me manque pas. En fait, c'est comme s'il n'avait jamais vraiment été là.

Le capitaine se tient derrière moi à la barre et pontifie devant sa congrégation d'une ouaille.

– L'enfer réside dans le jour comme la nuit, déclare-t-il. Je suis resté dans la chaleur brûlante sous un soleil implacable et sous le regard de pierre d'une humanité indifférente.

Il touche le bastingage, faisant courir un seul de ses doigts dessus, comme pour vérifier qu'il n'y a pas de poussière.

– Le moindre morceau de cuivre te fait terriblement envie, mais quand il se présente, tu lui en veux. Tu me suis ?

– Oui.

Il me colle un grand coup derrière la tête.

– Ne suis jamais ! Montre toujours la voie !

Je frotte mon crâne, qui me lance horriblement.

– Comment faire quand il n'y a plus personne ? demandé-je.

Le capitaine regarde autour de lui, et semble remarquer pour la première fois qu'il n'y a personne d'autre à bord.

– Bien vu ! Dans ce cas, réjouis-toi d'être le dernier survivant.

Je regarde les nuages au-dessus et au-dessous de l'horizon.

– Que cherchons-nous, capitaine ? Et comment saurons-nous que nous sommes arrivés ?

– Nous le saurons, se contente-t-il de répondre.

Je reste à la barre. Sans carte de navigation, je tourne le gouvernail sur un caprice, un coup de tête.

Le capitaine ne conteste aucun de mes choix.

Au loin, devant nous, quelque chose se dessine. Ce n'est d'abord qu'une petite tache, mais, alors que nous approchons, elle prend la forme d'un poteau dépassant de l'eau. Je manœuvre dans sa direction et, en approchant encore, je vois que ce n'est pas qu'un poteau. Il y a une barre transversale à laquelle est attachée une silhouette inerte.

Un épouvantail.

Il a les bras très écartés et les yeux tournés vers le ciel ponctué de nuages, dans une posture de supplication éternelle – c'est là que je me dis que tous les épouvantails semblent crucifiés. Peut-être que c'est ce qui effraie et fait fuir les corbeaux.

Mais si loin en mer, il n'y a pas de corbeaux à effrayer. Ni mouettes ni quiscales, pas le moindre oiseau, pas même un perroquet. Comme tant d'autres choses dans l'univers du capitaine, l'épouvantail est voué à une tâche inutile.

– L'épouvantail est le signe ultime, me déclare le capitaine d'une voix solennelle, avec un soupçon de crainte chez un homme qui ne montre aucune crainte. Juste en dessous de lui se trouve l'endroit le plus profond au monde.

151 Roi de toutes les destinées

Alors que nous sommes presque arrivés à l'épouvantail, le vent, jusque-là si régulier que je n'y prêtais plus attention, diminue soudain et disparaît, laissant un silence si absolu que j'entends les battements de mon cœur dans les vaisseaux de mes oreilles. Au-dessus de nous, les voiles perdent leur rigide courbure et pendent, flasques et sans vie. Nous avançons encore un peu sur notre lancée puis le capitaine lâche l'ancre, sa chaîne défilant à toute vitesse jusqu'à ce qu'elle se tende. La longueur de l'ancre n'est rien à côté de la profondeur de la faille, mais le mystère, avec une ancre, c'est qu'elle n'a jamais besoin de toucher le fond, ni même d'en approcher vraiment, pour immobiliser jusqu'au plus gros des bateaux.

L'épouvantail est encore à une centaine de mètres devant nous, à onze heures, à peu près.

– Je n'ose approcher plus près, mon garçon, me dit le capitaine. C'est à toi et à toi seul d'effectuer le reste de ce voyage.

Il n'y a toujours ni bathyscaphe ni cloche de plongée. Rien pour me conduire au fond.

– Mais comment…

Le capitaine lève une main pour m'interrompre, parce qu'il sait ce que je vais dire.

– Tu ne serais pas arrivé si loin si tu n'y étais pas destiné, déclare-t-il. Une méthode se fera jour.

Je lui adresse un sourire espiègle.

– Une méthode dans la folie ?

Ça ne l'amuse pas, lui. Il me réprimande, même :

– Le perroquet parlait de folie, mais pour des hommes comme toi et moi, c'est une science.

– Une science, capitaine ?

Il acquiesce.

– Parfaitement. L'alchimie singulière qui permet de transmuter ce qui pourrait ne pas être en ce qui est. « Folie », clamait le perroquet, mais pour moi, tout ce qui est en deçà n'est que médiocrité.

Puis il me regarde, avec une nuance de désespoir qu'il essaie de dissimuler.

– Je t'envie, reprend-il. Toute ma vie, j'ai rêvé de la récompense embusquée, là, au fond, hors de ma portée jusqu'à aujourd'hui. Mais tu vas invoquer ce trésor. Tu vas emplir notre cale à ras bord d'un butin dépassant tout ce que l'âme humaine peut imaginer.

Je me demande comment je pourrais remonter un tel trésor des profondeurs, mais je sais que le capitaine me ferait la même réponse que pour le moyen de descendre : la méthode dans la folie se fera jour.

Et là, le capitaine me demande :

– Me crois-tu, Caden ?

Je sens bien qu'il ne pose pas la question à la légère,

ni même pour mon bien. Il a *besoin* que je le croie, comme si sa propre existence en dépendait. C'est à cet instant que je comprends que tout a basculé. Ce n'est plus lui qui me guide – c'est moi qui le guide. Pas seulement lui, mais tout le reste dans cet univers qui est le sien. Je sens que même le Serpent abyssal attend avec impatience ce que je vais faire. Quelle perspective enivrante et angoissante que d'être le roi de toutes les destinées.

– Me crois-tu, Caden ? répète le capitaine.

– Oui.

– Est-ce que tu renonces au perroquet et à ses mensonges ?

– Oui.

Il sourit, enfin.

– Alors il est temps que tu sois baptisé par les profondeurs.

152 Épouvantail

Je monte dans le canot de sauvetage, un bateau à rames en cuivre si frêle qu'il n'a pas l'air de pouvoir maintenir son propre poids au-dessus de la ligne de flottaison. Alors le mien, encore moins. Le capitaine descend le canot et, quand celui-ci touche l'eau, il ne provoque pas la moindre ride à la surface. Je me penche par-dessus bord et ne vois que mon propre reflet sur l'océan comme un miroir. Je sais que ce visage est le mien et, pourtant, je ne me reconnais pas.

Chaque fois que je regarde par-dessus bord, je m'attends à moitié à ce que le Serpent abyssal se précipite hors de l'eau, me saisisse par la tête et m'emporte au fond avec lui. Je me demande ce qu'attend ce serpent.

– Bonne route vers ta récompense ! lance le capitaine.

Je libère le canot des poulies et m'éloigne, seul.

Je rame en suivant un rythme régulier jusqu'à l'épouvantail, écoutant le grincement rythmique des trous pour les rames, geignant à chaque nouveau mouvement. Je rame face au navire, car il faut toujours tourner le dos à sa destination. Le navire semble rapetisser rapidement maintenant que je l'ai quitté. Le vaisseau vert métallique qui me semblait si massif quand j'étais à bord ne me paraît désormais pas plus gros qu'un jouet. Je ne vois pas le capitaine.

Enfin, j'arrive à côté de l'épouvantail. Je pensais qu'il était sur une bouée flottante, mais le poteau est en fait un poteau en bois qui descend dans les profondeurs, probablement tout au fond, presque onze kilomètres plus bas. Aucun arbre n'a jamais poussé assez haut pour produire un poteau pareil. Il est incrusté de moules et de bernacles à une trentaine de centimètres au-dessus de l'eau qui atteint presque les bottes de travail de l'épouvantail. Son jean et sa chemise en flanelle écossaise paraissent décalés dans un environnement si tropical. Qu'est-ce que je dis ? Chez lui, tout semble décalé.

Il porte le borsalino blanc de mon père. Son nez est le talon rouge cassé de ma mère. Ses yeux sont les gros boutons bleus de la polaire jaune de Mackenzie. Détaché de son poteau, je me demande s'il marcherait sur l'eau comme Calliope. Y a-t-il autre chose dans ses membres que du tissu et du rembourrage ? Il n'y a qu'un moyen de le savoir.

Je lui demande :

– Est-ce que tu sais parler ou est-ce que tu n'es qu'un épouvantail ?

J'attends qu'il réponde, et comme il ne dit rien, je commence à me demander si je ne me suis pas lancé dans une quête perdue d'avance. Peut-être que je suis condamné à rester sur ce bateau, à l'ombre de cette silhouette écartelée, jusqu'à la tombée de la nuit, et au-delà. Puis, dans un léger crissement de sa peau de toile, il tourne la tête vers moi et ses yeux bleus en boutons bougent légèrement, comme des jumelles cherchant à faire le point.

– Alors te voilà, dit l'épouvantail, comme s'il me connaissait et qu'il attendait mon arrivée.

Sa voix feutrée et forte à la fois se compose de plusieurs tons, comme la voix d'un chœur chuchotant.

Je commande à mon cœur d'arrêter de tambouriner.

– Me voici. Et maintenant ?

– Ton but est d'atteindre le fond, déclare-t-il. Il y a

de nombreuses manières d'y parvenir. Tu pourrais peut-être attacher l'ancre du bateau à ta jambe et la laisser t'entraîner en bas.

– Ça me tuerait, dis-je.

L'épouvantail hausse les épaules, aussi bien qu'un épouvantail peut le faire.

– Tu toucherais le fond, en tout cas.

– J'aimerais y arriver vivant.

– Ah, fait l'épouvantail. C'est une autre histoire.

Puis il se tait, le regard rivé sur nulle part, comme je l'ai trouvé tout à l'heure. Le silence devient désagréable. Je me demande si je ne l'intéresse déjà plus et s'il se débarrasse de moi – mais je comprends qu'il attend que j'agisse, même si je ne sais pas quoi faire. Comme j'ai conscience de devoir agir, je manœuvre le canot au plus près de l'épouvantail et j'attache sa corde autour du poteau, l'amarrant là, pour bien montrer que je ne compte pas partir. Je peux attendre aussi longtemps que lui. J'observe un petit crabe qui sort de la poche de sa chemise. Il me regarde et se faufile de nouveau à l'intérieur.

L'épouvantail tourne légèrement la tête. Son visage de toile a l'air pensif.

– Tornade en vue, annonce-t-il.

Je scrute le ciel. Les nuages joufflus se déplacent encore à un rythme régulier, mais rien ne laisse présager une tempête.

– Tu en es sûr ?

– Très, répond l'épouvantail.

Et c'est à cet instant que la mer immobile comme du verre se met à bouger.

Je distingue une légère ondulation à ma droite et je suis sa trajectoire. Quelque chose est monté à la surface. Je ne l'entraperçois que par instants. Des écailles métalliques affûtées. Un corps vermiforme qui ondoie. Je connais intimement cette créature. Le Serpent abyssal nous encercle et je suis terrorisé. Alors qu'il accélère l'allure, l'océan lui-même semble résonner de son mouvement et commence à tourner en un lent tourbillon, accélérant rapidement à son tour. L'eau se met à tournoyer autour du poteau de l'épouvantail et la corde qui retient le canot se tend. Sous les eaux mouvantes, je distingue l'œil unique rouge et éclatant du serpent de l'effroi. Il dégage la même autorité que l'œil du capitaine. Le même caractère intrusif que celui du perroquet. C'est le summum de tous les yeux qui ont été témoins de ma vie et qui l'ont jugée.

– Tornade en vue, répète l'épouvantail. Vaut mieux se mettre à l'abri.

Mais il n'y a pas d'endroit pour s'abriter et il le sait. Le serpent décrit des cercles plus rapides. L'eau qui tourbillonne se creuse au centre, révélant davantage de couches de vie aquatique accrochées au poteau de l'épouvantail, devenu son propre récif vertical. Et alors que le canot se balance dans le courant qui s'accentue, je vois la corde qui le retient s'effilocher peu à peu contre un bouquet de moules acérées.

Le canot est arraché au poteau. Je saute pour m'agripper aux jambes de l'épouvantail. La malheureuse embarcation tourne autour du poteau dans le tourbillon grandissant et le goudron qui maintenait ses planches de cuivre l'abandonne, se répandant dans l'eau comme une nappe de pétrole. Le petit bateau part en morceaux. Je vois aussi tournoyer d'autres choses dans l'eau, des fragments de parchemin détrempé et des plumes de couleurs vives valsant avec le goudron noir malveillant. Ils tournoient, agités comme les ingrédients d'un nouveau cocktail.

Alors que je m'accroche de toutes mes forces à l'épouvantail, je regarde en bas et suis pris de vertige. À une vitesse inquiétante, le tourbillon s'accentue et la spirale d'eau s'écarte de nous, jusqu'à ce que je me retrouve pris dans un entonnoir sans fond. Le tourbillon gronde à mes oreilles comme un train de marchandises. Le goût d'écume salée me fait presque suffoquer.

– Si tu veux y aller, c'est le moment, déclare l'épouvantail.

Jusque-là, je ne pensais qu'à tenir bon.

– Attends, tu veux dire…

– À moins que tu ne penses que l'ancre était une meilleure idée, finalement.

L'idée de tomber au cœur d'un tourbillon ne me pousse qu'à m'agripper plus fort et à monter plus haut, jusqu'à ses épaules.

Si je m'engage dans ce plongeon, je ne pourrai pas revenir en arrière. Il n'y a pas de câble de sécurité pour ralentir ma descente, pas de caméra pour enregistrer ma chute. Personne pour me rattraper en bas et me renvoyer à mon petit bonhomme de chemin. Mais je sais que je dois le faire. Je dois m'abandonner à la gravité. C'est pour ça que je suis là. Alors je m'emplis la tête de toutes les pensées qui m'ont propulsé vers cet instant. Je pense à mes parents et à l'horreur de leur impuissance. Je pense au navigateur et à son choix d'être le sacrifice. Je pense à ma sœur, qui comprend que les forteresses de carton peuvent devenir bien trop vraies, et je pense au capitaine, qui m'a tourmenté mais m'a préparé à ce moment. Je vais être baptisé par les profondeurs. Le perroquet considérerait ça comme le plus grand des échecs, j'en suis sûr. Eh bien, si c'est l'apothéose de tous les échecs, alors je la transformerai en glorieux succès.

– Fais attention au poteau en descendant, m'avertit l'épouvantail. Allez, salut.

Je lâche et plonge dans l'entonnoir, enfin prêt à connaître les insondables profondeurs de Challenger Deep.

153 L'accablant jamais

Il y a des livres que je ne finirai jamais, des jeux auxquels je ne finirai jamais de jouer, des films que j'ai commencé à regarder et dont je ne verrai jamais la fin. Jamais.

Parfois, nous sommes concrètement confrontés au jamais et celui-ci nous accable.

J'ai essayé de défier cet accablant jamais, quand je me suis rendu compte qu'il y avait dans ma propre bibliothèque musicale des chansons que je n'entendrais probablement plus jamais. Sur mon ordinateur, j'ai créé une playlist avec toutes ces chansons. Il y en avait 3 628, qui représentaient 223,6 heures d'écoute. Je m'y suis tenu pendant quelques jours avant de commencer à m'en désintéresser.

Alors maintenant, je suis en deuil. Je porte le deuil de toutes les chansons qui ne parviendront plus jamais à mes oreilles. De tous les mots et de toutes les histoires qui reposent sur des pages éternellement non lues. Et je porte le deuil de ma quinzième année. Et du fait que je ne pourrai jamais, de ce jour jusqu'à la fin des temps, l'achever comme elle aurait dû l'être. Rembobiner et la revivre, sans le capitaine ni le perroquet, ni les pilules, ni les entrailles sans lacets de la Cuisine Blanc Plastique, cette fois. Les étoiles vont s'éteindre et l'Univers va arriver à sa fin avant que je récupère cette année.

Voilà le poids attaché à ma cheville et il est bien plus lourd que l'ancre. Voilà l'accablant jamais que je dois affronter. Et je ne sais toujours pas si je vais disparaître à l'intérieur ou si je vais trouver un moyen de pousser au-delà.

154 Challenger Deep

Je tombe dans l'œil d'un tourbillon de près de onze kilomètres de profondeur. J'étends les bras comme un parachutiste, m'abandonnant entièrement. L'océan tournoie autour de moi, la force de la spirale d'eau maintenant un entonnoir d'air vertical ouvert comme un trou de ver.

À travers les tumultueuses parois du tourbillon, je vois le Serpent abyssal descendre en spirale avec moi, suivant le rythme de ma chute tout comme il se calait sur celui du bateau. J'attends qu'il traverse l'eau d'un bond pour me dévorer, mais il ne le fait toujours pas. Alors que le soleil et le ciel ne sont plus qu'un trou d'épingle bien loin au-dessus de moi, la lumière qui nous entoure prend une teinte azur qui s'assombrit. Est-ce que le bleu se changera en noir, me laissant dans l'obscurité la plus complète ?

Tomber au fond de la faille devrait prendre trois minutes et demie, mais je tombe bien plus longtemps. Les minutes s'étendent jusqu'à sembler des heures. Il n'y a pas moyen d'estimer la durée de ma chute, si ce n'est en comptant le nombre de fois où mes oreilles se bouchent au fur et à mesure que la pression augmente. Combien d'atmosphères pèsent sur moi désormais ? Aucun baromètre au monde ne saurait le mesurer.

– Ceux qui prétendent avoir vu le fond sont des menteurs, avait dit le capitaine.

Maintenant, je sais qu'il disait vrai.

En dessous de moi, j'aperçois un dangereux tableau et je comprends que j'approche du fond. Les restes déchiquetés d'épaves transpercent les murs du tourbillon. Je heurte le haut d'un mât, qui se brise. Je dégringole à travers une ancienne voile en loques, puis une autre, et encore une autre, chacune s'efforçant de m'attraper sans y parvenir, jusqu'à ce que je plonge enfin dans l'épaisse substance grise et limoneuse qui recouvre le fond du monde. Grise, pas noire. C'est là que le goudron vient mourir.

J'ai mal, mais je ne suis pas brisé. Les voiles ne m'ont pas retenu, mais elles m'ont ralenti. Je me relève, forçant mes genoux tremblants à supporter mon poids.

J'ai réussi ! J'y suis !

Le tourbillon fait toujours rage, mais là, en son œil, s'étend un paysage lunaire humide d'une cinquantaine de mètres de long. Et je découvre stupéfait que ce paysage lunaire est ponctué de monceaux et de monceaux d'or et de bijoux. Tous les trésors recherchent le point le plus bas de la terre. Ici sont nichées les richesses de Challenger Deep !

Le souffle coupé, sidéré, je parcours le trésor, luttant pour avancer dans la vase qui emplit l'espace entre les précieuses piles.

Je me retourne en entendant cliqueter des pièces. Il y a une autre créature avec moi. Une petite. Elle essaie maladroitement d'escalader un tas. Elle fait à peu près la taille d'un petit chien, mais marche sur deux jambes. Sa chair est d'une nuance rose malade. Elle a de drôles de bras, mais pas de mains. Je ne la reconnais pas jusqu'à ce que je l'entende commenter :

– Que des récompenses, que des récompenses. Pas de valeur en soi.

C'est le perroquet, ou du moins son fantôme, ou peut-être ses restes morts-vivants – difficile à dire. Sans plumage, il fait mal nourri et tout léger, comme ces jeunes poulets de supermarché chétifs qui n'ont que la peau sur les os. Quelque chose s'écoule de sa blessure par balle, mais ce n'est pas du sang. Je mets du temps à reconnaître la gélatine orange. Celle avec les petits morceaux d'ananas dedans.

Je me dirige vers le perroquet, prêt à triompher. Le capitaine avait raison ; lui avait tort. J'ai fait le bon choix. Maintenant j'ai le droit de remuer le couteau dans la plaie. Mais de son œil découvert, il me contemple, affligé, comme si j'étais celui à plaindre.

– Je l'ai vu venir, dit-il. On peut conduire un cheval jusqu'à l'eau – on peut même le pousser à boire. Mais pour qu'il continue, eh bien, ça ne dépend que du cheval, du cheval, bien sûr, bien sûr.

Il donne quelques coups de bec au poteau de l'épouvantail qui se dresse au centre du tourbillon, délogeant une minuscule limace de mer phosphorescente qu'il dévore. Des limaces minuscules, je me rends compte qu'il y en a partout, en fait, et qu'elles produisent un inquiétant halo. Leur lumière danse sur les bijoux et les piles d'or, rendant le trésor bien plus attirant.

– J'ai défié la faille et j'ai conquis Challenger Deep. Alors tu peux retourner dans l'enfer des oiseaux ou je ne sais d'où tu sors.

– Oui, tu as bien touché le fond, commente le perroquet. Mais le fond devient plus profond à chaque voyage ; tu en as conscience, n'est-ce pas ?

Je ressens comme une vague de nausée. Peut-être suite à une commotion pendant ma chute.

– Vas-y, prends ton trésor, dit-il. Prends-le, prends-le. Je suis sûr qu'il te suivra partout où tu iras.

De la pile en face de moi, je tire un doublon. Il est plus léger que je ne le pensais. Bien trop léger pour une pièce d'or. La vague de nausée s'éloigne de mes entrailles. Maintenant, je sens qu'elle s'étend jusqu'à mes doigts qui tiennent la pièce. Je suis sur le point de comprendre quelque chose. Je n'en ai pas envie. Je veux rester dans le bonheur de l'ignorance, mais je ne peux pas. Je retourne le doublon entre mes doigts. Puis j'attrape la tranche de mon autre main et, du pouce, je retire un emballage de papier alu doré, laissant apparaître un intérieur marron foncé.

– C'est du chocolat…

Le perroquet me gratifie de son éternel sourire.

– Une provision à vie.

Et quand je regarde autour de moi – que je regarde vraiment autour de moi –, je me rends compte que les bijoux sont tous attachés à des petites montures en plastique. Ce ne sont pas du tout des bijoux. Ce sont des Ring Pop. Qui commencent déjà à fondre dans la vase.

– Poisson d'avril, lance le perroquet. Et de mai, et de juin, et de juillet.

La nausée s'empare désormais de ma colonne vertébrale. Elle monte, vertèbre après vertèbre jusqu'à mon cou. Elle fait rougir mes joues et mes oreilles. J'essaie de convoquer un mur mental pour l'empêcher de pénétrer mon cerveau, mais je sais qu'il ne résistera pas.

– Observe ce doublon de plus près, m'enjoint le perroquet. Chiche, chiche !

Je regarde à nouveau l'emballage de la pièce en chocolat et voilà ce que je découvre : le visage qui orne la pièce est celui du capitaine, mais pas tel que je le connais. Ce visage est bien plus horrible. Bien plus réel. J'entends jaser le perroquet, mais de plus en plus loin. Je tombe à nouveau. Même si je suis déjà au fond du monde, je tombe encore.

Doublon à feston. Feston à festival. Festival à veste sale. Et veste sale à…

155 Vestibule

Le vestibule d'un immeuble qui tombe en ruine.

Nous sommes en vacances à New York. J'ai dix ans. Un festival de rue provoque des embouteillages monstres, alors nous prenons le métro. Mes parents, ma sœur et moi sortons une nouvelle fois de sous la ville au mauvais endroit. Un sale endroit. Un endroit où on n'est sans doute pas censés se trouver.

Notre hôtel se trouve dans le Queens. On n'est pas dans le Queens. Peut-être le Bronx. C'est ce que croit ma mère. Je ne le dis pas, mais je pense que nous sommes peut-être dans un quartier qui n'existe sur aucune carte. Je suis nerveux et j'ai un peu la nausée. Nous arrivons juste de Times Square, où nous sommes allés dans le gigantesque magasin de bonbons Hershey, dans lequel nous avons acheté bien trop de souvenirs comestibles. Mackenzie et moi nous sommes tous les deux empiffrés pendant notre voyage mystère souterrain.

Mon père et ma mère se disputent. Mon père trouve

que le métro est le meilleur moyen de nous conduire là où nous devons aller. Ma mère insiste pour que nous prenions un taxi.

Je regarde autour de nous. On est à un coin de rue, près d'une épicerie, mais ses portes et fenêtres sont fermées par des volets métalliques couverts de graffitis. Au bord du trottoir, des cartons débordant de légumes attendent le passage des éboueurs, dans plusieurs jours, peut-être. Des choux, des pommes de terre, des carottes et des brocolis. La puanteur de ces produits pourris est telle qu'elle n'aide pas mon estomac bourré d'hersheyries.

C'est là que je me retourne et que je découvre un homme assis dans l'entrée du vieux bâtiment d'à côté. Dans le vestibule. C'est un mot que mon père m'a appris quand on a traversé la gare de Grand Central.

– Pour un bâtiment aussi imposant, m'a-t-il expliqué, l'entrée doit porter un nom spécial, bien à elle.

J'ai répété le mot, encore et encore, parce que j'aimais le sentir sur ma langue.

Ce vestibule est un porche à festons menant dans un sombre immeuble qui a tout l'air abandonné. La veste de l'homme, ses habits sont en loques et si sales qu'il n'y a pas moyen de savoir de quelle couleur ils étaient à l'origine. Son épaisse barbe est tout emmêlée. L'homme est assis à un endroit où le soleil le frappe de plein fouet. S'il se décalait d'un pas, il pourrait s'en abriter, à l'ombre, mais il semble éviter l'ombre comme si elle était toxique.

Il a tout de même quelque chose pour se protéger du soleil.

Il porte une boîte de céréales Cap'n Crunch[1] sur la tête.

Mackenzie rit en le voyant.

– Tu crois qu'elle est pleine ou qu'il a tout mangé avant de la mettre ?

Mais je ne trouve pas ça drôle. Je ne sais pas trop comment je trouve ça. Pas drôle, en tout cas.

Je vois que mon père a cédé : il est au coin de la rue pour essayer de héler un taxi, pendant que ma mère lui demande de se montrer plus efficace.

L'homme dans le vestibule avec une boîte de céréales sur la tête me terrorise, mais il dégage quelque chose de si captivant que j'ai envie d'aller l'observer de plus près.

Je ne suis qu'à quelques pas de lui quand il me voit. Je pense d'abord qu'il plisse un œil à cause du soleil, mais ce n'est pas ça. Il a un œil abîmé et fermé, tellement il est gonflé. Je me demande comment ça lui est arrivé. Est-ce que quelqu'un à qui ça ne plaisait pas qu'il campe dans le vestibule l'a tabassé ? Il me regarde de son bon œil, se méfiant autant de moi que je me méfie de lui. Cet œil est vif et alerte. Plus qu'alerte : il semble regarder plus profondément qu'on ne le fait d'habitude. Je sais que ça veut dire qu'il est « bizarre ». Peut-être pire que « bizarre ».

---

1. *Sur les boîtes de céréales Cap'n Crunch, il y a un capitaine de bateau.*

Mais je ne peux pas m'empêcher de remarquer que son œil est presque de la même couleur que mes yeux.

– Alors, c'est vrai ? lance-t-il.

D'une petite voix tremblotante, je demande :

– Que quoi est vrai ?

– Les oiseaux, répond-il. Leur cœur ne bat pas. Les rats non plus. Tu le sais, pas vrai ?

Et comme je ne réponds pas, il tend la main.

– Un petit quelque chose ?

Je fouille dans ma poche. Tout ce qu'il me reste, ce sont des pièces en chocolat Hershey, un peu molles d'être restées dans ma poche. Je place dans sa paume ma poignée de pièces.

Il les regarde et se met à rigoler.

C'est là que ma mère m'arrache quasiment le bras.

– Caden ! Qu'est-ce que tu fais ?

Je bégaie un instant, parce que je n'ai pas vraiment d'explication.

– Laissez le gamin tranquille ! dit le Cap'taine. C'est un bon garçon. Pas vrai, fiston ?

Ma mère me tire derrière elle, puis, mal à l'aise, observe l'homme à la boîte de céréales. Ma mère – qui dit toujours que les clochards ne se servent de l'argent qu'on leur donne que pour se soûler, qui pense que de donner l'aumône aux mendiants leur permet de rester des mendiants, et qui ne fait des dons aux œuvres de charité que par carte bleue – sort alors son porte-monnaie et lui tend un dollar.

Un je-ne-sais-quoi l'a manifestement poussée comme moi à donner quelque chose à cet homme singulier.

Mon père, qui a enfin réussi à attraper un taxi, nous appelle du coin de la rue, un peu perplexe de voir sa famille s'intéresser soudain à un SDF.

– Fait' bien de prend' un taxi, plutôt qu'le métro, nous dit le Cap'taine, en me regardant de son bon œil. L'métro, c'est pas bon à c't'heure-ci. Ça n'en finit pas de descendre.

156 Pas de miracles, ici

Vestibule, veste sale, festival, feston, doublon.

Je serre si fort le doublon qu'il commence à fondre entre mes doigts.

– La réponse était là, dans ta poche, déclare le perroquet. C'est drôle comme ça fonctionne.

Puis il observe quelque chose par-dessus mon épaule et je suis son regard. L'espace autour de nous rétrécit rapidement. Des piles de fausses richesses sont emportées par les eaux déchaînées. Le tourbillon s'effondre.

Le perroquet lâche un sifflement

– Tout ça pour ça, tout ça pour ça. Les épiphanies ne tombent jamais bien et arrivent souvent trop tard.

Il ne semble pas content de lui. Résigné, plutôt.

– Attends ! Tu dois m'aider !

Il hausse les ailes.

– Je l'ai fait. Je le fais. Je le ferai. Mais il n'y a pas de miracles, ici. Juste une impulsion. Il n'y a qu'à espérer qu'elle te conduira vers le haut.

Il tourne et saute d'une pile de faux or à une autre, puis se jette droit dans le mur d'eau tournoyant et disparaît, me laissant seul au fond du monde.

Alors que l'espace autour de moi se réduit, les tas du « trésor » sont arrachés, se changeant en débris qui tournent dans le cercle d'eau qui se rétracte. Il n'y a personne à appeler, personne pour m'aider. La seule présence que je sens en dehors de la mienne est celle du Serpent, dont l'impatience atteint son paroxysme. Les eaux vont se refermer sur moi, il m'attrapera enfin, et personne, pas même le maudit capitaine, ne me retrouvera plus jamais.

Je m'agrippe au poteau de l'épouvantail au centre du cercle qui se resserre. J'essaie de l'escalader, mais il est couvert d'algues glissantes. Je n'arrive même pas à m'y agripper.

Si j'ai trouvé le moyen d'arriver jusqu'ici, il doit bien y en avoir un pour en sortir, mais lequel ? Qu'est-ce qui m'échappe ?

La seule réponse me vient du serpent. Il me parle. Pas avec des mots, parce qu'il ne connaît pas de langage. Il me parle par sentiments et projette en moi un désespoir si pesant qu'il pourrait écraser l'esprit même de Dieu.

Tu ne peux te soustraire à ton destin, me dit ce sentiment. *Tu étais condamné dès l'instant où tu as choisi de plonger. Je vais ouvrir la gueule et te prendre – mais je ne vais pas te dévorer. Non, ce serait trop facile. Je vais te mâcher comme un morceau de chewing-gum jusqu'à ce qu'il ne reste plus rien qui ressemble à Caden Bosch et que tu ne sois plus que du goudron noir entre mes mâchoires. Et tu resteras là, piégé dans la gueule de la folie pour l'éternité.*

Ce serait si facile de me laisser faire. Onze kilomètres d'océan prêts à s'écraser sur mon crâne et un démon de fin du monde si près de moi : pourquoi ne pas me jeter tout de suite dans sa gueule ? Au moins, David était armé d'une fronde. Qu'est-ce que j'ai, moi ?

Qu'est-ce que j'*ai* ?

Dans ces derniers instants, alors que l'œil du vortex se rétracte tout autour de moi, les mots du perroquet me reviennent :

« La réponse était là, dans ta poche. »

Je fixe le doublon toujours serré dans ma main droite. Je pensais qu'il parlait de la pièce en chocolat de mon souvenir – mais le perroquet n'était pas dans ce souvenir. Il sait beaucoup de choses, mais ça, il ne pouvait pas le savoir !

J'enfonce mon autre main dans ma poche. D'abord, je pense qu'il n'y a rien, mais je trouve bien quelque chose. L'objet est de forme irrégulière et j'ai du mal à deviner ce que c'est avant de le sortir de ma poche.

C'est une pièce de puzzle bleue.

Un morceau azur exactement de la même nuance que le minuscule point de ciel à des kilomètres et des kilomètres au-dessus de ma tête.

Et soudain, je sens se recroqueviller le serpent.

Parce que tout ce qui reste pour compléter le ciel, c'est ce seul et unique fragment…

… et le ciel désire être achevé encore plus que le serpent ne me désire.

Je regarde ma main droite qui tient la pièce en chocolat et ma main gauche qui détient la promesse du ciel. Je sais que j'ai été victime de beaucoup de choses que je ne contrôlais pas – mais en cet instant, en cet endroit, voilà un choix que je maîtrise. « Il n'y a pas de miracles, ici », a dit le perroquet – mais il n'y a pas non plus de désespoir, peu importe ce que le serpent voudrait me faire croire. Rien n'est inévitable.

Alors que le tourbillon ne fait à peine plus qu'un mètre de large et qu'il est sur le point de se refermer, je lâche le doublon, je serre les doigts autour du morceau de puzzle et je lève le poing, offrant au ciel lointain son achèvement.

Et soudain, je m'élève.

Comme si une main m'avait saisi par le poignet, je suis propulsé en l'air alors que le tourbillon s'effondre autour de moi.

De l'eau blanche bouillonnante monte à toute vitesse à mes pieds. Je ressens le gémissement furieux du serpent.

Je sens la brûlure de son œil de feu. Sur mes talons, il cherche à me mordre mais reste toujours un centimètre trop bas.

J'ai l'impression que mon bras va être arraché. Je sens l'accélération dans chaque articulation de mon corps, tellement plus rapide que lors de ma chute. Plus rapide que la dérisoire attraction de la gravité. Plus rapide que le serpent qui essaie toujours de submerger mon esprit sous son requiem de désespoir.

Le cercle bleu de ciel au-dessus de ma tête s'élargit et s'élargit, jusqu'à ce que je passe en flèche près de l'épouvantail, loin des profondeurs.

Je ne vois plus que du bleu alors que je m'envole dans l'étreinte du ciel.

157 Un peu comme la religion

Il y a beaucoup de choses que je ne comprends pas. Ce que je sais, en tout cas, c'est qu'il n'y a pas de « bon » diagnostic. Il n'y a que des symptômes et des formules pour décrire diverses séries de symptômes.

Schizophrénie, shizoaffectif, bipolaire I, bipolaire II, dépression majeure, dépression psychotique, obsessionnel-compulsif, etc., etc. Les étiquettes ne veulent rien dire, parce qu'il n'y a jamais deux cases exactement pareilles.

Chaque patient est un cas particulier et chacun répond différemment aux traitements ; on ne peut pas véritablement établir de pronostic.

Nous sommes, cependant, des créatures de confinement. Nous voulons que toutes les choses de la vie soient emballées dans des boîtes qu'on peut étiqueter. Mais pouvoir coller des étiquettes ne signifie pas qu'on sache vraiment ce qu'il y a dans la boîte.

C'est un peu comme la religion. Ça nous rassure de croire qu'on a défini quelque chose qui est, par sa nature même, indéfinissable. Pour ce qui est de savoir si, oui ou non, on a vu juste, eh bien, tout est une question de foi.

158 Des abrutis haut perchés

Je plane dans le ciel pendant plusieurs jours dont je perds le fil, et mon voyage m'emmène dans plein d'endroits dont je ne me souviens pas, avant de revenir là où j'ai commencé. Une salle blanche éclairée aux néons, enveloppée de gélatine invisible. Je sens mon corps trembler, mais je n'ai pas froid. Je sais que ce sont les médicaments – ceux que je prends ou ceux que j'arrête de prendre.

Une pastel se penche au-dessus de moi. Elle me pose une question en cirquesque et je lui réponds en klingon. Je ferme les yeux un instant, la nuit se change en jour et, soudain, à la place de la pastel, j'ai le docteur Poirot face à moi. Je ne tremble plus et il me parle dans ma langue, même si sa voix n'est pas bien synchronisée avec ses lèvres.

– Tu sais où tu es ? me demande-t-il.

Oui. J'ai envie de dire « la Cuisine Blanc Plastique », mais je sais que ce n'est pas la réponse qu'il veut entendre. Plus important, ce n'est pas la réponse à laquelle j'ai envie de croire.

Je lui dis :

– Hôpital du Front de mer. Unité Psychiatrie juvénile.

En entendant les mots sortir de ma bouche, je sais que je ne suis plus très loin de croire qu'ils sont vrais.

– Tu as subi un important revers, m'annonce Poirot.

– Sans blague.

– Oui, mais tu es de l'autre côté, maintenant. Je suis heureux de pouvoir t'annoncer que, ces derniers jours, j'ai observé une impulsion te tirant vers le haut. Que tu aies conscience de ton environnement est bon signe, très bon signe.

Il projette la lumière d'une lampe-crayon dans chacun de mes yeux et consulte mon dossier médical. Je m'attends à ce qu'il s'en aille, ou peut-être qu'il se transforme à nouveau en l'une des infirmières, mais il prend une chaise et s'assoit.

– Tes analyses de sang ont révélé une brusque chute des traces de ton traitement, il y a une semaine, à peu près. Une idée d'où ça peut venir ?

J'envisage un instant de lui servir un bon gros plat de foutaises, mais à quoi bon ?

– Ouais. J'ai fait semblant d'avaler mes médicaments, dis-je sans détour.

Poirot a l'air content de lui et lâche un commentaire auquel je ne m'attendais pas :

– Bien.

Je le regarde un moment, essayant de déterminer s'il l'a vraiment dit ou si je l'ai juste entendu dans ma tête.

– En quoi c'est bien ?

– Ça ne l'était pas quand tu l'as fait – pas du tout –, mais maintenant, c'est bien. Parce que tu vois le résultat. Cause et effet, cause et effet. Maintenant, tu sais.

J'ai envie de lui en vouloir, ou au moins d'être un petit peu irrité, mais je n'y arrive pas. Peut-être parce que, pour une fois, ça ne me dérange pas qu'il puisse avoir raison. Ou alors, c'est à cause des médicaments.

Il y a quelque chose de bizarre chez Poirot. C'était à la limite de ma perception, mais il se rapproche suffisamment pour que je comprenne ce que c'est. Sa garde-robe colorée a disparu. Il porte à la place une chemise beige à col boutonné, avec une cravate tout aussi inintéressante.

– Pas de chemise hawaïenne ?

Il soupire.

– Eh bien, la direction de l'hôpital a estimé que ça ne faisait pas preuve d'assez de professionnalisme.

– Ce sont des abrutis.

Il s'esclaffe.

– Tu verras, Caden, dans la vie, beaucoup de décisions sont prises par des abrutis haut perchés.

– Moi aussi, j'ai été un abruti haut perché, dis-je. Je crois que je m'en sors mieux au sol.

Il me sourit. Pas avec son sourire thérapeutique figé. Celui-ci est plus chaleureux.

– Tes parents sont dans la salle d'attente. Ce n'est pas l'heure des visites, mais je leur ai accordé une permission spéciale. Enfin, si tu as envie de les voir, bien sûr.

Je réfléchis à cette idée.

– Euh… Est-ce que mon père porte un borsalino blanc et est-ce que ma mère marche avec un talon en moins ?

Poirot tourne légèrement la tête pour mieux m'observer de son œil qui fonctionne.

– Je ne crois pas, non.

– OK, ça veut dire qu'ils sont réels. Dans ce cas, oui, je veux les voir.

N'importe qui me regarderait bizarrement pour avoir dit cela, mais pas Poirot. De son point de vue, le fait que je développe des « critères de réalité » est une bonne chose. Il se lève.

– Je vais les faire entrer.

Puis il hésite, me regarde encore un instant et déclare :

– Heureux de te retrouver, Caden.

Quand il s'en va, je décide que, si et quand je sortirai

d'ici, je lui achèterai une cravate en soie luxueuse couverte d'oiseaux aux couleurs vives.

159 10 h 03

Je veux rendre son morceau de ciel à Azur, mais je ne le retrouve pas. Le puzzle est achevé, à l'exception de cette pièce. Personne n'est autorisé à y toucher, de crainte de provoquer l'imposante colère d'Azur. Puis, un jour, on la renvoie chez elle et les pastels défont le puzzle. Ils le remettent dans la boîte pour d'autres patients. Je trouve ça outrageusement cruel de conserver un puzzle en sachant qu'il lui manque une pièce.

Hal ne revient jamais et personne ne m'annonce de manière convaincante s'il a survécu ou s'il est mort. Je reçois tout de même une lettre, couverte de lignes et de gribouillis et de symboles illisibles. Peut-être qu'elle est de lui, ou peut-être que c'est une blague d'un des patients les plus désagréables, une fois rentré chez lui, à moins que ça ne vienne d'une personne qui tient à moi et cherche à m'apaiser – un peu comme mes parents quand ils écrivaient des réponses aux lettres que j'envoyais au père Noël quand j'étais petit. Là-dessus, toutes les théories se valent.

Je n'ai aucune nouvelle de Callie. Ce n'est pas grave.

Je n'en attendais pas. J'espère que sa vie la conduira loin de tout ce qui lui rappelle cet endroit, et si ça veut dire qu'il faut qu'elle reste loin de moi, je peux l'accepter. Elle a marché sur l'eau plutôt que de se noyer. Ça me suffit.

Un jour, enfin, il est décidé que je fais à nouveau un avec le monde réel – ou que j'en suis, du moins, à portée de main – et je suis rendu à l'affection de ma famille.

Le dernier jour de mon « plâtre du cerveau », j'attends dans ma chambre avec toutes mes affaires emballées dans des sacs en plastique jaune bien costauds, fournis par l'hôpital. Dedans, il n'y a rien que des habits. J'ai décidé de laisser mon matériel de dessin pour d'autres patients. Les crayons de couleur ont été confisqués par le personnel quand je ne faisais pas attention, ne laissant que les feutres en plastique et les pastels gras – qui n'ont pas besoin d'être taillés.

Mes parents arrivent à 10 h 03. Ils sont même venus avec Mackenzie. Ma mère et mon père signent à peu près autant de papiers que pour me faire admettre et, aussi simplement que ça, l'affaire est conclue.

Je demande quelques minutes pour faire mes adieux, mais ça me prend moins de temps que je ne le pensais. Les infirmières et divers pastels me souhaitent bien des choses. Furieux-Bras-de-la-Mort frappe son poing contre le mien et me lance : « Reste vrai », témoignant d'une ironie que ni lui ni ses crânes ne sont à même de saisir. GLaDOS est avec son groupe, et même si je passe la tête dans la pièce pour dire au revoir, ça fait bizarre à tout le monde. Maintenant, je comprends ce que Callie a ressenti le jour où elle est partie. On est de l'autre côté de la vitre avant même d'être sorti.

Mon père pose doucement sa main sur mon épaule et s'assure que je suis prêt avant qu'on ne s'avance vers les portes du sas de sortie.

– Ça va, Caden ?

Il a appris à me déchiffrer comme jamais. Comme Sherlock Holmes avec une loupe.

Je réponds :

– Ouais, c'est bon.

Il sourit.

– Alors on se casse d'ici ! lance-t-il.

Ma mère m'apprend qu'on va s'arrêter chez Cold Stone en rentrant à la maison. Elle sait que c'est le glacier que je préfère et ce sera agréable de manger de la glace autrement qu'avec une cuillère en bois.

– J'espère que vous n'en avez pas fait tout un flan, à la maison, dis-je. Avec des ballons et des banderoles de bienvenue, etc.

Le silence gêné qui suit m'apprend que si, ils en ont fait tout un flan.

– Il n'y a qu'un seul ballon, nuance ma mère.

Mackenzie baisse les yeux.

– Je t'ai choisi un ballon. Et alors ?

Du coup, je me sens mal.

– Eh bien… Est-ce qu'il est énorme, genre rescapé de la parade de Thanksgiving ?

– Non, pas vraiment.

– Alors je suis sûr qu'il est très bien.

On est devant la sortie. La première porte s'ouvre et on entre dans le petit sas de sécurité. Ma mère passe un bras autour de moi et je sens qu'elle le fait au moins autant pour elle que pour moi. Elle a besoin du réconfort d'être enfin capable de me réconforter, ce qu'elle n'a pas pu faire pendant longtemps.

Ma maladie nous a tous plongés dans les abysses, et même si moi, eh bien, j'ai exploré Challenger Deep, je ne peux pas minimiser ce que ma famille a traversé. Je n'oublierai jamais que mes parents sont venus me voir à l'hôpital tous les jours, même quand j'étais clairement ailleurs. Je n'oublierai jamais que ma petite sœur m'a tenu la main et qu'elle a essayé de comprendre ce que c'était que de se trouver dans cet ailleurs.

Derrière nous, la première porte se referme. Je retiens ma respiration et je redeviens un fier membre du monde rationnel.

Une heure plus tard, après un indécent festival de glace, nous arrivons à la maison et je vois tout de suite le ballon de Mackenzie quand on se gare dans la rue. Il est attaché à notre boîte aux lettres et ondule paresseusement dans la brise. J'éclate de rire en comprenant ce que c'est.

Je demande à ma sœur :

– Mais où est-ce que tu as réussi à trouver un cerveau gonflable ?

Elle hausse les épaules.

– Sur Internet. Ils ont des foies et des reins, aussi.

Je la prends dans mes bras.

– C'est le meilleur ballon de toute la terre.

Nous sortons de la voiture et, avec la permission de Mackenzie, je détache le cerveau gonflé à l'hélium et le libère, puis je le regarde s'élever encore et encore, jusqu'à ce qu'il disparaisse.

160 Comme ça que ça marche

Neuf semaines. Voilà combien de temps je suis resté à l'hôpital. Je regarde le calendrier pendu dans la cuisine pour m'en assurer, parce que ça m'a paru beaucoup plus long.

C'est déjà les vacances d'été et le lycée est fermé, mais même s'il ne l'était pas, je ne suis pas du tout en état de m'asseoir en classe et de me concentrer. Ma capacité d'attention et ma motivation avoisinent celles d'un concombre de mer. C'est dû en partie à la maladie, en partie aux médicaments. On m'a promis que, lentement, ça irait mieux. J'ai du mal à y croire. Ça aussi, ça passera.

Ce que je ferai à la rentrée reste en suspens. Peut-être que je ne retournerai pas au lycée avant le mois de janvier et que je redoublerai la deuxième partie de ma seconde. Ou que j'entrerai dans un autre établissement pour un nouveau départ. Je pourrais aussi étudier à la maison, le temps de rattraper mon retard. De la même façon que je pourrais entrer en première en septembre, comme prévu, et combler mon éventuel retard l'été prochain en cours de rattrapage. Les maths avancées présentent moins de variables que mon éducation.

Mon médecin me dit de ne pas m'inquiéter. Mon *nouveau* médecin – pas Poirot. Une fois qu'on quitte l'hôpital, il faut prendre un nouveau médecin. C'est comme ça que ça marche. Le nouveau est pas mal. Il me consacre plus de temps que je ne m'y attendais au début. Il me prescrit mes médicaments. Je les prends. Je les déteste, mais je les prends. Je suis encore engourdi, mais pas autant qu'avant. Comme si j'étais sorti de la gélatine pour passer dans de la crème Chantilly.

Mon nouveau médecin s'appelle docteur Poichon. Ça lui va plutôt bien parce qu'il a un peu une tête de truite. On verra bien où ça nous mène.

161 Destinations exotiques

Je fais un rêve. Je me balade quelque part en famille sur une promenade en bois. Je pourrais être à Atlantic City ou à Santa Monica. Mackenzie entraîne mes parents vers une espèce de fête foraine sur un quai – montagnes russes, auto-tamponneuses –, et même si j'essaie de les suivre, je reste à la traîne et n'arrive pas à les rattraper. Je les perds rapidement dans la foule. Et là, j'entends cette voix :

– Toi, là ! Je t'attendais !

Je me retourne et je découvre un yacht. Pas un yacht ordinaire, non, un bateau digne d'un méchant dans un James Bond. En or étincelant avec des fenêtres noires comme du goudron. Il y a un jacuzzi et des chaises longues, et l'équipage semble exclusivement constitué de filles magnifiques en bikini version string. Au bout de la passerelle se tient une silhouette que je connais bien. Sa barbe est taillée en bouc et il a pour uniforme un veston croisé à galon doré.

– On ne peut pas naviguer sans second. C'est-à-dire toi.

Je me retrouve au milieu de la passerelle, à quelques pas du yacht. Je ne me souviens pas être monté jusque-là.

– Je serai enchanté de t'avoir à mon bord, déclare le capitaine.

Bien plus curieux que je ne le souhaiterais, je lui demande :

– Pour quelle mission ?

– Le récif des Caraïbes, me répond-il. Qu'aucun être humain n'a encore jamais vu. Tu as ton diplôme de plongée, n'est-ce pas ?

– Non.

– Bien, alors c'est à moi de te le décerner, pas vrai ?

Il me sourit. Son bon œil me fixe avec une intensité familière qui me met presque à l'aise. Qui me donne presque l'impression d'être chez moi. Il n'y a pas de cache-œil sur l'autre et le noyau de pêche a été remplacé par un diamant étincelant au soleil de midi.

– Tout le monde à bord ! lance-t-il.

Je m'attarde sur la passerelle.

Et je m'attarde.

Et je m'attarde encore.

Puis je déclare :

– Je ne crois pas.

Il n'essaie pas de me convaincre. Il se contente de sourire et de hocher la tête. Puis il annonce à voix basse, surmontant tout de même le bruit de la foule sur le quai derrière moi :

– Tu redescendras là-bas un de ces jours. Tu le sais, pas vrai ? Le Serpent et moi, on ne te laissera pas le choix.

J'y réfléchis, et même si cette pensée me glace, je ne peux pas nier que cette éventualité existe.

– Peut-être. Probablement. Mais pas aujourd'hui.

Je lui tourne le dos et je descends de la passerelle. C'est étroit et instable, mais l'instable, ça me connaît, alors rien de neuf. Quand je suis de nouveau en sécurité sur le quai, je regarde derrière moi, en me disant que le yacht s'est peut-être volatilisé, comme s'il n'avait été qu'une apparition – mais non, il est toujours là, et le capitaine attend, l'œil rivé sur moi.

Je comprends alors qu'il sera toujours là, à attendre. Il ne s'en ira jamais. Et, avec le temps, j'aurai l'occasion de devenir son second, que je le veuille ou non, et de voyager vers des destinations exotiques pour plonger à nouveau, et replonger encore. Et peut-être qu'un jour je plongerai si profondément que le Serpent abyssal m'attrapera et que je ne retrouverai jamais mon chemin. Pas la peine de nier que ça puisse arriver.

Mais ça n'arrivera pas aujourd'hui – et j'éprouve en cela un réconfort durable et profond. Assez profond pour me porter jusqu'à demain.

Note de l'auteur

Le Goût amer de l'abîme (*Challenger Deep*) n'est en aucun cas une œuvre de fiction. Les endroits où se rend Caden sont tous bien trop réels. Aux États-Unis, une famille sur trois est touchée par le spectre des maladies mentales. Je le sais, parce que c'est le cas de la mienne. Nous avons été confrontés à beaucoup de choses que Caden et ses proches ont eux aussi dû affronter. J'ai regardé quelqu'un que j'aimais voyager vers les abysses et je me suis senti impuissant à arrêter cette plongée.

Avec l'aide de mon fils, j'ai essayé de décrire ce à quoi cette plongée ressemblait. L'atmosphère de l'hôpital et les sentiments de peur, de paranoïa, de manie et de dépression sont réels, tout comme l'impression d'être dans de la gélatine et la façon dont les médicaments peuvent vous anesthésier (ce dont j'ai moi-même fait l'expérience le jour où j'ai, sans le faire exprès, pris deux Seroquel au lieu de mes Excedrin). Mais la guérison aussi est réelle. La maladie mentale ne s'en va jamais tout à fait, mais elle peut, d'une certaine manière, entrer en rémission. Comme le dit le docteur Poirot, ce n'est pas une science exacte, mais c'est tout ce dont nous disposons, et cela s'améliore chaque jour, à mesure qu'on en apprend davantage sur le cerveau et l'esprit et qu'on développe de meilleurs traitements, plus ciblés.

Il y a vingt ans, mon ami le plus proche, qui souffrait de schizophrénie, a mis fin à ses jours. Mon fils, lui, a trouvé son morceau de ciel et s'est glorieusement échappé des profondeurs, devenant progressivement plus un Carlyle qu'un Caden. Les esquisses et dessins de ce livre sont de lui, tous exécutés dans les profondeurs. Pour moi, il n'existe pas d'œuvre d'art plus importante au monde. De plus, quelques observations d'Hal sur la vie sont tirées de ses poèmes.

Nous espérons que ce livre apportera réconfort à ceux qui sont passés par là, en leur rappelant qu'ils ne sont pas seuls. Nous espérons également que ce livre aidera les autres à compatir et à comprendre ce que c'est que de naviguer sur les eaux sombres et imprévisibles des maladies mentales.

Et quand l'abîme vous regardera – ce qu'il ne manquera pas de faire –, puissiez-vous regarder en lui sans frémir.

Neal Shusterman

Remerciements

Ce livre est une œuvre d'amour, dont la création s'est étendue sur plusieurs années. Avant tout et surtout, je voudrais remercier mon fils Brendan pour sa contribution, mon fils Jarrod pour ses trailers de livre magnifiques, et mes filles, Joelle et Erin, pour leurs nombreuses idées et parce qu'elles sont de merveilleux êtres humains. Ma plus profonde gratitude va à mon éditrice, Rosemary Brosnan, à l'éditrice adjointe, Jessica MacLeish, et à tout le monde chez HarperCollins pour avoir soutenu ce livre. Merci aussi à mes assistantes, Barb Sobel et Jessica Widmer, pour avoir maintenu sur les rails mon emploi du temps et mon planning de conférences. J'aimerais remercier les Orange County Fictionaires pour leur soutien et leurs critiques au fil des ans ; la NAMI, l'Alliance nationale autour des maladies mentales, pour avoir été une telle mine d'informations ; et enfin mes amis, pour avoir toujours été là, dans les meilleurs comme dans les pires moments.

Merci à tous ! Mon affection pour vous est sans fond.

L'auteur

Né en 1962 à New York, Neal Shusterman a étudié la psychologie et l'art dramatique en Californie, où il a travaillé de longues années. Il est l'auteur de nombreux romans policiers et fantastiques pour jeunes adultes, dont *La Faucheuse* (Robert Laffont, 2017) et la série *Les Fragmentés* (Éditions du Masque). Il écrit également pour la télévision et le cinéma.

Le Goût amer de l'abîme, œuvre très particulière dans sa carrière puisqu'elle est en partie autobiographique, a reçu plus d'une dizaine de récompenses littéraires, dont le *National Book Award 2015*.

Cet ouvrage a été achevé d'imprimer en août 2018
dans les ateliers de Normandie Roto Impression s.a.s.
61250 Lonrai
N° d'éditeur : 10234176
N° d'imprimeur : 1802762
Dépôt légal : septembre 2018

Imprimé en France

FSC
www.fsc.org
MIXTE
Papier issu de sources responsables
FSC® C022030